如果我們是
天生一對

BECKY ALBERTALLI
貝琪・艾柏塔利
& ADAM SILVERA
亞當・席佛拉
譯者｜**成曼曼**

WHAT IF IT’S US

獻給 Brooks Sherman，
一位把我們帶到一起的世界使者。
還有 Andres Elipulos 與 Donna Bray，
擴展了我們的宇宙。

目次

第1部

如果

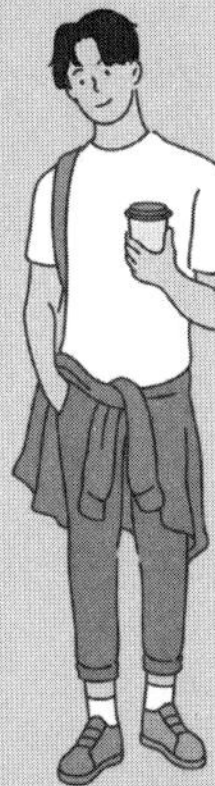

第一章

亞瑟

星期一・七月九日

我不是個紐約客，而且我想回家。

住在這裡有好多潛規則，例如你永遠不應該在人行道中間停下來，或盯著高樓大廈做起白日夢，或停下來研究一個塗鴉。不能看超大張的折疊地圖，不准繫腰包，不准跟人對上眼。不可以在公共場合哼起《致埃文・漢森》[1]的歌曲，更別說在街角自拍，就算背景裡有個熱狗攤跟一整排的黃色計程車也一樣；這很詭異地符合大家對於紐約的印象。你可以默默欣賞它，但你必須保持一個酷的態度。從我所觀察到的，紐約本身的意義就是：要酷。

我並不酷。

1 譯註：《致埃文・漢森》（*Dear Evan Hansen*），一部由本傑・帕塞克和賈斯汀・保羅創作音樂和歌詞，史蒂文・萊文森創作劇本的音樂劇。

譬如今天早上，我不小心往天空的方向瞄了一眼，就一下下而已，可是我現在卻無法移開我的視線。從這個角度往上看，整個世界好像都在向內傾斜：令人暈眩的摩天大樓，以及一個眩目如火球的太陽。

它很美，我必須承認紐約這一特質，又美又超現實，跟喬治亞州一點都不像。我舉起手機照了一張相，不是ＩＧ的限時動態，沒打濾鏡，沒有那些有的沒的。

一張簡單又快速的照片。

路人的怒火瞬間就被點燃了：「**天啊，夠了沒，讓路！他媽的觀光客。**」我真的只停頓了兩秒照張相，然後就搖身一變成為破壞者本人。我該為了所有地鐵延遲、所有路障，甚至風阻現象負責。

他媽的觀光客。

我可不是觀光客，我算是住在這，至少這個暑假是。我又不是在星期一的大中午悠哉地散步觀光，我在這裡上班。好啦，我正要去買杯星巴克，但還是在上班。

可能我有繞點路，可能我就是需要多幾分鐘來遠離我媽的辦公室。原本當一個實習生只會感到無聊多於悲劇，但今天簡直鳥到炸了。你知道那種鬼日子：當印表機的紙用完了而文具間也沒得補，所以你想從旁邊那台影印機偷拿幾張，但又拉不開紙匣，而且不知道按到什麼鈕，搞得影印機開始嗶嗶亂叫；然後你站在那邊想著，不管是誰發明了影印機，那個人只差**這麼一點**就會被揍得半死；被你這樣一個一百六十八公分高、有著注意力不足過動症以及龍捲風般怒氣的猶太小子揍。沒錯，就是那種鬼日子。

我超想把這一切抱怨給伊森跟潔西聽，但我還沒有學會邊走邊發訊息這個技能。

我往人行道旁邊站，靠近一家郵局的門口——我不得不說，哇喔，喬治亞州米爾頓市可不會建造像這樣的郵局。白色的石頭外牆搭了石柱跟黃銅裝飾，整個超優雅，我都要覺得自己的服裝不夠正式了，我可是已經繫上領帶了耶。

我把那張晴朗街景的照片傳給伊森跟潔西：「今天上班超累的！」

潔西秒回我訊息：「我討厭你然後我想變成你。」

事情是這樣的：潔西跟伊森從史前時代以來就是我最好的朋友了，而我一直都是用「真實的亞瑟」來對待他們，那個「寂寞又混亂的亞瑟」，而不是「開朗潮男亞瑟」。但不知道為什麼，我總覺得需要讓他們認為我在紐約很好，就是必須這麼做。所以過去幾個禮拜，我都是用「開朗潮男亞瑟」模式傳訊息給他們，但我不知道他們信不信就是了。

「還有我好想你。」潔西寫著，加上一大串親親的表情符號。她像是我阿嬤，只是外表是十六歲少女。如果她做得到，她甚至會在我臉頰上印個虛擬唇印。奇怪的是，我們一直都不是每天黏在一起的朋友，至少一直到年末舞會之前都不是，那也是我對潔西跟伊森出櫃的同一個晚上。

「我也好想念你們。」我承認。

「亞瑟，快回來！」

「再四個星期。」我可沒在算日子。

伊森終於在這時候加入了對話，他傳了一個史上最意義不明的表情符號：愁眉苦臉。欸，拜託，愁眉苦臉這個表情符號是想怎樣？如果說畢業舞會後的潔西傳訊息的方式像被我阿嬤附身，那伊森就是個默劇演員。通常在群聊裡面他其實沒那麼糟，但一對一的時候？我只能說，出櫃以後他就不會每五秒傳一次訊息給我了。我不會否認：這是人類史上最爛的感受。總有一天我會讓他面對這件事情的，那一天很快就會到了。說不定就是今天，說不定——

就在那一刻，郵局的門被推開了，出現了——真心不騙，一對長得一模一樣的雙胞胎兄弟穿著同款的女用連身褲，配上翹鬍子！伊森看到的話肯定會嗨翻天，但這也是讓我超不爽的一點。每次扯到伊森都是如此，前一分鐘我都準備好要跟那個意義不明表符大王切八段，但現在我卻想要聽他大笑，六十秒內就能來個風火輪式的情緒大轉換。

那對雙胞胎從我身邊走過去，然後我就看到他們的男版丸子頭，他們怎麼可能不綁男版丸子頭。我敢發誓，紐約肯定是一個獨立的星球，因為大家對這情況連眼皮都沒眨一下。

但凡事都有例外。

有個男生正走向入口，手上抱著一個紙箱；當他看到那對雙胞胎走過去時，他整個人就定格了。他滿臉問號的模樣，讓我大笑。

然後他跟我對上眼。

然後他對我微笑。

然後我的天啊。

我說真的，我的老天鵝啊！人類史上最可口的男生。可能是他的頭髮，或他的雀斑，或他粉嫩的臉頰。我這輩子可沒注意過誰的臉頰，但這男生的臉頰好吸睛。他全身上下都光彩奪目。淺棕色的頭髮亂得恰到好處，緊身牛仔褲，有磨痕的鞋子，灰色的上衣——上頭寫著「夢想與咖啡豆」，幾乎被他抱著的箱子擋住。他比我高——好啦，大部分的男生都比我高。

他還在看我。

但要給葛萊芬多加二十分，因為我成功地回了個微笑給他。「你猜他們是不是把他們的協力車停在整鬍理容院門口？」

他錯愕的笑聲可愛到我要茫了。「絕對是個整鬍理容院附設畫廊外加精釀啤酒廠。」他說。

在那一刻，我們互相給對方一個心領神會的笑容。

「那個，你要進去嗎？」他打破了沉默。

我瞄了一眼大門。「對啊。」

然後我就進去了，我跟著他走進郵局。根本沒有選擇的空間，或者如果有的話，我的身體已經幫我做出這個決定。他的身上有種魔力，好像在拉扯著我的心，一種我**必須**認識他的感覺，誰都不能阻止我。好，接下來我要承認的事情可能會讓你感到不舒服，你可能已經覺得雞皮疙瘩掉滿地了，但隨便啦，聽我講。

我相信一見鍾情、命運跟宇宙能量，那些我全都相信。但跟你想的不一樣，我不是指「我們的靈魂被分成兩半，你是我永遠的另一半」的那種命運。我只是認為你命中注定會遇到一些人，我覺得宇宙會默默把他們引導到你的人生中。

就算是七月的某個星期一下午，就算是在郵局。

但我必須說——這可不是什麼普通的郵局，它大到可以當舞廳，有著閃閃發亮的地板跟一排排的郵政信箱，還有真的雕像，簡直是博物館了。紙箱男孩走向入口邊的矮櫃台，把包裹架在他旁邊，然後開始填寫郵遞標籤。

我從附近的架子上隨手抽了一個限時快遞的信封，用很不經意的樣子往他的方向移動。狀況不用搞得很突兀，我只需要找到最完美的字眼讓這段對話持續下去。老實說，我很擅常跟陌生人聊天，我不知道是喬治亞人的特色還是我的個人魅力，但如果超市裡有老年人，我就會是那個幫他比較加州梅果汁價錢的人；如果飛機上有孕婦，等到飛機降落時，她就會以我的名字為她未出世的孩子命名。這是我的能力之一。

或者說，我在今天以前都還具備這能力。現在我卻連聲音都發不出來，就像喉嚨自己萎縮了一樣。

但我必須搬出我紐約客的態度，又酷又冷淡。我對他試探性地笑了一下，深呼吸，「看起來很大一包耶。」

然後……幹！

話就自己蹦出來了，「我不是指**那種包**，只是，你的紙箱，很大。」我用雙手在空中比劃來輔助我的解釋。顯然要證明我不是在給予任何性暗示，就是要這樣做：假裝用手在測量老二有多大。

紙箱男孩皺起了他的眉頭。

「抱歉，我不是……我發誓我通常並不會去評論他人箱子的大小。」

他對上我的眼睛並給了我一個微笑，很淡的微笑。「領帶不錯。」他說。

我滿臉通紅地往下看了一眼。想也知道我今天沒有繫上一條正常的領帶，反之，我繫的是我爸的收藏之一：海軍藍，加上滿滿的熱狗花色。

「至少不是連身褲？」我說。

「有道理。」他又微笑了，所以我理所當然地注意到他的嘴唇，跟艾瑪華森的嘴唇一模一樣。**艾瑪華森式的嘴唇**，就在這裡，他的臉上。

「你應該不是本地人……」紙箱男孩說。

我一臉驚嚇地看著他：「你怎麼知道？」

「嗯，你一直在找我說話啊。」他臉紅了一下，「聽起來怪怪的，我的意思是，通常只有觀光客才會找人聊天。」

「喔。」

「但我並不在意。」他說。

「我不是觀光客。」

「你不是？」

「好啦，**技術上**來說我不是本地人，但我現在住在這裡，至少暑期間是，我是從喬治亞米爾頓市來的。」

「喬治亞的米爾頓市。」他微笑。

我現在莫名其妙地心慌意亂，比方說，我的四肢無力，腦子像是塞滿了棉花。我的臉紅得說不定跟霓虹燈一樣亮，但我也不想知道到底有多誇張，我只需要繼續講話「對啊，我懂的，**米爾頓**，聽起來像是什麼猶太叔公之類的。」

「我並沒——」

「我還真的有個名叫米爾頓的猶太叔公，我們現在就住在他公寓裡。」

「我們是誰？」

「你是指我跟誰一起住在我米爾頓叔公的公寓裡？」

他點頭，然後我就看著他。到底他覺得我會跟誰住在一起？我男朋友？我那個二十八歲、帥到掉渣、兩個耳垂上有著可以看到對面的大耳洞、可能打了舌環、把我名字刺在他胸肌上，還刺了**兩邊**胸肌，的男朋友？

「跟我爸媽一起，」我馬上回答，「我媽是個律師，她的事務所在這裡也有辦公室，所以她從四月底就來處理一個她負責的案子，而我完全可以跟她同時來，但我媽卻說『想得美啊，亞瑟，你這學期還剩一個月的時間』。但整體來說也是好的啦，因為我原本以為紐約會是一個樣子，但它其實是另一個樣子。我現在有點困在這裡，而且我好想念我的朋友們，想念我的車子，想念鬆餅屋。」

「照哪個順序？」

「嗯，最主要是車子吧。」我笑了笑，「我們把它停在我阿嬤家，在紐黑文那邊。她住在耶魯旁邊，我**希望**之後可以上的學校，但願我夠好運。」我的嘴巴停不下來，「我猜你應該對我的人生歷程不感興趣。」

「我並不在意，」紙箱男孩停了一下，調整靠在他腰上的箱子的平衡，「要排隊嗎？」

我點頭，跟在他的腳步後走著。他側過身來面對我，但那個箱子卡在我們之間。他還沒有把標籤貼好，只是被擺在包裹上。我嘗試著偷瞄上頭的地址，但他的字很醜，而且我也無法倒著看字。他發現我的視線，「你是很愛管閒事還是怎麼的？」他瞇起了眼睛看著我。

「喔。」我吞了吞口水，「是有一點，對啦。」

這個回答讓他笑了，「也沒那麼有趣，是分手後的殘渣。」

「殘渣？」

「書、禮物、《哈利波特》的魔杖，所有我不想再看到的東西。」

「你不想要一把《哈利波特》的魔杖？」

「我不想再看到任何我前男友給的東西。」

前男友。

這代表紙箱男孩會跟男生在一起。

然後，好，哇，這種事情才不會發生在我身上，它就是不會。但說不定紐約的宇宙能量運作方式不太一樣。

紙箱男孩會跟男生在一起。

我是個男生！

「那還滿酷的，」我說著，用超級自然的口氣，但他卻回給我一個奇怪的眼神，然後我的手慌張地飛到嘴邊「啊，不酷，天啊，不是，分手並不酷，我只是，請節哀順變。」

「他沒死。」

「喔，對，那個，我就先……」我吐了一口氣，暫時把手放在紅龍圍欄上。

紙箱男孩皮笑肉不笑地說：「嗯哼，所以你是那種在男同性戀面前會不自在的人。」

「什麼？」我叫了出來，「沒有，完全不是。」

「對啦。」他對我翻了一個白眼，然後移開視線。

「我真的不是，」我快速補充，「聽我說，我是同性戀。」

然後整個世界就停止了，感覺我的舌頭變得又鈍又重。

我想我並不常把這幾個字直接說出來，**我是同性戀**。我爸媽知道，伊森跟潔西知道，然後我似乎也隨口跟我媽事務所裡面的暑期實習生們說了。但我並不是那種會隨便在郵局裡公告我性向的人。

但事實證明，我好像就是那種人。

「喔，真的？」紙箱男孩問。

「當然是。」我緊張到不敢呼吸。很詭異地，現在我想要證明我的性向，像警察秀出自己的警徽一樣，拿出同性戀身分證之類的東西，或者用什麼方式來示範。天啊，我會很樂意用示範的。

紙箱男孩微笑了，肩膀也放鬆了下來，「酷喔。」

見鬼了，真的發生了。我幾乎喘不過氣來，像是宇宙能量的意志讓這個時刻成真。

櫃台後面冒出了一個聲音：「你是有要辦事還是怎樣？」我抬頭看到一個戴著唇環的女人用不爽的

眼神盯著我，這個郵局公務員一點都不在乎。「嘿，雀斑臉，換你囉。」

紙箱男孩在站上櫃台前，先用眼神暫停了我們的對話。這麼短的時間內，我後面已經大排長龍了。好，我不是在**偷聽**紙箱男孩的對話，嚴格來說不是，比較像是我的耳朵自己主動追尋他的聲音。他雙手交叉，肩膀緊繃著。

「限時快遞要二十六塊半。」昏環姐說。

「二十六塊半？妳是指二十六塊錢嗎？」

「不是，我是指二十六塊半。」

紙箱男孩搖著頭「好貴喔。」

「我們就是這個價錢，不要就算了。」

紙箱男孩站著思考了一陣子，然後把箱子拿回來，抱在他胸口，「抱歉。」

「下一位。」昏環姐喊著，她是在叫我，但我趕快退出隊伍。

紙箱男孩愣在那，「為什麼寄個包裹需要花到二十六塊半？」

「我不知道，太過分了。」

「我想這是宇宙能量在告訴我，我應該留下這些東西。」

宇宙能量。

窩的天。

他也信這一套，他相信有宇宙能量。我不想要直接跳到結論或是什麼的，但紙箱男孩相信宇宙能量這件事，肯定是宇宙能量給我的一個指示。

「也是，」我心跳加速，「但搞不好宇宙能量是要你把東西丟掉？」

「它才不是這樣運作的。」

「真的嗎?」

「你想想，把箱子弄走是計畫A對吧?計畫A會失敗並不代表宇宙能量想要我用別的方式來完成計畫A，這很明顯的是它要我去執行計畫B。」

「然後計畫B是……」

「接受宇宙能量是個王八蛋——」

「宇宙能量才不是王八蛋!」

「它就是，相信我。」

「你怎麼可能會知道?」

「我知道宇宙能量幫這個箱子寫了個金酸莓獎等級的劇本。」

「但就是這樣啊!」我死死盯著他。「你無法真的確認啊，你根本不知道宇宙能量到底是想往哪個方向發展。說不定它的目的只是要你遇到我，讓我來跟你說把箱子丟掉。」

他笑了。「你覺得宇宙能量想要我們互相認識?」

「什麼?哪有!我是說，我不知道啦，但這才是重點，我們根本無法得知它想幹嘛。」

「好吧，那我們就看看接下來會怎樣。」他盯著郵遞標籤看了一下子就把它撕成兩半，揉成一團然後往垃圾桶裡丟。至少他是往垃圾桶的方向丟，但卻掉到地上了。「好吧」他說，「那個，你——」

「不好意思。」一個男人的聲音從廣播器迴響出來，「可以給我一點時間嗎?」

我把目光側到紙箱男孩身上「這該不會——」

突然一陣尖銳的唧唧叫聲，緊接著開始了鋼琴前奏。

然後一群它媽的行進樂隊走了進來。

一整個行進樂隊。

一群人湧進了郵局，揹著大鼓、長笛跟低音號，大聲吹著火星人布魯諾的〈*Marry You*〉的微走音版本。接著，大群的人——老人，我以為排隊要買郵票的人——突然跳起了編排好的舞，有高踢腿、搖臀，以及抖胸的舞步。基本上沒有跳舞的人都在錄影，但我整個愣到連手機都忘了掏出來。那個，不是我想過分解讀，但是天啊：我遇到一個可愛的男生，然後五秒鐘後，我卡在一個快閃求婚隊伍裡？宇宙能量給的指示還能不能更清楚一點？

人群散開，有個刺青男溜著滑板進來，慢慢減速一直到櫃台前面停下。他手上拿著一個珠寶盒，他沒有單膝跪下，而是帥氣地把手肘架在櫃台上，面帶微笑地跟唇環姐說，「凱爾西，寶貝，妳願意嫁給我嗎？」

凱爾西的睫毛膏已經流到她的唇環邊了，「我願意！」她捧起他的臉，給他一個淚流滿面的深吻，然後人群爆出歡呼。

這完全擊中我的心，那被標榜為紐約的感覺，就像百老匯裡面講的——是個開放、音量開到最大、霓虹色的歡樂。我整個暑假都在無精打采地閒晃跟想念喬治亞，但現在，彷彿有人把我心裡的開關打開了。

不知道紙箱男孩是不是也有一樣的感覺？我面帶笑容轉頭看向他，我的手就按在心上——

但他不見了。

我的手無力地落下。哪裡都看不到那個男孩，他的紙箱也不見了。我仔細地找著，掃描過這郵局裡的每一張臉，說不定他只是被這快閃團推到一邊而已。說不定他是快閃團的一員。說不定他有什麼急事，緊急到沒時間跟我要電話號碼。他連再見都沒有跟我說。

我不敢相信他連再見都沒說。

我以為——我不知道，可能很蠢啦，但我以為我們好像開始了點什麼。我的意思是，宇宙能量把我們各自捧起來，然後送到彼此的面前。剛剛就是這樣對吧？我不知道還有什麼其他解釋的方式。

但是他像午夜的灰姑娘一樣消失了，彷彿從來沒有出現過。我永遠不會知道他的名字了，或者他喊我名字的時候聽起來會是什麼感覺。我也永遠無法讓他知道宇宙能量沒有那麼王八蛋了。

不見了，徹底消失，這個失落感嚴重到我幾乎要跌落在地上。

直到我的視線對到那個垃圾桶。

我必須說，我沒有打算要翻那堆垃圾，當然不可能，我不愛乾淨，但我可沒有**那麼**不愛乾淨。

不過紙箱男孩可能說對了一件事，說不定宇宙能量真的想執行計畫B。

我的問題來了：如果一個垃圾從來沒有被丟到垃圾桶裡，那它還是垃圾嗎？我們來想想看——而且這是純假設而已，如果有張被揉成一團的郵遞標籤躺在地上，還能算是垃圾嗎？

如果那是一隻玻璃鞋呢？

第二章

班

我回到原點了。

我就只需要做一件事。把分手箱寄出去，而不是抱著分手箱從郵局落荒而逃。但我必須說，那段時間裡發生了很多事情。有個又酷又可愛叫亞瑟的傢伙，顯然沒有被宇宙能量傷害過。他居然認為我們是命中注定要相遇，而且還是在我打算把哈德森的東西寄回去給他的同一天。我想在我們被那個遊行樂隊拆散之後，亞瑟應該會改變他對宇宙能量的看法吧。

我上了前往字母市的電車，回去找我的摯友狄倫。我住在B大街，狄倫住在D大街。故事的起源要追溯到我們的姓氏，亞雷合（Alejo）跟柏格斯（Boggs）。三年級時，他坐在我後面，會不停拍我肩膀跟我借東西，像是鉛筆或是活頁紙。長大後也是一樣，他還是會在手機沒電時跟我借那台比別人落後兩代的蘋果機，好跟他那個星期迷上的對象傳訊息。我唯一跟他「借」的東西，也不過只是找他代墊一下午餐錢。說是用「借」的，是因為我幾乎沒有能力可以還錢，但他也不在意，狄倫是個好夥伴。他不在意我喜歡男人，我也不在意他喜歡女人，感謝我兄弟打下我們男曼史的基礎。

下車以後，每當我經過一個垃圾桶，我都會把分手箱懸在垃圾桶上，但我卻無法鼓起勇氣丟掉那該死的箱子。

雖然是我提議分手，但我沒想到感覺會這麼糟。由於哈德森吻上了別人，我總覺得他才是主動劃下句點的那個人。自從他父母離婚後我們之間就不太對勁了，但我一直包容著他；例如我讓他計畫如何慶祝我的生日，他卻帶我去他最愛樂團的演唱會。但我不在意，因為那是我人生中第一場演唱會，而且殺手樂團超讚。他沒有出席我爸媽的紀念日午餐，我也不在意，因為他畢竟才經歷了他父母的事情，要來慶祝我爸媽的婚姻可能太難受了。有一次我們去看了一部兩個青少年的浪漫愛情喜劇片，他卻不停說著像這樣的愛情，包括我們之間的戀情，永遠都上不了好萊塢的枱面。我當下奪門而出，以為他會追上來跟我道歉，或喊住我，或做些男朋友該做的事情。

連續三天毫無音訊，直到我打電話，問他我們到底還有沒有要再講話。然後他突然在我公寓門口冒出來，跟我說他以為我們已經分手，所以他在一個派對裡隨便親了誰。他拚命想要我再給他一次機會，但省省吧。我跟他分手了，真的。就算他以為我們已經分手了，他連一個禮拜都等不及就直接找上新對象？聽到這事以後，我很難不覺得自己一文不值。

我抵達狄倫的大樓，按下他公寓的門鈴，他馬上就幫我開門了，這很棒，因為我現在一點都不想過需要等待的人生。我扛著一箱前男友的東西，還背著滿背包的暑假作業，今天爛爆了。

我在電梯裡打哈欠，因為我今天為了暑修七點就起床了。人生真棒，宇宙能量一直在揮拳——用手指虎打在我的心與自尊上。

我走出電梯，直接走進了狄倫的公寓。我們感情就是這麼好，但我很聰明，知道走進他臥房前要先敲門。尤其因為幾個月前我直接走進去，卻看到他在用生命打手槍。

「手沒放在褲子裡吧？」我問。

「很不幸地，沒有。」狄倫從門的另一側回答。

我打開門，狄倫正坐在床上瘋狂傳訊息。我昨晚才跟他吃過飯，今天他就剪頭髮了。他是我認識唯一跟我同年齡卻又適合留鬍子的人。我一直以為我青春期來得很慢，我連個小鬍子都沒有長出來，但其實狄倫才是那個怪咖──很帥的怪咖。

「大班班，」狄倫唱著，把他手機放下，「我生命中的那盞燈，卡在學校的那個人。」要暑修這回事不是普通的爛，因為從我帶著補課的壞消息走出指導老師辦公室那一刻，狄倫就開始開各種暑修的花式玩笑了。他只是很幸運地沒有遇到過任何一個約會對象會說服他不要唸書，而且相信成績都會自己落到對的地方。

「夠囉。」我說。我一直都不喜歡可愛的綽號。

狄倫指向我胸口「這件衣服真的很不錯，對吧？」

他衣櫃裡幾乎塞滿了紐約各種獨立咖啡店的T恤，昨晚他來跟我一起吃飯時，把這件「夢想與咖啡豆」的T恤給我。當他衣櫃太滿的時候，他會分一些給我。通常他不會易手他最喜歡的幾件，例如「夢想與咖啡豆」，但我也沒在抱怨。

「我沒有乾淨衣服了，」我說，「這件也沒多酷炫啊」

「聽得我心好痛，但從你手上還抱著要拿給哈德森的箱子來看，我猜你心情不好。發生什麼事了？」

「他今天沒來學校。」我把箱子放下。

「蹺掉暑修第一天感覺是很爛的主意。」狄倫說。

「對啊，我問哈麗葉能不能幫我拿給他，但她拒絕了。」我接著說。「我原本想要用寄的，但限時掛號郵資太貴了。」

「為什麼一定要用限時掛號？」

「因為我想要讓這箱子早點從我面前消失。」

「普通寄送也可以達到一樣的效果。」狄倫挑起他的左眉，「你做不到，對吧？」

我把那個應該被我寄出去、丟掉，或綁在錨上一路沉到河底的那個箱子放下來，「不要戳破我的泡泡，那是我的泡泡。」

狄倫站起來給我一個擁抱。「噓～沒事的。」他在我背上畫圈圈安撫著我。

「你安慰人的語氣一點都不安慰我。」

狄倫在我臉頰上輕輕啄了一下，「沒事的，布丁寶貝。」

我盤腿坐在他床上，很想掏出手機看看有沒有錯過哈德森傳來的訊息，或者上ＩＧ看看他有沒有上傳新的自拍照。但我很清楚不會有任何訊息，而且我在所有社交平台上對他取消追蹤了。

「我不希望他為了避開我而被當掉暑修，他蹺三次課就會被留級耶。」

「可能吧，但那是他自己的問題。如果他不來上課，那你也不用整個暑假都要跟他一起過，問題解決了。」

不久之前，我還滿腦子的在想要如何跟哈德森度過這個暑假。以一對情侶的身分一起泡在泳池裡、公園裡，在父母親上班時跑去對方房間裡鬼混，而不是一起暑修的前男友。只因為在此之前，比起研究化學作業，我們花了更多心思研究對方。

「真希望你跟我一起受罪，」我說，「他有他最好的朋友，我也應該要有我的啊。」

「窩的天，提醒我永遠不要跟你一起作案，你肯定會被抓，然後馬上把我抖出來。」狄倫看了看他手機，彷彿我們沒有在聊天似的，不過我也很討厭人類需要聊天這件事。「我去的話，那堂課會直接變成八點檔拍片現場，我無法跟我前任同聚一堂，這並不是一個健康的環境。」

「我的確就是跟我前任一起上課，狄倫。」

「你並沒有，他沒來上課。就算他有，也別忘了你才是佔優勢的那一方。你才是分手後的贏家，因為分手是你提的。如果是他提的可能會雙倍慘，但你提的話只有普通慘。」

我很樂意拿我的小王國來換一個普通慘的分手不會被算成是勝利的世界，但我們現在就卡在這了。最近的分手事件證明了，我們永遠不應該找朋友圈內的人約會。我沒有指責任何人的意思，但狄倫跟哈麗葉開始了這一切。一開始四人行都好好的，直到狄倫跟哈麗葉在跨年夜接吻。當時我對哈德森有點意思，我也滿確定他對我有意思。但那晚，當我們轉頭看著對方時，我們沒有親吻彼此，只有互相搖了搖頭，因為我很了解我的摯友，而他了解他的，這兩人不會長久。如果不是狄倫跟哈麗葉在週末自己跑去約會而丟下我們兩人，我們可能不會有這麼多單獨相處的時間而產生了可以試試看的錯覺。

我想念四人行的日子。

我站起來把 Wii 打開，我需要用嘴砲跟娛樂來讓自己振作一點。「明星大亂鬥」雄壯威風的開頭曲在電視上大聲播放。狄倫最強的角色是路易吉，因為他覺得馬力歐沒有大家講得那麼厲害。我喜歡用薩爾達，因為她可以瞬移跟反彈子彈，還可以從遠處射出火球，全部都是適合喜歡玩遠程角色、避免近戰的招式。

我們開始玩遊戲。

「在悲傷光譜上，你今天覺得如何？」狄倫問，「《天外奇蹟》開頭片段那樣傷心？還是像尼莫他媽媽死掉時那樣傷心？」

「天啊，沒有，絕對沒有像《天外奇蹟》開頭片段那樣傷心，那個根本是末日耶。我想我比較像是，《玩具總動員3》最後五分鐘的傷心等級吧，我只是需要一點時間重新站起來。」

「沒問題。好，我必須跟你說一件事。」

「你要跟我分手嗎？」我問，「這一點都不酷。」

「類似吧，」說到這裡狄倫很戲劇化地暫停了一下，同時按住一個鍵，好讓路易吉一直對薩爾達發射綠色火球。「我在咖啡廳遇到了一個女孩。」

「這是你講過最狄倫式的一句話了。」

「是不是？」狄倫迷人地輕笑了一下，「好，我昨天看完醫生以後，晃到上城區去試試這家咖啡廳。」

「也就只有你會在看完心臟科醫生以後會馬上跑去咖啡廳，這也太狄倫了吧。」

「每年固定的儀式，」狄倫說。他心臟有個叫二尖瓣閉鎖不全症的毛病，沒有字面上那麼恐怖啦，至少對於狄倫來說。我不知道如果他的醫生下達禁咖啡令的話，他會怎麼辦就是了。「總而言之呢，我經過了那間我迴避了一輩子的『庫咖啡』，因為你也知道，我不喜歡這種文字遊戲梗，然後她走出來倒垃圾，然後我就變成了愛上她的垃圾。」

「一如往常。」

「但我無法穿著『夢想與咖啡豆』的衣服走進那家店裡。」

「為何不行？」

「欸，你會帶著快樂餐走進漢堡王嗎？不會，這樣一點尊重都沒有，有沒有常識啊。」

「我的常識在跟我說要交新朋友。」

「我只是想要表示尊重。」

「你剛剛對我一點都不尊重。」

「我在講對她的尊重。」

「你當然是。等下，該不會這才是你昨晚給我這件衣服的原因吧？」

「對啊，我太緊張了。」

「你好奇怪，繼續講。」

「為了面對『庫咖啡』，今天我穿了比較適合的衣服……」他比了一下身上素面的藍T恤，友善中立的設計。「……她在幫客人做一杯濃縮咖啡時哼著艾略特．史密斯（Elliott Smith）的歌，然後我就不好了，整個人都不好了。大班班，我在那瞬間得到了一個未來的老婆跟喝不完的咖啡。」

當我才剛被當掉戀愛學分時，真的很難替找到羅曼史的另一個人感到開心，但這可是狄倫。「我等不及要認識我未來的嫂子。」

「你記得在BuzzFeed上看到那篇講《哈利波特》式婚禮的文章嗎？我跟珊曼莎會做一個咖啡主題的婚禮，每個人都會穿著咖啡師的圍裙，用咖啡杯敬酒，所有人的咖啡都會畫上我長相的拉花。」

「你太超過囉。」

「但有個缺點。」

「她已經有缺點了？」

「她是『庫咖啡』的忠實粉絲，因為他們會把收入的一部分捐給慈善機構，而她覺得咖啡愛好者應該要很在意他們喝的咖啡是從哪買的。我的意思是，我還沒有打算跟『庫咖啡』訂下終生。」

「她有這樣要求你嗎？」

「沒有，但是……她用了無聲的要求。當命中注定的那一位出現時，總是要做點犧牲的。」

「你不可能戒掉『夢想與咖啡豆』的咖啡的。」

「怎麼可能，我只是不會在珊曼莎面前喝，她不知道就不會有傷害。」

「也就你可以把喝咖啡講得如此不道德。」

「反正呢，我把其他咖啡店的T恤塞到你抽屜裡了，避免我被誘惑。」

我去看了一下這些衣服，因為我可能會撿到寶。喔對，我在他房間裡有個抽屜，我房間裡也有一個他的抽屜，我們太常在對方家裡過夜，所以這樣其實很合理。當我總算漸漸接受我在學校出櫃的事實後，我在體育課時常感到尷尬，好像大家認為我會去偷偷打量他們的身材之類的。有個像狄倫的兄弟真的很讚，他完全不會介意在我面前換衣服，或我在他面前換衣服。我只希望這次不會跟之前一樣，在他找到命中注定的那位時，失去他很酷的一面。

「等等，你昨天晚上來我家的時候為什麼沒有跟我講珊曼莎的事？」我問他。

「我不知道。」狄倫說。講得好像是個令人滿意的答覆，彷彿我就會直接回他：「喔，好吧。」一樣，然後回去在「明星大亂鬥」裡打爆他。

「你從來不會在暗戀期間就跟我說的。」我說。

「舉個例子來聽聽？」

「加布里埃拉、海瑟、娜塔莉亞，還有——」

「我說一個例子。」

「——跟哈麗葉。就很奇怪啊，我們什麼都不會隱瞞對方的。」

狄倫點頭：「我只是不想觸霉頭而已，你知道我爸老是說他在高一遇到我媽時就想娶她了嗎？我對於珊曼莎有著同樣的感受。」

我假裝沒有聽過狄倫講這種話，例如他之前給予同樣評論卻在三月分手的哈麗葉，但我也不太在意。說不定這次就會成功。我們繼續打遊戲，狄倫的話題持續圍繞在他跟珊曼莎的第一個小孩會以什麼熱飲來命名，而我拒絕當任何一個名為西打的小孩的班叔叔。

我有一點點忌妒處在新戀情階段的狄倫，那個彷彿什麼都能成真的階段。例如珊曼莎可能真是他命中注定的那位，就像我當初以為哈德森會是我的那一位。我等不及在醒來的時候就看到他的臉——他那美麗又慵懶的眼睛，鼻頭上的小凸起，那對充滿了暗示卻又跟紅髮不搭色的深色眉毛。就像他如何改變了我看世界的方式，例如他會推開那些因為他偏女性化的行為而霸凌他的笨蛋們，他幫助我改變我對於男人形象的愚蠢刻板認知。還有三月我們第一次上床前，他安撫了我對於性的不安，我實在不知道最後感覺到底是好還是壞。先破個梗：那次超讚的。

說不定這週我可以把書唸得超好，讓老師們發覺我其實不需要接下來的一個月來暑修，這樣我就可以過著沒有哈德森的生活了。

不過我必須面對現實，就算我沒有跟哈德森交往過，我可能最後還是需要暑修，我成績一直不出色。

「你永遠都會是我的第一順位，大班班。」狄倫說。「直到西打寶寶出生。」

「先兄弟再寶寶。」我強烈要求。

「同一順位呢？」

我聳肩，「可以。」

「你不會單身太久啦，」狄倫說，彷彿他是個白人化的神奇八號球一樣。「你長得很高，你的髮型可以直接去拍電影，你的風格渾然天成。如果我沒有珊曼莎．『我還不知道她姓什麼所以不知道柏格斯要冠在什麼上面』太太，我敢肯定，一年以內你就可以扳彎我。」

「嘴巴真甜，你知道扳彎一個人會是我人生的高點。」我並不會追著直男跑，但是如果有人想要體驗一下這個那個的，歡迎來到亞雷合之家，鞋子可以脫在門口，但如果你有個人偏好的話，要穿上床也沒問題。

我贏了第一回合，因為我就是我，然後我們開始了下一回合。

「我們來談談你沒有把分手箱寄出去的真正理由。」狄倫對我說著，好像這段談話要收錢似的。

「那你先停止使用諮商師的語氣」我說。

「或許我們可以從這點來切入，為什麼我的語氣讓你不舒服，我是否讓你聯想到權力的象徵？」

我打趴他的角色然後給了他一個中指。

「我只是……我真的以為可以親手把箱子交給他結束這一切，但他沒有來學校，然後忽然間，我人就在郵局跟一個男生討論哈德森，一直到一群快閃隊伍跑進來然後——」

「等一下，倒帶倒帶。」

「喔對，那個快閃群，他們演奏了那個布魯諾火星人的歌然後——」

「不是，那個男生，他是誰，是幹嘛的。」狄倫轉向我，再一次完全忘記有個神奇又複雜的魔法按鈕——暫停鍵。「你很混帳喔，你讓我替你感到悲傷，但你已經跟新男人搞上了。」

「等下，沒有喔。你的指控不成立，我沒有搞上任何人。」

「為什麼不行？他是誰？名字、地址、社會保險號碼、推特跟 Instagram 的帳號。」

「他叫亞瑟。我不知道姓什麼，我更不可能知道他的地址甚至帳號，但既然我們講到這個，為什麼大家不能在所有平台上都用同一個帳號就好？」

「人類很複雜的。」狄倫很有智慧地點了點頭，「你還知道些他的什麼？」

「他才剛來紐約沒多久，從喬治亞來旅遊的，他繫著全世界最扯的領帶。」

「同性戀嗎？」

「沒錯。」從一開始就可以得知一個可愛的男生是不是同性戀總是個好事，要自己找出答案的那種並不好玩，而且通常不會有好下場。

「我感受到了激情。」狄倫幫自己搧風。

「他滿可愛的，嗯，不過比我的菜要再矮一點，差不多是一百七十三公分吧，不算鞋子大概就是一百七十公分左右，眼睛藍得跟修圖一樣，像個外星人。」

狄倫拍手。「好的，我買單了，我要把你跟這位你在原本要把前一場感情遺物寄回時所認識的男孩湊成一對了。」

我搖了搖頭，把手把放下，「D，別這樣，我現在整個很糟糕，我必須先跟我自己好好相處一陣子。」

「你從來都不糟糕，大班班。」

「你人真好，謝啦兄弟。」

「在不遠的將來我們會不小心喝太多，我會在凌晨兩點邀請自己去你家，然後我們會……很認真地蓋棉被純聊天。然後我發誓，第二天早上我絕對不會說這是個糟糕的主意。」

「你毀了剛剛那個氣氛。」

「歹勢。遊戲模式重新開啟，」狄倫說，「你對自己太嚴苛了，就算哈德森那蠢貨把你視為理所當然，並不代表下一個男人也會這樣。操，你在走出失戀低潮期的同一天遇到一個品味很差的可愛男孩，這是個跡象。」

我想到我跟亞瑟討論宇宙能量的樣子，他的臉孔又重新浮現在我腦海中。他不像我每天在路上看到的某些我會拿來當妄想中男主角的帥哥，那些人我大概一小時後就會忘記他們的長相。亞瑟的牙齒超白的，犬齒有個小缺口，亂糟糟的棕髮。以同年齡來說他穿得太正式了，大概只有外星人才會穿成這樣，假裝自己是一個成年人，但沒有意識到自己的娃娃臉有多明顯。說不定我不應該隨便就從郵局裡逃出來的，可能狄倫說得沒錯，我忽略了那個跡象。

「我該回家了，」我心情低落地說，「該寫功課了。」

「暑假中的星期一，真的很懂得過生活呢。」狄倫從床上站起來給我一個擁抱。

「我晚點再打給你。」

「如果我沒有在跟珊曼莎講話，我就會接你電話。」講的好像我不知道一樣，我真心希望我不會在這個暑假同時失去一個男朋友跟一個摯友。

狄倫在我踏出門口時叫住我。

「你是不是忘了什麼？」狄倫往分手箱看了一眼，「故意的？我是可以幫你**處理**啦，我會戴上面罩跟手套，然後在三更半夜把這王八蛋**處理**掉，沒有人需要知道是我們做的。」

「你需要治療，」我邊說邊把箱子搬起來，「我會處理它的。」

我無法決定我算不算在說謊。

我坐在書桌前掀開筆電，開機要等上個幾分鐘；畢竟不是最新的型號，甚至是個比較新的舊型號。

如果我電腦升級的話，玩第一代模擬市民肯定會跑得快一點。

我真的應該寫功課的，但光是要專注在化學上已經夠難了，更別說我身邊有個箱子，擺滿了各種原本應該成為我的一切，現在卻什麼都不是的代表物。有時候我會專注在這段感情中比較美好的事情，才不會太憤怒。就如同我們在結束一天的擁抱時，哈德森將下巴靠在我肩膀上的方式，彷彿他不想回家，甚至離開我幾步的距離都不想。他讓我覺得他總是注意著我，就算他的視線朝向別的地方，但我知道他在看著我。他還跟我一起看書，還幫我的手機用閃電型充電線，好讓我們可以視訊到很晚。

但當他父母在四月一號確定要結束二十年婚姻的那天，哈德森就消失了。他發誓，這一定是他媽媽計畫好的愚人節玩笑，還以為他們會復合。就算他父母已經宣布說要分開了，而且他媽媽也從布魯克林搬去曼哈頓了，哈德森還是抱持著他們會復合的希望。他就像電影裡面的小孩，想要規劃出一個空前絕後的計畫，來讓父母親重新墜入愛河。

看著一段他以為堅定不移的愛情崩壞，對我們之間的感情並沒有幫助，我們變得超級不契合的。有時他不希望我在他身邊安慰他，然後其他在一起的時間，他的愛情觀整個變得很混帳。我再堅強也只能承受一定的傷害到必須遠離他，我給過他很多機會——我給過**我們**很多機會。我想我沒有好到能讓他想起愛情可以是美好的。

我的筆電開好機了，我必須在開始做功課前發洩一下，所以我打開了從一月就著手寫的，以自己為主角的奇幻小說。這是我唯一持續進行的新年新希望，而且我很沉迷於我的小說，《壞巫師之戰》（*The Wicked Wizard War*）——縮寫成ＴＷＷＷ。雖然現在只是自己寫爽的，但希望某天可以跟全世界分享。或者至少給狄倫看看，他真的很想看我拿他當原型角色。

我跳到上一次寫完的地方。

是有哈德森角色的一幕，開頭也滿簡單的，班賈明跟哈德森尼恩在半夜偷偷潛出禪城堡，打算到暗黑森林來個浪漫約會。班賈明使用風魔法把迷霧吹散，然後哇一聲，一群生命吞噬者突然出現，要他媽的制裁哈德森尼恩。真可惜，我花了很多心思去形容那個要用來砍他頭的巨大斷頭台，因為我很注重文字敘述出來的畫面，你懂得。然後，當生命吞噬者要讓斷頭台的刀片落下時，我崩潰了。

我做不到。

我還沒準備好要殺掉哈德森——哈德森尼恩。

或是把箱子丟掉。

說不定我們可以談一談，幫這戀情劃下一個句點，成為朋友。

我想知道他過得如何。

我點開哈德森ＩＧ帳號 **@HudsonLikeRiver** 的時候心跳開始加速。一個小時前他貼了一張自拍，我不知道為什麼哈麗葉要說他生病了，因為他看起來滿健康的。他比著ＹＡ，狀態打著 **#轉換心情**。我們都知道他其實應該要比哪一根手指頭。

哈德森不可能不知道我已經取消追蹤他了，就像他也知道我還是會去看他的頁面，畢竟他跟我不一樣，他沒有設定隱私帳號。但如果他真的已經放下了，那他應該不會在意來不來學校吧。

我有點好奇他是不是真的放下了，他說派對的那個男的不住在紐約，但他們可能會進行遠距離戀愛。有時候我覺得哈德森對數學課的丹尼有點意思，但他發誓丹尼不是他的菜，太壯了，太愛車了。可能根本不是他吧。

我覺得，我也可以打個 **#已放下** 啊。今天宇宙能量完全沒有打算要幫助我啊，要不然我可能正在跟亞瑟傳簡訊，而不是翻看我前男友的頁面。但狄倫講到一個重點，是那個羅曼蒂克的我喜歡的點，但同時也是跟哈德森交往時的一個問題。我們分手時，哈德森說我期望太高了，想得過於美好。我不太懂為什麼這是缺點，為什麼我不應該跟一個會珍惜我的人在一起？一個想要跟我走一輩子的人？

我不知道要如何在紐約市裡找個可愛的陌生人，通常我只看到他們一次，然後就沒有然後了。但我跟亞瑟談到話，我知道他的名字。我把哈德森的頁面關掉，然後在搜尋欄裡打進**亞瑟**。不出所料，宇宙能量並不打算讓這件事情變得簡單一點，沒有幫我把我遇到的亞瑟推到搜尋結果的第一項。我連亞瑟有沒有ＩＧ都不知道。不過，如果他跟學校裡的人們一樣，他就會把自己人生每個細節都記錄在推特上。我搜尋**亞瑟熱狗領帶**，看看他是否有發推特來講那條很扯的領帶。除了一個參加吃熱狗比賽也叫亞瑟的傢伙要求比延長賽以外，沒有其他結果。我輸入**亞瑟喬治亞**，搜到的也只是亂七八糟的東西，例如一個名為喬治雅的女孩看了亞瑟王的電影馬拉松，也沒有找到任何從喬治亞搬來過暑假的郵局亞瑟。

可惡。

這裡是紐約市，所以郵局亞瑟不會再次出現在我的人生中。我想這也沒關係吧，反正我們之間也不可能蹦出任何火花。

一點都不感謝你喔，宇宙能量。

第三章

亞瑟

星期二・七月十日

「哈德森。就跟那條河同名。」我正在跟潔西傳訊息。

「笑死」。潔西回我。「你知道去撿他的郵遞標籤整個很嚇人耶？」

「〔哭哭符號〕。我知道啦，我發誓我不是跟蹤狂。」

而且就算我是——再次強調我絕對不是——我肯定會是全世界最廢的跟蹤狂。我撿的郵遞標籤還不是完整的一張，它被又撕又揉到一個體無完膚，我無法判斷撿到的是收件人還是寄件人的部分。地址那邊已經被撕掉一半，姓氏部分更是完全無法閱讀。但我還是在等2號電車的時候，拍了一張照片傳到群組裡。車廂裡一如往常塞滿了乘客，我擠到一位穿著《貓》音樂劇上衣的男人跟一位手臂滿版刺青的女人之間。

「總之那上面寫的肯定是哈德森。」潔西寫著。

我靠在欄杆上。「對吧？但哈德森是那個男孩還是他的前男友？」

我還在為了讓他跑掉這件事懊惱地踢自己。我一直以為這只是個說法而已，**踢自己**，但沒有，我現在就站在地鐵裡，用左腳踢右腳跟。我就只需要跟他要電話號碼而已。就這樣。我就只需要做這麼一件事。

「為什麼我是個沒市場的蠢蛋？」

「蛤??」潔西回訊。「你在講什麼？你超有市場的好嗎？我根本不可能有那個膽子去搭訕一個不認識的可愛男孩。你超猛的。」

「天啊，他超可愛的啊，我覺得你無法理解他到底有多可愛。」

「我認真的，亞瑟，這整個提升了你市場的等級了。（肌肉符號）。」

「我同意，」伊森加入話題，「你搭訕了一個可愛男孩，完全支持你。」

好，你知道什麼很詭異嗎？跟伊森聊男人。而且，他講的都是正確的。這點讓整個氣氛變得更詭異。因為我不知道哪個伊森才是真的，群聊裡面「我是你最佳後盾」版的伊森？還是我跟他私聊視窗裡完全對我已讀不回的那個伊森？我知道這也只是簡訊而已，我不應該太在意。我媽跟我說直接跟他聊聊就好了，但我連要說什麼都不知道。而且我敢打賭，他一定會第一時間否認我們之間的互動怪怪的。

我點進了我的相片，有一部分的我很想大聲歌唱，那個當我悲傷時會想要唱出《悲慘世界》的部分，沒辦法，如果我要有感覺的話，我必須要**感受**他。

我開始翻以前的照片。高三，潔西在米爾頓跟羅斯威爾的球賽中途看書，伊森則是出乎意料卻又不意外地戴著紳士帽，潔西在我車子副駕駛座睡覺。繼續滑。高二，伊森站在冰棒王的攤販前面，去亞法隆冰宮溜冰，一張浸在巧克力醬裡的鬆餅近照，因為我總是自己偷帶巧克力醬去鬆餅屋。

然後我翻起影片，裡面有一百萬個伊森在唱歌的影片，有時候還會高歌吶喊。我必須說，伊森就是我這些年來以為所有直男都喜歡音樂劇的原因。

我有點恨他。

我超級想念他。

我抬起頭來發現有個老太太正在盯著我看，而當我們視線對上對方，她也沒有把頭轉開。她也沒露出微笑，就只是一直瞪著我看，然後把她的大皮包當作一隻貓在撫摸。沒有比紐約更奇怪的地方了。

不過它有時候怪得很不錯就是了，像昨天。我的腦袋一直回想起紙箱男孩，哈德森。我記得最清楚的，是他的笑容——尤其當他聽到我說自己是同性戀時的那個笑容。我敢發誓，他聽了以後超開心的，當然也有可能是因為遇到同類很開心，像是戴上金賽量表分類帽之類的東西「應該是……同性戀！！！！！！」★播放鑵頭歡呼聲同時在哈德森男同之家揮舞著彩虹旗★

但也有可能不是物以類聚的狀況，至少不像是那樣，感覺更像是命運，跟被正視，跟站挺一點，跟**喔哈囉**。我不是專家或怎樣的，但我敢發誓他肯定對我有點意思，我只是無法理解為什麼他就這麼走了。

我走出車廂被炎熱的氣溫包圍著。這是紐約讓我出乎意料的一件事，這裡熱起來比喬治亞還要可怕。我的意思是，喬治亞的確氣溫比較高，是沒錯，但在紐約你可以直接感受到那個氣溫。如果是華式90度，你用走的，如果傾盆大雨，也是用走的。在家鄉，我們夏天是從停車場這一頭到那一頭都不會用走的。你停在**Target**前面去逛**Target**，然後你開著有冷氣的車子走幾百公尺去隔壁的星巴克。但在這裡，我已經汗流浹背到襯衫都濕了，而現在連早上九點都還不到，你可以猜猜我有多喜歡當那個滿身大汗的實習生，更不要提我還在一個超頂級的辦公室工作。

我必須說，整棟辦公大樓都閃亮亮的。風雅極簡設計燈座？有的。鏡面電梯？有的。俐落鐵灰沙發跟三角金屬茶几？都有。甚至還有一個看門人，莫里，他有時候會叫我醫生。這也的確是大家常做的事情，雖然我才十六歲而且一點醫療背景都沒有，但是我姓蘇斯（Seuss[2]）。再來，你想問的問題我的答案是否定的，連遠親都不算，連一表八千里的姻親也不算。不，我不喜歡綠色的蛋跟火腿。

回到正題，我媽在十一樓上班，跟亞特蘭大那邊的是同一個律師事務所，但紐約的辦公室至少有三倍大。裡面有律師、法務助理、秘書跟其他職員，每個人都好像互相認識一樣，而且他們肯定都認識我媽。她好像是個VIP還什麼的，因為她跟這個律師事務所的擁有人一起上過法學院，所以我才在這邊上班，而不是在猶太社區中心裡當導演，陪六歲小鬼演《屋頂上的提琴手》。

「呦，」南菈塔說，「亞瑟，你遲到了。」

她手上抱著一大疊的折疊資料夾，代表著我今早可有得玩了。南菈塔喜歡指派我做事情，但她人其實不錯。今年只有兩個暑期實習律師，她跟茱麗葉，所以她們每天都忙到翻掉。但好像唸法學院就是這麼一回事，聽說有五百六十三人申請南菈塔跟茱麗葉的位子，反觀我申請的過程，就只有我媽說：「這在你申請大學的時候會加不少分。」

我跟著南菈塔走進會議室，茱麗葉已經在裡面翻看一疊疊的文件了。她抬頭瞄了一眼：「舒梅克的檔案？」

「沒錯。」南菈塔把它們疊在桌上然後找張會議椅坐下。順帶一提，這邊連椅子都是柔軟又有輪子

2 譯註：Seuss，希奧多・蘇斯・蓋索，美國著名的作家及漫畫家。常以蘇斯博士（Dr. Seuss）作為筆名，其作品主要以兒童繪畫書本為主，而且每部作品都有運用有趣押韻。

的高級貨，很可能是這份工作最賺的地方。

我往椅子後面靠，踢桌腳把自己發射出去，「這些檔案都是為了同一個案子？」

「沒錯。」

「感覺是很大的案子。」

「還好。」南菈塔說。

她連頭都不抬，這兩個女生有時候會這樣，無敵專注然後脾氣暴躁。但是，偷偷跟你說，她們滿酷的。雖然不是伊森跟潔西，但她們也就是我的紐約小隊了，至少她們將會是。等她們愛上我以後。我會讓她們愛上我的。

「喔，茱麗——葉，」我滑回桌邊，拿出我的手機。「我有個東西要給妳。」

「我該緊張嗎？」她頭還埋在文件裡。

「沒，妳該感到興奮。」我把手機滑向她，「因為發生了這件事。」

「這是什麼？」

「一張截圖。」

更精準地說，是晚上十點十八分在推特上跟伊薩蕾（Issa Rae）對話的截圖，這剛好是茱麗葉最喜歡的女演員。我知道，因為我偷偷在追蹤茱麗葉的ＩＧ。

「你跟伊薩蕾說昨天是我生日？」

我得意地笑著：「沒錯。」

「為什麼？」

「這樣她才會發推特祝妳生日快樂啊。」

「我生日在三月。」

「**我知道**，我只是想說……」

「你欺騙了我的女王。」

「才沒有。欸，好像有點？」我揉了揉我的額頭，「算了，妳們要不要聽我最近才搞砸的事情？」

「我想我們才剛聽完。」南菈塔說。

「不一樣啦，這跟男生有關係。」

她們同時抬起頭，總算，我就知道小隊員們無法抗拒聽我講我的戀情。雖然我現在還是單身，但她們喜歡聽我講在地鐵裡看到的小鮮肉們。能夠直接討論這種話題滿酷的，好像這不是什麼大事，就只是一起談論我生活中的枝微末節。

「我在郵局遇到一個男生，」我說著，「然後妳們猜發生了什麼。」

「你們在郵筒後面喇舌。」南菈塔說。

「呃，不是。」

「那就是在郵筒裡面，」茱麗葉猜。

「不是，沒有喇舌，但他有個前男友。」

「喔，所以他是同性戀。」

「沒錯，至少也是個雙性戀或泛性戀什麼的，而且他現在單身，除非他很怕孤單就隨便找了對象之類的，紐約男生會這樣直接跳入下個戀情嗎？」

南菈塔直接切入重點：「你怎麼搞砸的？」

「我沒拿到他電話號碼。」

「人生。」南菈塔說。

「你不能去網路肉搜他嗎？」茱麗葉問，「感覺你……這方面滿拿手的。」

「我也沒有問到他名字。」

「喔，親愛的。」

「應該是說，我有，但我只有50％的把握確認他名字叫哈德森。」

「你有50％的把握。」茱麗葉的嘴角上揚。

我慢慢地搖頭，不是不能給她們看那張郵遞標籤，但我不確定她們有沒有需要知道我在郵局地上撿垃圾的行為。連潔西都覺得這很詭異了，而潔西可是那個跟全數學課的同學們講說她跟碧昂絲是親戚，然後第二天帶了一張自己合成的照片來當證據的人。

「所以你只知道這傢伙的名字，而且……還有可能不是他的名字。」

我點頭：「滿令人絕望的。」

「可能吧，」南菈塔說，「你要不要在克雷格列表（Craigslist）上寫個什麼。」

「寫什麼？」

「擦身而過啊，你知道那種**我在F車上看到你邊吃玉米糖邊讀《格雷的五十道陰影》**那種貼文。」

「好噁喔，玉米糖？」

「注意一點，玉米糖可是天賜的零食。」南菈塔說。

「呃——」

「我認真的，亞瑟你應該寫一個啊」茱麗葉鼓勵我，「內容描述當下的狀況就可以了，像是，**嘿，我們在郵局認識了對方還躲在郵筒裡喇舌**之類的。」

「我很想問，紐約人是不是真的會在郵筒裡面喇舌？我們在喬治亞並不會做這種事情。」
「茱兒，我們應該幫他寫這篇貼文。」
「而且誰塞得進郵筒裡？」我追著問。
「好，」南菈塔說，「孩子，開啟你的筆電。」
我必須說，我有個雷點：她們硬要稱呼我為**孩子**。好像他們有多成熟、多懂人情世故一樣，而我只是一個發育一半的胎兒似的。不過我還是把電腦開機了。
「打開克雷格列表。」
「在這裡貼文的人不是通常會被謀殺嗎？」
「不會，」南菈塔繼續指使著，「會被謀殺的只有開網頁動作太慢然後浪費我時間的人。」
所以現在南菈塔站在我身後，茱麗葉坐在我旁邊，我的螢幕上顯示著一列列密密麻麻的藍色連結。
「欸，好的。」
南菈塔點了點螢幕，「這裡，社區下面。」
「感覺妳對這網頁熟門熟路的」我指出這點，然後就被揍了。
我必須承認我滿享受的，我是指她們表現出感興趣。我必須說，我一直有點害怕南菈塔跟茱麗葉會覺得我很煩，而她們被迫當高中生的保母，尤其她們有更重要的事情要做時，例如整理舒梅克的檔案。
可是，她們是我在紐約裡唯一的朋友。我不懂一般人會怎麼在暑假時交朋友，曼哈頓裡有一百五十幾萬人，除非已經互相認識，要不然連眼神都對不上。而我誰都不認識，除了現在在這事務所裡工作的人。
有時候我想念伊森跟潔西想念到胸口好痛。

茱麗葉一手搶過我的筆電，「喔天啊，有些寫得好甜蜜耶，」她指著，「你看。」她把螢幕轉回來面向我，上面寫著：

布黎克街星巴克／不是名為萊恩——男找男（格林尼治村）

你：穿著襯衫但沒繫領帶。

我：立領 Polo 衫。

他們在你的飲料杯上寫著萊恩，

你碎唸了一句：「誰是他媽的萊恩？」

然後你發現我在看你，

就很不好意思地笑了一下，超可愛的。

真希望我有勇氣跟你要電話號碼。

幹。「天啊，這好慘。」

我點開下一篇文。

Equinox 85 街健身房——男找男（上西區）

我看到你在跑跑步機，

你很正，

叩我。

茱麗葉露出個奇怪的表情，「他們還說這世界一點都不浪漫了。」

「我喜歡這篇模糊不清的程度，」南菈塔說，「他就只是說『嘿，身材不錯喔，但我完全不打算跟你說我是誰』。」

「至少，」茱麗葉，「他有嘗試要找人啦。亞瑟，如果你想要跟那傢伙在郵筒裡再來一發，你就要——」

「不要再唬爛我了，郵筒性愛根本不會發生。」

「我只是想說——」

「你看，他臉紅了！」

「好了，我要把這個關掉了。」我把我的筆電推到桌子正中間，用手臂遮住我的臉，「趕快來整理舒梅克的檔案啦。」

「這，」南菈塔宣布，「就是如何讓亞瑟好好上班的方式。」

第四章

班

「我覺得她死了。」狄倫透過視訊對我這麼說。

我好像不應該在上學路上接狄倫的電話。我這禮拜只想狂聽蘿兒的歌，想說上學前可以多聽幾首，但我必須戴上**摯友**的帽子，因為狄倫無法理解珊曼莎的行為。昨晚他傳了幾首艾略特．史密斯鮮為人知的歌的 YouTube 影片給珊曼莎聽，但她還沒有回應。狄倫喜歡艾略特．史密斯的程度有點誇張，例如有一次我因為艾略特寫成艾略悖，他接下來的一週就一直針對我。

「我不覺得她死了，她應該有自己的生活要過。」我安慰他。

「有什麼好過的？」

「我哪知道，狩獵吸血鬼？」

「已經日出了，現在沒有吸血鬼，再試一次。」

「我跟你保證沒有任何事情發生啦，你們昨天聊了兩個小時耶。」

「兩個小時又十二分鐘。」狄倫糾正我，他順手又倒了一杯咖啡。感覺他沒有睡多久，我醒來的時候手機顯示著兩通半夜打來的未接視訊，還有幾千則關於珊曼莎的訊息。

我不太理解為什麼要喝咖啡，我更不理解為什麼要在暑假喝咖啡，我徹徹底底不理解為什麼你已經很難入睡了卻還要喝咖啡。這一點都不符合邏輯，但狄倫就是會這樣被女生影響。

「她有個姓氏耶。」狄倫說。

「哇。」

「珊曼莎．歐梅莉。」狄倫說，他跟我敘述了每一個他昨天挖到的訊息：她比她的同事們還要喜歡當一個咖啡店店員、她最喜歡的電影是《鐵達尼號》跟《沙地傳奇》、她每週都會帶她妹妹去吃一次海鮮、她很會打電動。「我以為她喜歡我。」

我從小學三年級就開始看狄倫談各種不同的「戀愛」，但他從來不會在認識女生的第二天就如此腦殘。連跟哈麗葉交往前的時候，他都花上快一個月才真正迷戀上她。當然，對狄倫來說是等同於好幾年的時間。狄倫對於珊曼莎那種雙眼愛心的狀態，讓我想到我之前放學後在等哈德森往我方向跑的樣子。後面就不贅述了。

「我認為她喜歡你啦，夥伴」

「曾經喜歡。她已往生了，我會在下一場心碎自救集會等你的。」

我轉過轉角，走向校門口，我跟狄倫平常唸的並不是貝萊薩高中，但今年好像全紐約市的公立高中都把暑修的悲劇主角集中在這裡。當我正要安慰狄倫說珊曼莎會回應他的時候，我看到了哈德森跟哈麗葉坐在校門口的階梯上。

就像他昨天ＩＧ的照片一樣，哈德森看起來健康到不行。在他打算再咬一口培根蛋起司三明治時，他看到我了，然後馬上轉向哈麗葉開始大笑。沒有要批評哈麗葉的意思，因為她滿酷的，但一點都不幽默，連她都在用看待神經病的眼神看著哈德森。

「喔，」我說，「D，我該掛了。」

「發生什麼事了？」狄倫問我，我把手機轉過去，讓狄倫直接面對哈德森跟哈麗葉，「喔！大夥好啊。」

哈麗葉搖頭，「省省吧。」

「沒問題，」狄倫說，「哈德森老兄，你臉上沾了番茄醬。」

我無奈地搖頭然後把視訊掛掉，同時間哈德森抓起一張餐巾紙擦臉。

「嘿。嗨。」我對著哈德森跟哈麗葉說。

「嗨。」哈麗葉回我，但跟昨天不同的是，她並沒有給我一個擁抱，因為哈德森在場，而她可不能背叛他。很鳥的是，我跟她是在哈德森高三轉來我們學校前就已經認識了。我真的很希望我們所有人可以重新變回朋友，這樣我跟哈麗葉才能再次討論我們最愛的超級英雄片，狄倫跟哈德森才能再一起下西洋棋，我跟哈德森才能用朋友身分對待彼此，狄倫和哈麗葉也是。說不定哪天我們又可以變成四人行了。

「嘿。」哈德森錯開他的視線，今天擺不出那個ＩＧ灑脫臉了。他原本打算再咬一口三明治但定格了，大概是很怕臉上又沾到番茄醬吧。哈德森吃東西一向狼吞虎嚥的，但我從來不會點明這件事。在一起走路上學的途中，一邊天南地北地閒聊，一邊吃著便宜的三明治，一直都是我一天精彩的開始。我知道我不應該為了看到他跟哈麗葉一起吃早餐感到難受，但這好痛，哈德森可以如此輕易把我從他人生中刪掉。

「你好點了嗎？」我問候著。我很努力讓這個暑假不要變很慘。

「健康又快樂。」哈德森用錫箔紙包好他的三明治，「然後我要進去了。」他上了階梯走進門裡。

「今天肯定會超棒的。」哈麗葉說。

「我想我以後不用問候他了。」我說。

「他只是需要一點時間處理受損的自尊。」

「他才是那個先跟別人喇舌的人耶。」我抗議。

「他以為你們已經分手了啊。」哈麗葉說。

「我們吵架後才隔兩天他就親了那傢伙耶。」

哈麗葉舉起雙手，「對他來講更複雜一點，你應該懂的。」

「這不公平，他才是先讓我心碎的那個，」我說，「我不懂，為什麼明明我分手的理由很正當，妳也很清楚，但就因為是我提分手的，搞得好像哈德森才是需要被安慰的人。」

「我不想弄得比現在還更深入你們之間。」哈麗葉說，「班，我很抱歉。」她走進學校裡。

我深吸了一口氣，我不知道哈麗葉是住在哪個平行世界，讓她以為自己只是卡在我們中間，她很明顯是哈德森那邊的。如果我跟哈德森沒有開始交往的話，現在這些鬼事都不會發生。

我走上階梯，一點都不期待這堂課。但我不會逃避，我不要因為害怕在暑修期間跟前男友互動而被留級。

我們的老師——黑斯，正在教室門口跟代數老師眉來眼去。黑斯老師滿年輕的，大概二十出頭吧。通常暑假的時候他會去別的國家當義工什麼的，但今年五月他在一個斯巴達路跑中扭到腳了，所以只好來教我們化學。他不太符合我味口，他身材太好了，可以去拍內褲廣告的那種等級，不過我無法否認他真的很帥。

我坐在教室最後面，離哈德森跟哈麗葉越遠越好。我打開筆記本，默默抄著筆記。

我的成績一直不太好，當然，哈德森告訴我不用太認真唸書應付考試這點對我的成績肯定沒幫助，但我本來就無法專心聽課。首先，我會花太多時間做白日夢，每次要考試時，我回家會先唸二十分鐘的書，然後就會去玩我的模擬市民跟寫小說。老媽對我這點感到生氣，氣到她在第一學期就把我的筆電沒收，一直到我成績變好才還給我。老實說這滿有效的，因為我非常需要回到我的幻想世界裡。

但是，就算我將全副心力放到課堂上，我還是落後一大截。如果你請病假或放空思考被愛是什麼感覺，老師也不會先暫停再重新教一次，他們會馬不停蹄地一直教下去。我不記得誰參加了第二次世界大戰，背得出的總統名字不超過十個，看不懂地圖，冷知識大挑戰（Trivial Pursuit）更是我的噩夢。

我想要更了解這現實世界，不是僅有我創造出來的世界或模擬市民的世界，但現在這個現實世界只讓我孤單寂寞覺得冷。

黑斯老師一隻手撐著拐杖，另一隻手拎著旅行包走進來，彷彿他要去健身而不是要跟我們講兩小時的化學特性。「早安朋友們，」他說，「我們來快速點個名吧。」

哈德森舉起他的手，「嗨，我是哈德森．羅賓森，我錯過昨天的課了。」

黑斯老師點點頭，「你的確錯過了，身體好點沒？」

「百分之百好多了。」

「很好，下課以後來找我，我幫你補一下你昨天錯過的內容。」黑斯老師說，「好，彼特到了，史卡蕾——」

「等下，」哈德森打斷他。「我不要另外留下來，謝謝你，暑假要來學校上課已經夠糟糕了。」

哈麗葉用她獨家（趕快給我閉嘴）的眼神看著哈德森。

「我又不是讓你不及格的老師，我的工作是要確保你不會再次不及格。只要課後留個三十分鐘，你就可以不用花一整年的時間，看著你的好友們都在準備畢業舞會、畢業典禮跟錄取大學，同時間還要花心思去跟小你一屆的人交朋友。」天啊，黑斯老師真的很懂如何直接切入重點卻又不會聽起來很混帳。

「我不笨，這些我都已經會了」哈德森說，我從來沒看過他如此跟老師頂嘴，「我又不是因為我不懂才來上課的，我只是……」他沒有看向我，「我只是缺了第一天的課程，基本上我都會了。」

「沒問題，你解釋一下離子鍵是怎麼形成的，你就可以爭回你的自由。」

哈德森一句話都不說。

「合金是哪些東西合成的？」

一言不發。你看吧，學校不會為任何人暫停，就算他是個令人困惑的前男友。

哈德森聳肩然後掏出他的手機，我真他媽希望他去估狗一下那些答案而不是傳簡訊。哈德森滿臉通紅的樣子讓這個尷尬的沉默更加尷尬了。上一次他這麼安靜是當金．艾普斯坦企圖以喊他為妹子來汙辱他，只因他的行為有點女性化，當然哈麗葉也因為金想陰她的摯友，所以把金給轟回去了。

我必須終結這段尷尬的沉默。「合金是不同金屬合成的。」我們昨天重新學了一次。

哈德森猛然抬起頭來，瞪著我說：「我不需要你的任何東西，好嗎？**不要**問我過得如何，也**不要**幫我。」他臉紅到我覺得他沒有原地爆炸是個奇蹟。

我現在只想把筆記本立起來躲在後面。

這裡除了哈麗葉以外，沒有人知道我跟哈德森的歷史。

他們肯定認為哈德森是個隨機炮人的傢伙，而我是暑修界的萬事通吧。但我至少可以肯定：這暑假會過得很漫長。

第五章

亞瑟

在搭地鐵回家的路上，我突然意識到：我真的，毫無疑問，無法挽回，搞砸了。我遇到了史上最可口的男生，他還擁有曬得恰到好處的臉頰，而且最詭異的是，我認真覺得他對我有意思。那個笑容，絕對不是個遇到同類覺得欣慰的笑容，那是個大門敞開的笑容。但現在那扇門被關得緊緊的，上鎖了，還被鑽上釘子。我永遠不會再遇到哈德森了，也親不到他那艾瑪華森式的雙唇，這就是我的人生，感情那欄：單身到永遠。

真希望我有勇氣跟你要電話號碼。

潔西對我的評價錯得很離譜，說真的，我一點膽子都沒有，更沒有市場。我從來沒有交過男朋友，沒上過床，沒親過任何人，連差點親到都沒有。我其實從沒為這些事情煩惱過，直到現在。之前也不需要想這些事吧，畢竟伊森和潔西都和我一樣是母胎單身。但現在，我就像是在沒缺乏訓練跟履歷一片空白的狀況下，要去試鏡百老匯的角色。毫無準備、不符合基本要求，而且整個在我守備範圍以外啊。

回家的路途中，我總覺得自己超級顯眼。我在七十二街下車，走進擁擠人群、計程車、娃娃車跟噪音的混亂裡。從地鐵站走回家會經過三個路口，而我整段路都在手機上滑擦身而過。

我開門的那一刻，「亞瑟，是你嗎？」

我把筆電包放在餐桌上，這張同時是客廳茶几跟廚房備餐用的桌子。我米爾頓叔公的公寓有兩個臥房，以紐約來講算是大吧，但我依然覺得自己是被關在棺材裡的木乃伊。我完全可以理解為什麼米爾頓叔公暑假都喜歡在瑪莎的葡萄園鬼混。

我往爸爸的聲音方向走過去，看到他坐在我桌子前面，喝著咖啡玩他的電腦。

「你為什麼在我房間裡？」

他誇張地搖了頭，彷彿他很訝異自己就在我房間裡似的。「不知道耶，換個環境？」

「你只是很怕那些馬而已。」

「我超愛馬的，只是不太懂為什麼你米爾頓叔公會想放二十二幅馬的肖像在房間裡，」爸爸說，「牠們眼睛會跟著你轉對吧，不是我想像出來的對吧？」

「不是你想像出來的。」

「我想要，我不知道……在他們臉上黏上墨鏡之類的。」

「好主意，媽媽會超愛的。」

下一瞬間，我們互相笑了一下。跟爸爸的互動有時很像兩個小朋友在教室後面玩耍，代表著有時我們必須在我媽的視線範圍外丟紙球，比喻意味的紙球。

我瞄了一眼爸爸的螢幕，「這是自由業的工作嗎？」

「沒，就只是隨便玩玩。」我爸爸是個網路開發人員，在喬治亞他曾是那種很會賺錢的網路開發人員，直到他被裁員的那個平安夜。現在，他變成了那種隨便玩玩的開發人員。

住在棺材裡會讓你了解一件事情：聲音會穿牆。意思是，幾乎每天晚上我都可以聽到媽媽在唸爸爸，說他都沒有認真找工作。接著，爸爸就會碎碎唸說住在紐約很難找喬治亞的工作，然後媽媽**總是**會用提醒他隨時都可以回去來結束這話題。

要不要猜猜這有多不尷尬。

「嘿，你對克雷格列表的擦身而過有什麼想法？」我突然冒出一句。

我不知道為什麼我會這樣做，我真的沒有打算跟爸媽講郵局的事，就跟我沒有打算和他們說我可悲地暗戀希伯來學校的寇帝．發恩曼（Cody Feinman），或者更可悲的，暗戀潔西那個沒有小她多少的弟弟，或者我連一開始都沒有打算跟他們出櫃。但有時候，這些話就是會脫口而出。

「你是指那些徵友的廣告嗎？」

「之類的，但不是那種**必須喜歡狗狗和海灘漫步**的廣告，比較像是……」我點頭，「嗯，比較像是在找不見的貓的那種廣告，但那隻貓其實是你在郵局裡邂逅的可愛男生，而這個可愛的男生是人類，不是字面上的貓。」

「我懂了，」爸爸說，「所以你想要貼一張廣告來找到這個郵局男孩。」

「才沒有！我不知道啦。」我搖頭，「茱麗葉跟南菈塔建議我寫一張，但，根本不會有效果。我也不知道到底有沒有人會看這些東西。」

爸爸慢慢點著頭，「效果的確不太顯著。」

「懂，爛主意，好——」

「不是爛主意，我們應該來貼一張。」

「他又不會看到。」

「他有可能會看到啊，至少可以試試看？」他打開一個新的分頁。

「不不不，一點都不好。克雷格列表絕對不是一個父子間的親子活動。」

但他已經在打字了，而且我能從他的表情看出來：他管定了。

「爸爸。」

公寓大門傳來打開的嘎吱聲，接著我聽到高跟鞋走在木板上的聲音，沒多久，媽媽就站在我房門口。

爸爸盯著電腦螢幕頭也不抬地說：「妳回來得真早。」

「已經六點半了。」

突然間大家都沉默了，而且還不是普通的沉默，是那種針鋒相對一觸即發的沉默。

我直接一頭栽入。「我們打算在克雷格列表上貼東西來找郵局的那個人。」

「克雷格列表？」媽媽瞇起她的雙眼，「亞瑟，絕對不可以。」

「為什麼不行？我的意思是，除了一點用都沒有，而且他也不可能會看到……」

爸爸搓了搓他的落腮鬍，「你為什麼認為他不會看到？」

「因為像他那樣的男孩不會上克雷格列表。」

「像你這樣的男孩不會上克雷格列表。」媽媽說，「我才不會讓你被拿著開山刀的殺人魔砍死。」

我笑了一下，「我滿確定那不會發生啦，頂多只會收到屌照而已，但不會有什麼開山刀殺人魔——」

「喔，沒錯，身為你媽，我也要否決那些屌照。」

「我又不是去跟別人要屌照。」

「如果你在克雷格列表上貼徵人啟事，就代表你想要收到屌照。」

爸爸的眼神側看著媽媽。「瑪菈妳不覺得妳有點太——」

「怎樣，麥可？我太怎樣？」

「妳不覺得妳有點反應過度了嗎？就一點點？」

「我只是不希望我們十六歲的兒子在未知的網路世界裡亂闖！」

「我快十七了！」

「克雷格列表？」爸爸笑了，「妳覺得克雷格列表是未知的網路世界？」

「對啦，你最清楚啦。」媽媽反駁。

爸爸看起來有點困惑，「那是什麼意思——」

「好了，拜託停下來，」我插嘴，「很明顯，我沒有要浪費時間去找一個只一起聊了五秒鐘的路人，好嗎？我們可不可以都冷靜一下？」

我的視線從媽媽轉到爸爸，再轉回來看媽媽，但他們好像連我的人影都沒看到，他們太忙著假裝沒有在看對方了。

於是我退場，拿起我的筆電，從左邊退下舞台。

我心跳快到差點漏拍了。我好討厭這樣，他們之前從來不會如此。我是看過他們拌嘴啦，我們又不是機器人，但他們總是可以笑笑和解，只是最近這些日子，就算開個玩笑也像是暫時性的停火。

我坐在客廳沙發上然後閉著眼睛，但我發誓有什麼在監視我，例如那些馬，尤其是餐桌上方那幅超大的油畫。我只能說，這大概是李奧納多達文西本人畫的早期馬男波傑克。

媽媽的聲音從我房間飄出來，「……提早回家？你有沒有搞錯？我為了要在這個時候回家，還刻意改了兩個電話會議的時間……」

「對啊，就像我說的……」爸爸的聲音逐漸變小「……很早到家。」

「喔，你夠了喔，你是在跟我開玩笑嗎？那根本……」

「妳過度解釋了……」

「夠了，你知道你需要停止什麼嗎，麥可？你需要停止每天只穿四角褲窩在家裡打遊戲，然後要跟我去——」

我打開我的筆電，點開 iTunes，《春之甦醒》，原班人馬原聲帶。我用力按下 F12 鍵直到音量被調到最大聲。

「瑪菈妳可不可以——」

我讓強納森．葛洛夫（Jonathan Groff）淹沒他們的聲音。

因為可愛的男生就是要這樣用的。

第六章

班

真希望我在外面也能像在家裡一樣感受到我的波多黎各血統。

國中時，有些朋友跟我說，我才不是真正的波多黎各人，因為我太白了，而且我只會一點點西班牙文，例如 te amo（我愛你）跟 cómo estás（你好嗎）。那天我把這件事跟爸說，求他在家裡各種物品上貼著對應的西班牙文，我才不會因此再被霸凌。老爸很樂意幫我，但同時也跟我解釋波多黎各人並不是從膚色或會不會講西班牙文來判定的，而是我的血脈跟家人。我很喜歡這個說法，但並不代表我不需要每次都講「嗨，我是班，我是波多黎各人」來自我介紹。老爸的膚色是家裡最深的，雖然還是很淺，比較像曬黑的白人。每個人都覺得我應該要跟我爸一樣黑，從來沒有人懷疑過他不是波多黎各人。

如果大家可以看到我在家的樣子，我在做 sofrito（西班牙拌炒醬）的時候超波多黎各的，聽著拉娜·德雷（Lana Del Rey）的音樂，拌著香菜、彩椒、洋蔥跟大蒜，再加點我媽同事送給我們的新鮮奧勒岡葉。我爸先在我們的盤子上放一份沙拉，然後再把飯跟樹豆疊在上面。他特別留多一點鍋巴給我，因為我從小就愛吃脆脆的飯，可能因為跟我愛的糖果一樣都是脆脆的。我媽把她做的椰子布丁放進烤箱裡，然後就可以開飯了。

我媽拍拍我的肩膀說了幾句話，但我的音樂擋掉了她的聲音。她摘下我一邊的耳機，「你今天是怎麼了？」她深色的頭髮剛好落在肩膀上，聞起來像她下班後使用的小黃瓜洗髮精。她在布靈克健身房當會計，雖然整天都在辦公室裡面上班，但那股汗臭味就像肌肉男掛在單槓上一樣黏住她，所以她每次到家都會先洗個澡。

「今天就是那種日子。」我說。

「哈德森？」老爸問道。

「賓果。」

老爸邊洗鍋子邊搖頭，在吃飯前先洗好鍋子，才不會在吃完後髒碗盤堆積如山，他說是阿公教他的。他手上充滿了肥皂泡泡。

「迪亞哥，動作快點，我餓死了。」老媽把餐具遞過來。

「小班，把餐具擺好，禱告完畢以後再跟我們講。」

我把刀叉放在我們各自的餐墊上，這些餐墊是在家中經濟較好的那陣子，我們跑去轉角的店衝動消費的。老媽的是貓頭鷹造型，她最喜歡的動物。老爸的是黑白條紋棉麻，每次在等我們吃完飯時，他都會摳餐墊的縫線。而我的是一隻企圖從飲水機喝水的暴龍，平常看到它會讓我會心一笑，但自從跟哈德森分手以後就笑不出來了。

我們坐得很近，我從來沒看過我父母各自坐在桌子兩頭。老媽說那樣太皇室了，彷彿是在城堡裡的宴會廳，而不是舒適的兩房一廳小公寓，老爸則是不喜歡離老媽太遠。

我們互相牽起對方的手，老媽開始禱告。我爸媽很注重信仰，我們喜歡用健全的關係來形容我們的信仰。我們不像老派的天主教徒要依據聖經而活，而且時時刻刻講出與聖經章節矛盾的負面內容。我們是那種認為非異性戀者不該下地獄的天主教徒，這還是在我出櫃之前呢。我爸媽會固定跟主禱告，而我會在晚餐時加入他們。今晚是老媽感謝主提供餐桌上的食物，為從車子裡出來時跌倒的祖母禱告，還有感謝我阿姨可以照顧她，還有老爸在杜安里德小小的加薪，還有所有人的健康。

「好了，」老媽拍了拍手，「哈德森，他最近怎麼了？」

我很喜歡我爸媽會直接關心我，但又不會抓得太緊。「我今天想在課堂上幫他，結果他跟我翻臉。」

老爸瞇起眼來，「我記得你說過他不是會打架的人。」

「他的確不是，」我說，他才放鬆下來。兩年前我在雜貨店門口被搶過一次，結果我爸媽就設了一個很嚴格的門禁，有點像是懲罰受害者。但我知道這只是他愛我的方式，尤其是他訓練我如何空揮一拳然後轉身就跑。不過我也的確損失了那個暑假，假期又不像週末一樣馬上就又有。「他只是在全班面前對我吼，然後我沒有回嘴。」

「很好。」老媽說。

「同時你也知道有需要的話可以打趴他。」

「當然。」有一次我把哈德森抱起來靠在牆上親，我們在電影裡面看到一對男女情侶這樣做，就想試試看男男情侶之間會有什麼感覺。然後我們互換位置，雖然我們身高一樣，但哈德森想抱起我還是有點困難的。

「夠了，野蠻人們。」老媽搖了搖頭，她對任何關於暴力的話題都沒興趣，連動作片也不喜歡。這點我跟老爸是無所謂，因為她是那種會在電影中問十萬個為什麼的人，就算所有人是第一次看也一樣。

「我希望他的心情可以趕快平復下來。」

「有得你等的。」

我很努力把晚餐時間拉得越長越好，因為最近我很不想獨處。老媽跟我們分享她這陣子開始聽的驚悚Podcast，每一集都讓她超緊張，緊張到她希望這節目趕快走向結局，她才不會被懸疑劇情吊著胃口。老爸分享了今天下午有對父子同時買保險套，但沒有意識到彼此在同一家店裡。

「你的故事寫得如何啊，小班，我重新出場了嗎？」老媽問著。

這世界唯一知道我有在寫小說的人只有狄倫、哈德森、哈麗葉，跟我父母。今年母親節我沒有足夠的錢買禮物給我媽，所以我為她在故事裡創造了一個不老魔法師的角色，還會詠唱和平魔法。我都印出來了，但在最後一秒我又退縮下來，只好用敘述的方式告訴老媽她的角色是什麼樣子，而不是讓她用讀的。這個故事寫很久了，我很怕任何負面評價會讓我棄坑。

「還沒，安詳魔法師伊薩貝兒必須在她的高塔裡閉關，我們不能讓她一直在魔法師大戰裡施展和平魔法。」

「還是他們可以用討論的來達到共識呢？」

「老媽，不行啦。」我試著露出禮貌的笑容，「筆電有點當當的，只要開機超過二十分鐘就會過熱當機了。」

「或許只要你暑修順利及格的話，我們可以買一台新的給你。」老媽說。

「不，」老爸說，「他暑修及格的獎勵就是不用留級。」

「但與其讓我在外面被搶，我在家裡寫文章不是比較好嗎？」

「這招有點卑鄙，」老爸說，「但的確值得一試，議價高手海克特把你教得很好。」議價高手海克特的戲份比老媽的角色還少。

「我們可以在克雷格列表上買另一台筆電。」老媽提議。

我覺得一開始從克雷格列表上買筆電就已經是錯誤了，但我也不能抱怨。

「法蘭基從克雷格列表上認識了他現任女朋友。」老爸說。

「哪一個法蘭基？員工法蘭基還是郵差法蘭基？」我問。

「員工法蘭基，羅德里格斯。他跟我說，克雷格列表上有一區是可以找到你遇過或差點認識的人，好像叫做錯過想念你什麼的。」老爸用一種我們懂的眼神看著我跟老媽，他聳聳肩。「反正，法蘭基一開始在地鐵上遇到蘿菈，然後在他下車前都沒有交換到電話號碼。他朋友叫他上克雷格列表看看，他就在那裡看到蘿拉的貼文，已經交往兩個禮拜了。」

「還真美好呢。」老媽感嘆。

「好厲害喔。」我說。

克雷格列表好像是宇宙能量代理人之類的在處理事務，說不定宇宙能量現在正透過我爸來鼓勵我做一樣的事：看看亞瑟——我的蘿拉——是不是也在上面尋找我。我從餐桌邊站起來。

「我需要查個東西。」我說。

「那甜點呢？」老媽問。

我停頓了一下差點就坐回去，但還是繼續往前走，甜點不會不見，而我胸口有股「我必須現在做不然會爆炸」的感覺。我把房門關上，坐在床上把筆電開機，那台引發克雷格列表對話的筆電。這個可能性讓我抱持著希望又讓我很興奮，就像我跟哈德森開始傳簡訊時的感覺，就像亞瑟對我說嗨然後我們互相調情跟討論宇宙能量那樣。

我打開克雷格列表找到擦身而過那一區，並不是錯過想念你區，老爸你有點差很多——然後我把曼哈頓男人尋找男人的部分全看完了。一開始充滿希望的我，馬上就被擊敗了，現在有點想要組一群有遺憾的人，來互相安慰自己無法達成的夢想。

我闔上我的筆電。

我想亞瑟的故事大概就到此為止了。

第七章

亞瑟

星期三・七月十一日

「亞瑟，你的鞋子。快一點，我們要遲到了。」媽媽看了一下手機，「快點，我要叫車子了。」

我從沙發上看向她，「現在才八點。」

「因為你爸把咖啡喝完了卻沒跟我講，」她往她們的臥房方向大聲說，「我們必須先去一趟星巴克，才可以打進『布雷─艾里歐普羅斯』的電話會議。你吃過藥了對吧？」

「吃了，但，」我慢慢坐起來，「為什麼我不能坐地鐵就好。」

「就算坐地鐵你也該現在出門。」

「不用啊，八點二十分才需要出門。」

媽媽笑了一聲，「所以你才會每天九點十五分慢慢走進辦公室？」

「只有一次！」

她摸了摸我的頭，「走了啦，我已經叫好車子了。」

下一刻我爸媽房門被推開，然後我爸穿著格子法蘭絨睡褲跟昨天的T恤滑了出來。「早安。」他伸了個懶腰，摸了一下他的鬍子。「嘿，亞瑟，要不要一起去買貝果？」

「要！」

「麥可，你可不可以……不要這樣。」媽媽深深吐了一口氣，「現在不要這樣。」

他們看著對方，是那種眼神快速交替的雙親溝通方式——如果這算溝通的話啦，我覺得比較像是一台推土機輾過一隻蚯蚓。

爸爸拍了拍我肩膀，「明天再去買貝果吧。」

「可是我不想跟還沒喝咖啡的媽媽坐在同一台車裡。」我小聲地說。

「沒那麼誇張。」

計程車停在我們家樓下，我在我媽之後跟著上車。她撫平她的裙子，然後把手機放在腿上，螢幕向下，雙手握在一起。上路以後她不再像剛剛那樣神經緊繃，但她若有所思地看著我，似乎沒有比較好，我覺得她準備要跟我「聊天」了。

她清了清嗓子，「跟我聊聊那個男孩吧。」

「哪個男孩？」

「亞瑟！」她用手肘輕輕推了我一下，「郵局的那個。」

我斜眼看著她，「我已經跟妳講過他了啊。」

「可是，你只有說在郵局裡發生什麼事，我想要聽整個故事。」

「好啊，嗯，可是你不想要我去找他……所以整個故事已經結束了。」

「親愛的，我只是不想要你去用克雷格列表而已，你之前有沒有看到那篇報導——」

「我懂，**我懂**，開山刀跟屌照。」我聳肩，「我沒有要用克雷格列表，我真的沒那麼在意。」

「亞瑟，我很抱歉，我知道你滿期待可以找到他的。」

「其實沒什麼的，他只是一個路人而已。」

「我只是覺得，」媽媽正打算要說些什麼——但她腿上的手機開始震動了，她瞄了一眼螢幕後嘆了口氣。「我必須接這通電話，你等我一下。」她轉頭面向窗戶。「怎麼了……是的，好，可以。在路上，十分鐘，等下會經過星巴克……什麼？喔，喔不。」她手指輕輕敲著公事包，轉過頭來微微翻個白眼然後做出「公事」的嘴型。

這代表短時間內她不會掛上電話，所以我往我的窗外看出去，在腦子裡記錄街上的各種店家。現在連九點都不到，人行道卻已是滿滿的上班人潮，每個人臉上多多少少都寫著疲憊跟無動於衷。

對紐約，**感到無動於衷！**

說不上來耶，有時我總覺得紐約客們不是用正確的方式住在紐約。那些會在地鐵欄杆上旋轉、逃生梯上跳舞，還有時代廣場熱吻的人都到哪去了？在郵局的快閃求婚是個好的開始，但下一齣呢？我腦海中的紐約是《西城故事》跟《高地人生》以及《Q大道》的綜合體——但現實中我只看到施工工地、車陣、蘋果手機跟濕熱的空氣。他們要不乾脆幫喬治亞米爾頓市寫齣音樂劇，開場就唱一首抒情的〈星期天的購物中心〉，接著唱〈我的心遺留在Target〉，如果伊森也在的話，我們下車之前他就會把歌詞都想好了。

「喔，這可不行。」媽媽對手機說了一句，「除非溫格特已經提交書面報告。好的，我們再一個十字路口就到了。」她暫停一下，「不用沒關係，我請亞瑟去，等下就到了。」

話還沒講完，她已經從皮包裡掏出一張二十塊的鈔票，「中杯去脂拿鐵。」她用唇語說。

#實習生生活。

我在星巴克排隊的時候傳了一個訊息給伊森。概念：一個在亞特蘭大市郊區的音樂劇，名為……準備好了嗎……哈—米爾頓。〔麥克風符號〕，〔下箭頭符號〕，爆炸。

但伊森沒有回我訊息。

星期四・七月十二日

第二天早上，我才收到新訊息，伊森傳了一張自拍照到——完全不出所料——群組聊天室。他跟潔西在鬆餅屋拿著一瓶巧克力醬。「哥兒們，你精神上與我們同在。」他寫著。

這感覺真糟，之前任何一個暑假，我才是坐在潔西旁邊的人，吃著薯餅、聊著政治，或推特，或翻拍音樂劇的電影。我可以講出完整無剪接版的郵局事件給伊森跟潔西聽，然後我們可能會一起用我的筆電打出美式足球式的策略，哈德森行動。

反觀在這裡，我只要提到哈德森，兩位女生的耳朵馬上就關起來了，而且今天比平常更嚴重。有個法務助理拿了個包裹給南菈塔，但她連瞧都不瞧，好像她無法停止打字一樣。我盯著她看了一陣子。

「那是什麼？」我受不了了。

「我不知道。」

「那是不是應該打開它？」

「我會的。」

南菈塔停下她的手指，仔細讀著螢幕上的內容，往一疊文件瞄了一眼，把視線帶回螢幕，然後又開始打字了。

「什麼時候呢？」

「什麼？」

「妳覺得妳什麼時候會開箱？」

「我想，」南菈塔嘆了很長的一口氣，都吹到舒梅克的檔案了，「在我打開它之前你都不會讓我好好工作了。」

「很有可能喔。」

「那就來吧。」她撕開包裹然後往裡面看，彷彿看了快十分鐘——當她總算抬起頭來看我的時候，她笑著說，「你為什麼他媽的買了五磅的玉米糖給我？」

「嚴格來說應該是四磅又十四盎司——」

「的玉米糖。」

「而且是七月。」茱麗葉補充。

「亞瑟，你好奇怪喔。」南菈塔說，翻譯：我猜對了。

茱麗葉摸了摸我頭髮，「要不要跟我們一起吃午餐？」翻譯：我猜得不能更精準了。

我高興到想唱歌。如果她們已經認同我是飯友的話，下週我們說不定可以進展到一起刺摯友刺青。然後她們會介紹法學院的帥哥給我，比哈德森還可口的那種，我就永遠不回家了。留在紐約跟我新組成的炫炮小組一起，我的新摯友們。說真的，還有誰需要鬆餅屋啊？我可是在他媽的紐約市——宇宙美食中心——吃著商業午餐呢。伊森跟潔西可以繼續把他們的人生浪費在連鎖餐廳上頭，從現在開始，我只吃農場直送的匠人級快餐車，還有名人餐廳。

「我一直都很想嘗試綠苑酒廊。」我說。

「亞瑟，我們只有三十分鐘。」

「那 Sardi's 呢？」

「潘娜拉麵包[3]如何？」

我倒吸一口氣，「我超愛潘娜拉麵包的。」

「我想也是，」南菈塔說完後吃下滿手的王米糖。

五分鐘後我們出了大樓，然後我必須說，這兩個女生在辦公室外像換了個人似的，她們**超願意**聊天。一直到今天為止，我能了解南菈塔跟茱麗葉的資訊來源只有三個：剛好聽到、IG，跟我媽。

而現在，我知道茱麗葉是個舞者，南菈塔吃素。唸法學院的第一年，她們互相看不順眼，但現在感情超好，會一起慢跑和吃杯子蛋糕，而且她們都沒有略過任何一堂課該讀的內容。我們在走到潘娜拉要排隊前，她們就已經分享了這些訊息。

「噁爆了，」南菈塔跟茱麗葉說，「我就說，那這樣好了，沒問題，不要把話講明，但我已經受夠在那邊過夜，很抱歉，大衛，但恐龍性愛完全超出我的底線。」

茱麗葉答腔道，「不蘇胡。」

「等下，大衛是誰？然後他為什麼喜歡看恐龍性愛？」

心底話：我超討厭有人在對話中隨便提到一個名字，好像我懂什麼魔法可以立刻知道他們在講誰。

「不是啦，是大衛的室友們。」茱麗葉解釋。

3 譯註：潘娜拉麵包（Panera Bread），美國連鎖餐廳，主要提供三明治與湯品。

「然後他們不是真的喜歡看恐龍性愛，」南菈塔補充，「但他們真的在畫一個——我沒騙你——**恐龍情色網路漫畫**。就，你愛做什麼是你的自由，但他們會把草稿隨便丟在它媽的客廳，我就跟大衛說，我能不能不要被迫看這張暴龍打手槍的圖片？」

「但……暴龍的手，」茱麗葉一臉困惑，「到底？」

「我認真的，大衛是誰啦？」我問。

南菈塔被逗樂了，「我男朋友。」

「妳有男朋友？」

「他們在一起六年了。」茱麗葉說。

「什麼？怎麼可能？」我轉向茱麗葉，「那妳有男朋友嗎？」

「我有個女朋友。」茱麗葉說。

「妳是女同志？」

「下一位。」櫃台後的店員喊著。

茱麗葉上前點了一碗湯，然後她轉過身來跟我說：「我算是雙性浪漫情感取向無性戀，就是——」

「我懂啦，這個，但妳從來沒提過，為什麼妳們什麼都不跟我說？」

「我們會叫你好好工作，」茱麗葉說，「我們很常跟你講這個。」

「但妳們從來沒聊過戀愛話題。我跟妳們講了哈德森的所有細節，而我卻不知道妳有女朋友！我更不知道南菈塔有個名叫大衛而且會畫恐龍情色漫畫的男朋友。」

「不對，是大衛的**室友們**在畫恐龍情色漫畫，」南菈塔從櫃檯回來後插了一句，「這是很重要的差別。亞瑟，輪到你了，快去點你的花生果醬三明治快樂餐。」

「切，我要點起士烤吐司，成人版的起士烤吐司。」

南菈塔拍拍我的頭，「好成熟的品味啊。」

「哈德森，」廣播喊著，然後我就定格了，南菈塔跟茱麗葉也定格了，全世界一起定格了。「哈德森，您的餐點好了。」

「亞瑟。」茱麗葉拿手掩住她的嘴。

「不是他。」

「你又知道？」

「不可能是他啊，那也太奇怪了，這是什麼機率？」我搖搖頭，「一定是其他的哈德森啦。」

「我們離郵局又不遠，」茱麗葉說，「他說不定在附近上班或住在附近之類的，這名字沒有那麼菜市場。」

「對啊，我們過去看看。」南菈塔說。

「不要，這樣好詭異！」

「才不會。」她用一個看似溫柔但一點都不溫柔的力道把我扯向取餐櫃檯。有個穿著貼身 Polo 衫跟牛仔褲的男生背對著我們——白人，比我高，頭髮完全被反戴的棒球帽蓋住，「是他嗎？」

「我不知道。」

「呦，哈德森！」南菈塔大聲喊道。

我的心停止跳動。

那個男生轉過頭來，看上去有點擔心，「我認識妳嗎？」他問南菈塔。

不是他。

不是哈德森，呃，明顯他**是一位**哈德森，至少他對哈德森會有反應，但他不是我**那一位**哈德森，如果我的哈德森真的名為哈德森的話，我的頭在旋轉。這個哈德森長得不難看，他有好看的顴骨跟驚人的眉毛，然後他很困惑地看著我們，我都快嚇出尿來了。

「哈德森，樂隊夏令營的那個？」南菈塔不著痕跡地問。

「我沒參加過樂隊夏令營。」

「喔，好吧，我看錯人了。」

「有別人也叫哈德森？」他問。

南菈塔眼都不眨地說，「對啊，哈德森．帕尼尼。」

哈德森．帕尼尼。南菈塔真的就地結交了一個虛擬的夏令營好友，並直接命名他為哈德森．帕尼尼？

「喔哇，這名字比哈德森．羅賓森要酷多了。」

「恐怕是這樣呢，」南菈塔牽起我的手，「慢慢享用你的麵包湯，哈德森．羅賓森。」

「我點了一個帕尼尼三明治。」哈德森小小聲地說。

但我們已經在回座位的半路上了。

茱麗葉迫不及待地追問，「如何？」

「我要殺了南菈塔，」我知會她。

南菈塔輕蔑地哼一聲，「你說什麼？」

「哈德森．帕尼尼？！」

「我剛好看見一個帕尼尼。」

「妳是個天才。」茱麗葉說。

我無精打采地坐回我的椅子，「剛剛有夠丟臉的。」

「隨便啦，你剛剛就只是個小孬孬，」南菈塔說，「你連一句話都沒打算跟他說。」

「那又不是他！他是錯的啊！」

「這還用說，他一點都不像看過你的樣子。」

茱麗葉靠上椅背，「所以是個完全不相關的哈德森？」

「或者他就是那個前男友，」南菈塔一派輕鬆地說，「如果是這樣的話，不客氣，我剛剛幫你問到他的姓了。」

「等下，」我唸了一下。

但是我之後的詞句都蒸發了。

因為南菈塔可能是錯的，但她也有可能是對的。

說不定哈德森·羅賓森——反戴棒球帽、眉毛之神哈德森·羅賓森——就是紙箱男孩的前男友。我猜他分手後就情緒低落到沒有洗頭，**所以才要戴帽子！**窩的天！

哈德森·羅賓森，我可不是什麼跟蹤狂，我才不會在他家門口突然出現，但大家都會在網路上留下些什麼對吧？

我的意思是，說不定我真的是命中注定要在郵局跟紙箱男孩相識，說不定我就是命中注定要再找到他一次，然後可能，就只是可能，我需要透過讓他去郵局的那個男孩才可以找到他。

哈德森·羅賓森，我在鍵盤上敲下他的名字，然後按下輸入鍵。

第八章

班

今天上課好煎熬，我真的很不想再去認識狄倫未來的階段性女友。但我還是衝去了市中心，至少可以遠離學校，讓我忘記自己被排除在哈德森和哈麗葉在課堂前後的歡樂時光之外有多心痛。我下車後看到狄倫站在藥妝店外面，握著一個「夢想與咖啡豆」的保溫杯跟一束花。

「你現在一臉殺人犯的樣子，」狄倫觀察著，「有罪惡感的殺人犯。你覺得我們有可能在見到珊曼莎之前，幫你把那張臉變得友善一點嗎？比方說，開心好夥伴的表情，如果你需要一點建議的話。」狄倫眨了眨眼。

因為是狄倫，所以我會換上我開心好夥伴的面孔。但認識他所有女朋友、跟她們打好關係，再等狄倫跟她們分手後快速失去她們的友情，每次都要重複這個流程真的好累。

「沒問題。這束玫瑰是怎樣？」我問。

「我們在看《鐵達尼號》的時候，珊曼莎提起玫瑰是她最喜歡的花。」狄倫得意地笑，彷彿能夠記得一件二十四小時內所說的事情是種超能力。

「你們約出去了？」

「就只是昨晚用視訊聊天。」

「你們視訊了整場電影？那部電影不是超過三小時？」

狄倫點頭，「我們花了超過四小時才看完整部，我們一直按暫停來討論劇情。」

「好厲害喔，」我認真地說，尤其考慮到前一晚，他因為珊曼莎沒有回他講艾略特．史密斯的訊息而幾乎整晚沒睡，結果只是因為她還沒有機會去聽每一首歌而已，而她每一首都喜歡。「你覺得如何？」

「我還以為那艘船會更早沉沒，如果你知道我的意思。」

我們走去咖啡店的路上，狄倫踏出的每一步都精神飽滿。他左閃右閃地躲過人潮，我幾乎聽不到他在說那浮板的大小夠兩個人待著，或者至少可以輪流什麼的。狄倫停在轉角。

「到了，我看起來如何？」

他的黑眼圈有點明顯，穿著一件「庫咖啡」的T恤，有點太超過，但他開心就好。有個問題：「你可能要處理一下那個『夢想與咖啡豆』的保溫杯。」

狄倫用丟手榴彈的方式把保溫杯丟向我，然後我們互相丟來丟去，直到最後我把它丟進我背包裡。

「你好荒謬。」我邊跟他說邊走進「庫咖啡」，整間咖啡店聞起來像是自以為是的作家，他們會很鄙視我寫的東西的。

珊曼莎站在櫃檯後面，看起來閃閃發光。她從幫客人點餐中抬起頭，跟我們揮了揮手。她深色的捲髮被卡其色的帽子壓得扁扁的，藍綠色的眼睛在對狄倫微笑。就在那一刻，她的笑容露出了炫白的牙齒。我很肯定我是百分之百的同性戀，因為我只要有百分之一的雙性戀傾向，我馬上就會被珊曼莎的長相跟活力給迷倒。狄倫看著珊曼莎的眼神彷彿她在發亮，讓我好奇哈德森是從何時開始認為我變得黯淡無光，或者我是否曾經在他的眼裡閃閃發亮過。

喔幹，只剩下一張空桌子了，「我先去搶位子，」我說。

狄倫把我扯回來，「你要去點餐，而且，我緊張到怕自己會亂說話。」

「你可以的。」

「我差點就要帶著敵方的咖啡進來了。」

我停下來。

我現在戴著開心好夥伴的面孔，就算有個看來有前途的小說家、年齡跟我們差不多的人搶在我之前佔走最後一張空桌子，打開他的筆電準備寫出下一本《哈利波特》。他看起來滿酷就是了；眼睛炯炯有神，深咖啡膚色，凱撒式短髮，T恤上是霹靂火的圖案。如果我帶種一點，像那個亞瑟小子或像狄倫面對珊曼莎那樣，我會坐到他對面，打招呼、聊聊寫作，問出他對男人有沒有興趣，跟他說他很正，祈禱他也會說我很正，要到他的電話號碼，然後戀愛。但我是個孬種，所以我不會這樣做。

我們排到隊伍的最前面，珊曼莎從櫃檯後面伸出手來，差點翻倒一盤引誘人衝動消費的餅乾，「我喜歡用抱的。」她說。她太謙虛了，她不只是喜歡用抱的，她還很會抱人。「很高興認識你，班。」

「我也是，珊曼莎。是珊曼莎對吧？不是珊姆，或珊米？」

「只有我媽才會叫我珊米，其他人這樣叫我會超怪的，謝謝你問我。」她轉向狄倫，「嗨。」

「嗨，」他說，「妳好嗎？」

「還不錯，很忙。」她對那束玫瑰微笑，「你真貼心，除非那不是要給我的，那我就要在你咖啡裡吐口水了。」

「都是妳的。」狄倫說。

珊曼莎拿起一個杯子，畫上一個愛心然後把狄倫的名字寫在裡面，開始做他的無口水成份大杯咖啡，「想好點什麼了嗎，班？」

「我不知道耶，草莓檸檬汁好了。」糖分永遠不嫌多。

「小杯，中杯，大杯？」

我看了一下菜單上的價錢，「小的，小的就好。」天啊，一小杯半冰半果汁的飲料就要三點五元，我可以拿去買一張二點七五元的單程地鐵票，還可以找零。或者可以買一加侖的柳橙汁，或在轉角商店買三包彩虹糖跟五條瑞典魚糖果。

「沒問題，」珊曼莎說，她在我名字下畫了個笑臉，「等我個幾分鐘我就有空檔了，我先把這些帳結完。」

我們站在吧檯末端等著，我又偷瞄了一下穿著霹靂火上衣的男生。他現在戴起了耳機，有點好奇他在聽什麼。哈德森很喜歡古典音樂，而我比較喜歡當月的流行音樂。我不會特別找新音樂來聽，只要夠洗腦就可以了。如果可以跟一個音樂品味和我差不多的人交往肯定會很酷，開車出城去玩的時候就不會為了音樂吵架，還可以找個安靜的地方，一人用一只耳機一起聽同一首歌來放鬆。

一個女生從角落的位置站了起來，拿了餐巾紙把桌面擦乾淨，然後在我可以衝過去確認她是不是要離開之前，有兩隻禿鷹——抱歉，是兩個午休中的西裝男——搶走了那個桌子。

「你應該讓我去搶桌子的。」我說。

「不覺得她很厲害嗎？」狄倫問。

「很厲害。」我啟動了自動回覆模式。

珊曼莎從櫃檯後走出來對我們唱名，「來，這是你的飲料。」她往立飲吧檯走過來，「謝謝你們來探班。」

「就算天塌下來，狄倫也不會錯過的。」我說，「當然我也是啦，很明顯地。」

「比回家寫功課要好，對吧？」狄倫說。

我點個頭。

我不是很想讓人知道我在暑修，學期末時我沒有收到成績單，還得去輔導老師那邊領已經夠丟臉了。全班都知道，這代表著老師要跟我說「乖乖暑修，要不然就要留級重唸一年」。我應該直接選留級的，這樣我還可以享受暑假，而且九月以後也就不用看到哈德森了。

珊曼莎抿了一口她那杯加了鮮奶油的四倍濃縮脫脂半糖冰摩卡，我覺得她可以感受到暑修這個話題有點敏感，會讓我很尷尬。我真希望我最好的朋友也如此懂得察顏觀色。「我超愛在這裡工作的，但我也有點想念隨心所欲的日子。之後我想要從商，我媽建議我最好每一個階層的工作都要體驗過再往上爬，這樣我才不會變成一個會提出無理要求、要一般職員做出大師級成果的慣老闆。」

「哪個產業？」我問。

「我很想自己做手機遊戲，我有個想法，有點像是『跳青蛙』，但相較於要過馬路，我的關卡會是在紐約的人行道上。，如果被購物車撞到那你就死了，或者擋到觀光客照相的話就會被扣分之類的東西。」

「我會玩爆那個遊戲，外帶高分洗排行榜，」我說，「狄倫剛剛來的路上基本上就是在玩現實版的。」

「怎樣啦？我不想要錯過她的休息時間啊。」狄倫有點靦腆地說。靦腆，通常我不會這樣形容他，不過他認為每分鐘都很重要的態度實在是有點可愛。很標準的蜜月期，每個人都感覺自己騎著獨角獸飛在彩虹上，喝著彩虹糖奶昔。但時間到了以後就會發現，自己只是騎著裝扮成獨角獸的馬，並獲得了滿口蛀牙。

珊曼莎微笑看著狄倫，一臉想要說他很體貼但又要忍住不講的樣子。「嗯，對，我想做手機遊戲。如果你有想到什麼好點子讓我拿來賺錢，歡迎跟我說。」她眨了眨眼——並不是一個完美的眨眼，但還是很有魅力。

「你有辦法做出一個百分之百的防呆軟體，來幫人找到他們命中注定的另一半嗎？」

「我原本以為你會講些比較簡單的東西，例如有遊戲性質的遛狗軟體之類的，但這也沒問題。」

我真的滿喜歡她的，之後要切斷關係的話肯定感覺會超差。說不定我可以背著狄倫跟她保持聯絡，一種友情出軌的概念。

「雖然說我知道分手是你提的，但你分手後過得還好嗎？」珊曼莎問我，我有點意外她連這部分都知道了。可能是狄倫詞窮的時候講出來的，畢竟應該還不能講他為什麼跟前女友分手吧。他的官方說法是，與其說哈麗葉喜歡他，她更喜歡可以用誰誰誰的女友的身分上ＩＧ。但我知道，其實只是有一天狄倫醒來後突然沒感覺了，這絕對不是一個跟想追的對象能聊的內容。

「第一段戀情，第一次分手，也是第一次有人很徹底地在恨我，我真希望還可以當朋友。」我說。

「真遺憾。」珊曼莎說。

「但這就是人生。」我只用四口就喝完我的草莓檸檬汁，有點像個憂鬱成年人在喝一口酒一樣，然後我也把冰塊都啃光了，因為它們也是我付錢買的，媽的。

「希望他會重新考慮。」珊曼莎說。

「是他的損失，」我說，嘗試著要甩掉這感覺，我戴回了我開心好夥伴的面孔。「來談談那部《鐵達尼號》吧？」

「我從小就超愛那部電影的，」珊曼莎說，「不過現在我想要看一部狄倫最愛的電影。」

「《變形金剛》，毫無疑問。」狄倫說。

珊曼莎微尷尬地縮了一下，「還是我們明天改去吃晚餐好了，我可以帶你去我之前跟你講的那家海鮮餐廳。」

「明天是十三號星期五。」我說。

「真的耶！不過我並不迷信，沒關係。」珊曼莎說。

「我也不迷信，」狄倫說，「我可以毫不在意地從梯子下走過去。」

「對啊，就像你八歲那次一樣，然後一小時後就把手弄斷了。」那時候他痛到都快恐慌發作了，一直喊著他要死了，超誇張的。但我是個好朋友，所以我永遠不會提這件事，我很慶幸當時他從腳踏車上摔下來的時候我不在場。

「就只是湊巧罷了。」狄倫說。

「或者運氣很差，」我聳肩，「重點是，我們有個傳統，十三號星期五要在伯格斯家看驚悚片，這是個從八年級就定下來的傳統了，「我想看《恰吉》。」

「為什麼是《恰吉》？」珊曼莎問。

「超好看啊，很像是《玩具總動員》，但是更亂七八糟的版本。」

「我可不打算打破傳統，」珊曼莎說，「這聽起來超酷的。」

狄倫斜眼看著我。

我沒有要掃他興的意思，但我也是個很容易感傷的人，而且狄倫不能為了一個他才認識不到一週的女生就拋棄我，不管她有多棒。四月的時候，原本我要跟哈德森一起看最新的《X戰警》，那部電影是少數哈德森在他爸媽離婚後還感興趣的東西，但上映的日子是十三號星期五，所以我取消了我們的原定計畫，因為我是個重承諾的好朋友，而哈德森約哈麗葉一起看了。

「妳應該跟我們一起看的，」我誠懇地邀請，「我不介意當電燈泡。」

「我覺得**我**才會是那個電燈泡。」珊曼莎說。

「班，快去找個男人，這樣我們就可以來個雙約會了。」

「好，沒問題，讓我轉過身在這邊隨便挑一個。」

我開玩笑地轉過身，然後我就跟剛剛那個霹靂火上衣的帥哥對上眼了。我滿臉通紅地快速轉回來面向狄倫跟珊曼莎，這肯定又是宇宙能量的指示。我想要主動一點，因為說不定，他就是那個來幫我填補哈德森在我心裡留下的空洞的人。

「我要去跟那個男生打招呼，」我宣布。

「喔喔，哪個男生？」珊曼莎問。

「那個有筆電的男生，」我意識到我視線裡有四個男生在用筆電，「霹靂火上衣的。」

「快上，」狄倫說，「去找你的對象，上啊！上啊！」

找我的對象。哈德森不是唯一可以放下的人。我不要自己嚇自己，就只是走過去然後開玩笑說他搶了我的桌子，然後——

一位美到冒泡的黑人妹子往他的方向走過去吻了他的雙唇。

我回去找狄倫跟珊曼莎。

「可想而知，他是直男。」我說。

「說不定他是個雙性戀，」狄倫說，「而且處在開放式的關係中。」

「或是我的人生就是一個慘字，」我嘆氣，「哈德森可能是最後一個會喜歡上我的人。」

「那個外星人是想要你的啊。」狄倫說。

「外星人？」珊曼莎問。

「但我根本不會再見到他了。」我說。

「可以試試看啊，我們總是可以找到些什麼的。」

「**什麼外星人？**」珊曼莎又問了一次。

「我在郵局遇到一個男生，」我說，「他的名字是亞瑟，但我沒有問到他姓氏，我好像連名字都沒有給他。」

「我的天啊！」珊曼莎抓著我的手臂激動地跳著，「我超愛神秘事件的。我最好的朋友，派翠克——」

「你最好的朋友是個男生？」狄倫問。

「——稱呼我為社群網站的神探南茜——」

「派翠克是同性戀嗎？」

「——因為我在網路上幫他找到一個女生——」

「雙性戀？」

「——他們在他哥哥畢業典禮上相遇的。」

我忽略狄倫在旁邊亂入的問題，然後把注意力集中在珊曼莎身上，「你怎麼找到她的？」

「他跟我說，在那個畢業典禮上所有相關的關鍵字都可以讓我上推特找人，例如醜不拉嘰的米白畢業袍，還有一些榮譽畢業生在致詞時講的話。但我們後來是去ＩＧ上找各種畢業典禮照才找到她，也是後來才知道她根本沒有推特。」

「哇喔。」

「好，但這很重要，我們把話題拉回派翠克。」狄倫說。

珊曼莎抓住狄倫的肩膀，「派翠克對我來說就是個弟弟而已，小瘋子，沒事了？很好。班，跟我說你對於亞瑟所知道的一切。」

「沒有用啦，我已經在推特上找過了，什麼都沒有找到。」

「你也是社群網站的神探南茜嗎？」珊曼莎問。

我笑了，她這麼樂於助人真的滿酷的——或者她只是太閒了。不管怎樣，我把我在推特找過的關鍵字都跟她講了一次。

「我需要熱狗領帶跟喬治亞州以外的內容，」珊曼莎說，「我知道我很厲害，但真的，他為什麼暑假要來紐約？」

「喔，因為他媽媽。他媽媽是個律師，然後她在處理一份案子。」

「你知道是哪個律師事務所嗎？或者案子的細節？」珊曼莎掏出她的手機做了一些筆記。去它的手遊產業，她該改行去當偵探。

「不知道乘以二，但這個事務所在喬治亞州也有分部，喬治亞州米爾頓市，就跟他好人叔叔米爾頓一樣，」我說。

「他叔叔是個好人，還是是他叔公？」

「喔。」我不記得，聳聳肩。

「這就是那個需要暑修的腦袋，」狄倫說。

珊曼莎拍了一下他肩膀，「沒關係，沒什麼影響。還有什麼其他的嗎？」

我有點太在意狄倫的話，我知道我現在是在暑修期間，每天早上醒來胸口都會有一股很想死的糾結感，暑修班讓我必須面對我的前男友，還有令人畏懼的未來。我跟亞瑟不一樣，不會去期待厲害的學校。

「耶魯！」我說。

「什麼鬼？」狄倫超困惑的。

「亞瑟說他想去耶魯的校園逛逛，他有點娃娃臉，但他也有可能今天秋天就要上大學了，對吧？」

「這超有幫助，」珊曼莎說，「我很快就得回去上班了，還有什麼要補充的嗎？」

我覺得美好的部分大概都不會太有幫助吧，例如他提到我的「大包裹」時有多尷尬，他發現我也是同性戀時整個人都亮起來的樣子。就算我正在跟他講我跟前任分手的事情，他對於宇宙能量的態度正面到好像是我們的朋友一樣。接著，我想到一件重要的事情。

「他暑假過後就要離開了。」我說，這根本沒有意義。

「這代表我需要更快找到他！」珊曼莎的笑容好像她有著全世界的希望一樣。我希望她能分一點正能量給我，因為我不覺得把我跟前男友一起卡在暑修惡夢裡的那個宇宙能量，會願意讓我跟那個可口的男生重逢。「好，我必須回去了。」她給我一個擁抱，她聞起來像咖啡跟司康。「很高興認識你，班，我希望我可以幫你解開這個謎，找到你的那位男孩。但如果不行，我完全不會懷疑有天出現一個很棒的人走進你的人生，然後深深愛上你。」

「說不定那個人已經在你人生裡好幾年了。」狄倫說，把他的手蓋上我的。

珊曼莎笑著，「我就知道，明天我肯定才是那個電燈泡。」

「不用怕，我未來的太太，如果你明天感到害怕，我只會為你服務。」他對她微笑。

珊曼莎的笑容不見了，她尷尬地看著地板，抓了抓頭。

我注意到狄倫發現自己撩過頭的那一刻——說不定珊曼莎並沒有想對一個才認識兩天的人論及婚嫁。

「晚點再連絡吧。」她走回櫃檯，把帽子戴上，開始工作。

「喔不。」他說。

「沒關係啦。」

「我只是開玩笑。」

「給她一點空間，她畢竟在上班，你們可以晚點再聊。」

狄倫領先走出店門口，「有這麼糟糕嗎？真的嗎？」

他回頭了好幾次，像是想知道她有沒有在目送他出門，或者他只是要看個最後一眼。

第九章

亞瑟

好，去他媽的估狗。

我說真的，**去他媽的估狗**，還有他媽的凱特．哈德森跟克里斯．羅賓森，去他媽的結婚，去他媽的離婚，整個就是幹。因為你知道當我搜尋哈德森．羅賓森的時候會找到什麼嗎？爆雷警告：不是在潘娜拉的那個男生。

我往後躺到床上，盯著天花板。我整個人緊張兮兮的，房間感覺比平常還要狹小。有時候，紐約就像是個全身馬甲。

五秒鐘後，我的手機開始震動，是伊森。

我盯著手機看，他持續六個禮拜都已讀不回我的訊息，突然間就要跟我視訊。這不是什麼大事，但還是出乎我意料之外。

我按下接聽。

「亞瑟！」潔西說，他們兩人擠在伊森家地下室的沙發上。原來只是視訊版的群聊啊，也沒關係啦，我的意思是，這很棒。伊森跟潔西都很棒，而且我也愛他們，加上他們打來的時機有點剛好。

我微笑，「嘿！才正想找你們，你們就打來了。」

他們迅速互看了一眼，我幾乎沒注意到，但潔西接著說，「是喔？怎麼了？」

「我找到哈德森了。」

「不好意思，你說什麼？！」

「但也不是他，」我快速補充，「不是郵局的那個，但我覺得應該是那個男朋友。」

「**前**男友，」伊森向螢幕指了指，「你才是那個男朋友。」

「切，那是在作夢。」

「是即將要成為的男朋友，」潔西說，「哇，你怎麼找到他的？」

我跟他們講在潘娜拉的事情，還有帕尼尼跟姓氏跟眉毛。當我講完以後，潔西的表情有點困惑，「等下，你是怎麼知道這並不是隨便一個叫作哈德森的路人？」

「因為……」我的胃揪在一起，突然間，茱麗葉的理論變得有點空虛，「我不知道，這是什麼菜市場名嗎？」

「戴文‧薩瓦幫他兒子取名為哈德森。」

「也就你才知道。」伊森輕輕撞了一下潔西。

「反正我不管是在佔狗還是臉書還是ＩＧ還是Tumblr或Snapchat或推特或任何地方都找不到這個人，我超厭世的。」

潔西的表情放鬆了一點，「你真的很喜歡這個人吼？」

我呻吟著。「我根本不認識他，我只跟他交談了五分鐘，為什麼我還在想他的事？」

「因為他超帥，」伊森猜測。

「我就搞不懂啊，為什麼宇宙能量會把他帶到我身邊，五秒鐘後又把他從我身邊帶走？」

「說不定宇宙能量還是會把他送回你身邊，」伊森說，「稍微被用過就是了，看得出使用痕跡，但整體還是良好狀況。」

潔西沉默了一會兒，咬著她的下唇。

「說不定宇宙能量只是希望你努力爭取他，」她總算說道。

「我很努力啊！我剛剛才花了一小時在搜尋一個喜歡吃帕尼尼三明治，而且沒有去樂隊夏令營的路人男生。」

「嗯，」潔西思考著，然後她站起來，突然走出畫面外。

「等等，妳要去哪裡？」

「我有個主意。」

我看著伊森，他聳聳肩。潔西的腳步聲慢慢遠去。

剩我跟伊森兩人，一片沉默，他幾乎看都不看我一眼。

「所以現在是……」

「沒錯。」他眨眨眼。

「一切都好？」

「一切美好。」

「好，很好。」

「沒錯。」他抿住雙唇盯著懷裡，「所以 M&M 還好嗎？」

換句話說就是麥可與瑪菈，我覺得他們應該是搭乘特快車前往離婚小鎮了吧。「很好！」我說，「他們很好。」

這好痛苦——潔西到現在都還沒回來。我很抱歉，但她需要來處理這個糟糕的狀況。伊森還在盯著鏡頭上方的某處，如果我現在傳簡訊給潔西，他會注意到嗎？就一個很簡單的求救訊號這樣，可能再小小威脅她一下；不在這一刻馬上回來的話，我就要毀了她。我會找出她八年級時對安索・艾格特錄的告白影片，然後，我發誓，我會找出方式潛入亞法隆電影院的放映室，如果她不覺得這將會是史上最令人難忘的《不可能的任務6》放映會的話，那她——

「嘿！」她一邊氣喘吁吁地說著，一邊滑回沙發上伊森旁邊的位置，「我想我找到哈德森了。」

「等等……什麼？」

「嗯哼，我的天啊，我真的——亞瑟，我好以自己為榮喔，你都不知道——就，這真的發生了耶。你準備好了嗎？」

我慢慢點頭。

「你還好嗎？你看起來不太好。」她笑著。

「妳也沒好到哪去，」我頓了頓，「妳確定是他嗎？」

「我的意思是，你要先看一下他的照片然後跟我說是不是。」

「有照片？」我的胃又揪在一起了。

「絕對不要小看我網路跟蹤狂的能力。」

「我從來沒有。」伊森說。

「閉嘴。總之我剛剛突然有個靈感，在想你講南菈塔的事情時，我想說，乾脆直接搜尋一下哈德森．帕尼尼好了。」

「呃——」

「不，聽我說完。所以我上了推特，把那六個字原封不動地輸入，**哈德森帕尼尼**——第一個跳出來的就是一個叫 @HudsonLikeRiver 的帳號，而我馬上就興奮地顫抖了一下，因為這跟你講得一模一樣，你記得嗎？哈德森，跟那條河同名。」她對我笑了一下，「反正呢，這個 HudsonLikeRiver 在早上 11:44 的時候發了一則推特說『突然好想吃帕尼尼（大笑）』。」

「好……」

「亞瑟，他今天很想吃帕尼尼，然後三十分鐘後你遇到他在**點帕尼尼**。而且他的名字就是哈德森！」

「但我們怎麼知道他就是**那一個**哈德森？他是紐約人嗎？」

潔西很開心地往前坐一點，「我還沒說完。反正呢，我看了他的自介，全部都寫得很模糊，他所有的推特內容也很模糊——而且很廢，都是很廢的內容，還不是那種廢到笑的廢，他的照片還是個卡通頭像。原本想說，幹，但我又想到可以去翻翻看 IG，因為通常大家會用同一個帳號不是嗎？然後真的就是！@HudsonLikeRiver，公開頁面，五百萬張照片，完美的眉毛，紐約人。亞瑟，我好激動喔。」

「我．的．天。」

「你現在馬上給我去看，」她說，「晚點再跟你聊囉？」

她把通話掛斷，然後我就坐在那裡，呈現呆滯狀態。一個名為哈德森的男孩，住在紐約，有著很完美的眉毛，公開發表說今天中午想吃帕尼尼，紙箱男孩會追蹤他帳號吧？至少，會有被標記的合照吧？雖然這想法讓我有點反胃，但隨便啦。

深深地吐了一口氣，我把ＩＧ打開，輸入那個帳號。

跟那條河同名的哈德森。@HudsonLikeRiver

然後我就找到了。

潔西傳簡訊來：**是他嗎??**

我連話都說不出來，天啊，是他，哈德森，深幽綠的濾鏡，反著戴的棒球帽，幾百萬張自拍。

但我要保持冷靜，就算他是那個點帕尼尼的路人哈德森．羅賓森，並不代表他就是郵遞標籤上的那個哈德森。這並不代表任何東西。至少，目前我沒有看到紙箱男孩，哈德森整個頁面都沒有任何他的照片。

我還是每張都點開了，從最新的那張開始——而我完全沒有開玩笑——是那個他媽的帕尼尼。下一張是跟一個女生的自拍照，帳號是很可愛的 @HarrietThePie，然後下一張是一個比ＹＡ的自拍照，打著**#轉換心情**。

轉換心情。

照片的日期就是我遇到紙箱男孩的那天——雖然這並不代表什麼，一個人有很多事情可以轉換心情，哈德森可能換工作了，可能剪頭髮了，也可能從麵包湯改成帕尼尼了。

但是那些留言，其中的那一則留言。

@HarrietThePie：你沒有他也可以過得很好，我美麗的朋友。<3

「**他**」。

哈德森不需要「**他**」。

我截圖這張照片跟哈麗葉的留言，然後傳給潔西跟伊森。「是他。」

「哇，靠。」潔西回覆。

「哇喔，厲害喔。」伊森的訊息後面附上三個偵探表情符號，兩個白男孩跟一個棕色女生。彷彿伊森——全世界最沒用的網路跟蹤狂，對這事情有任何幫助似的。

但我緊張到沒空在意這件事。我現在激動程度爆表。我躺回床上，用更舒適的姿勢來滑手機，來仔細分類吧。

@HudsonLikeRiver，694 則貼文，315 個粉絲，正在追蹤 241 人。他的自介有點空虛，**哈德來臨，紐約寶貝**。

我又滑過了他的照片，694 張照片裡沒有任何一張有紙箱男孩，連合照也沒有，而且他們也沒有互相追蹤對方。我還看了別人標記哈德森的照片，那些照片裡同樣沒有看到紙箱男孩。

也有可能是一個巨大的巧合。他剛好叫做哈德森，剛好是住在紐約的同性戀，也剛剛才結束一段戀情。

但這感覺不像是個巧合。

說不定哈德森跟紙箱男孩互相刪掉了有對方的照片，也取消了所有朋友標記他們的貼文。而他們當然會取消追蹤對方，他們應該都無法忍受對方的存在，**所以紙箱男孩才會需要把包裹寄出去**。

「有什麼新發現嗎？」潔西問。

「還沒。〔皺眉表情〕」

我點開哈麗葉的頁面，因為她看起來跟哈德森很熟——而且雖然她支持哈德森轉換心情，她說不定也認識那位前男友。

然後。喔幹，四千則貼文，七萬五千個粉絲。

好的，所以哈德森的朋友哈麗葉看起來是個ＩＧ網紅，而這……還真他媽的酷耶。她貼了很多自拍照，很多誇張的修容法跟華麗的眼線畫法，現在我也無法不去看那些美妝照。我連彩妝都不會用，但這些簡直是舞台妝等級了。如果不是會讓我的跟蹤狂等級更上一層樓，我肯定會超用心去追蹤哈麗葉。

然後——喂，好好專注在目標上，亞瑟。

我往下找一些哈麗葉更早期的貼文，比較少自拍，較多跟朋友合照的時期。很多跟哈德森一起的、跟不同女生一起的，還有跟化了閃亮亮獨角獸眼妝的鬍子男系列。還有很多合照——我看得比較久，仔細掃過每一張臉。我一直差點幫哈麗葉的照片按讚，真可怕，雖然不是故意的，是我很不合作的手指自己一直想要點開照片放大來看。

我現在已經翻到三月的貼文了，這邊有一連串站在杜安里德藥妝店門口的雪景合照。大部分都是動作鏡頭——在打雪仗，但我有發現哈德森在背景裡，往照片外看著並大笑。

我往旁邊滑，同一場雪仗，但畫面往右邊移了一點，這張照片可以看到哈德森跟一個男生一起笑——但他很模糊。

我再滑了一次。

然後我忘記要怎麼呼吸了。

因為就是他，確確實實是他，站在照片正中間，粉嫩的雙頰跟保守的笑容，旁邊的哈德森則是彎著腰在捧腹大笑。

喔。幹。

我截圖以後直接傳給潔西跟伊森，沒有文字，沒有表情符號。

一如往常，潔西是第一個回覆的。「歐買尬，亞瑟，那是他嗎？」她連等都不等我的回覆，「他好美喔。」

「他是個帥小子。」伊森補充，好幾個眨眼符號。伊森．葛森：我那個嘴上說完全可以接受同志，但實際上無法跟我獨處的直男朋友。他不說話我也不會覺得他是個啞巴。

我回去翻哈麗葉的貼文，找看看有沒有ＩＧ帳號名稱。我有看到一些人在雪仗系列照有被標記，但沒有紙箱男孩，連哈德森也沒有。說不定他們自己把標記取消了。我繼續滑。

滑了好幾小時。

每一張合照我都點了進去，我也檢視了每一個哈麗葉的追蹤者——整整七萬五千個帳號，還翻閱了她的追蹤清單。我點開每一個雪仗系列裡被標記的人，也看了他們的好友名單。

什麼都沒有。

沒有其他任何一張紙箱男孩的照片。

還是沒有名字，說不定紙箱男孩是對的，說不定宇宙能量真的就是個王八蛋。

我現在需要巧克力，而且我不是在講那種淋在鬆餅上弱弱的好時巧克力醬，我需要重口味的，例如雅克．托雷斯巧克力專賣店的，或者是老麵烘焙坊的超大雙倍巧克力豆餅乾。這是典型上西區的困境：當你心裡想著老麵，但你內心那個懶惰蟲又想起了咖啡壺旁邊有個糖果罐。

整個情緒卡在那無法抒發，就像屁不出來一樣。彷彿你所期望的東西通通都擺到你手上了，卻又從你指間溜走，而你沒有辦法挽回。你無能為力，唯一辦得到的只有鬱鬱寡歡地窩在廚房裡。

廚房裡又補滿了咖啡豆——我猜爸爸出門去買了一些，而且看起來不錯——不是星巴克，是什麼法式烘焙匠人調配，在「夢想與咖啡豆」——

我胸口輕輕震了一下。我的心比我反應還要快。

「夢想與咖啡豆」。他的衣服，為什麼我會忘記他的T恤？如果我是個警探，我的上司老早就把我開除了。這是個關鍵的線索，而且這線索從頭到尾都擺在我面前！什麼樣的人才會穿咖啡店的衣服啊？

當然是咖啡店的員工啊。

我急著打字搜尋這家店，急到我差點拼錯咖啡豆。但我找到了，就在離媽媽辦公室兩個街口的地方，而且是往郵局的方向。

我一點都無法冷靜了。

如果如果如果——

我會找到他，真的會發生。想像這畫面時，我的心臟狠狠地撞擊著胸口。他又閒又帥氣地站在櫃檯後，衣服亂得很可愛。我會走進去，全程慢動作，站到讓自己顯得更好看的聚光燈中央。郵局那對翹鬍子雙胞胎當然也會在那裡，但這次我們幾乎不會注意到他們。我們的視線會互相吸引，他艾瑪華森式的雙唇會顫抖地說，**亞瑟？**他會問。然後我就點頭。我會被情緒淹沒，**我以為我再也不會見到你了**，他又說，**我到處找你耶**。然後我會輕輕地說：**你找到我了**。然後他就會——

我只能說哇噢，好，我需要擬出一個計畫。

因為說不定他明天不上班，我應該把照片帶著，以防萬一。這會不會反而很詭異啊？把他的照片秀給店員看？

還是我把他照片貼在公告欄上，像是一個現實中的「擦身而過」貼文，就像克雷格列表那樣，但老派一點。至少，我覺得咖啡店都會有公告欄……吧。

起碼我知道一件事：我絕對不願意錯過這個機會。
我衝回房間裡，打開我的筆電，開始打字。

你是郵局的那個男孩嗎？

我覺得超級尷尬的，我不敢相信我在做這件事，但就是這樣了。
我們在萊辛頓郵局聊了幾分鐘，我是那個繫著熱狗領帶的人。
你是要把東西寄回去給你前男友的人。我好喜歡你的笑聲。
真希望我有跟你要到電話號碼。
宇宙能量，你要不要給我第二次機會呢？
Arthur.Seuss@gmail.com

第十章
班

「『庫咖啡』最爛了，」我們從「夢想與咖啡豆」走出來時狄倫嘀咕著，他買了一杯全新的咖啡，而且不是用我背包裡的保溫杯來裝。自從他當著珊曼莎的面，用平常只會在我面前講的語氣，講出她是他未來的老婆後，他講話就變得超酸的。跟我講就算了，但跟女生講？尤其是剛認識兩天的女生？這不可能會有好下場的。「說不定這才是最好的，爛咖啡就是爛咖啡，珊曼莎賣的就是那種咖啡。如果我未來必須娶她，我之後就要過著充滿謊言的人生了。可能會在臨死前跟她講，至少還可以誠實地死去。」

我搖了搖頭，「你為什麼是現在這個樣子？」

「太多杯爛咖啡了，大班班。」

「又還沒有結束，她肯定已經了解你只是很狄倫，狄倫過頭了點而已。」

「當狄倫又不是件壞事，對一個人很狄倫是尊重，就算她煮出這世界上最難喝的咖啡也一樣。」

我們穿越華盛頓廣場公園，那邊有個墨西哥小帥哥戴著文青鏡框，坐在長椅上吃著冰淇淋，一邊跟著他耳機裡的音樂節奏在點頭。冰淇淋是哈德森最喜歡的食物之一——不是點心，是食物。我們有次玩了個遊戲，我閉著眼讓他餵我吃一匙他冰箱裡有的冰淇淋口味，然後我必須猜是哪種冰淇淋。是三月初的事情，幹這種小蠢事還會覺得很特別的那段日子，是只屬於我們兩人的記憶。

狄倫的手機響了。「是珊曼莎，大班班。哈！我就知道我老婆無法拒絕D爹地。」

「我討厭你剛剛所說的每一個字，冷靜點。」

狄倫眨了眨眼，但我知道他其實很緊張。他接起電話，「喂，我——」他的笑容不見了，「喔。」

我為他感到心情低落。他轉過頭來，「找你的。」

好吧，這不是我們以為的那個劇情轉捩點。

我接過手機，「喂？」

「我可能找到你的男孩了，」珊曼莎說。

「妳說什麼？」

「這很不容易，但我搜尋了一下，我去找了喬治亞州有紐約分部的律師事務所，但什麼都沒有。我去IG用熱狗領帶當關鍵字，找到的只有一年前的貼文，所以這條路也行不通。我還去看了臉書，找了一下耶魯的新生社團，然後看到在紐約有個給新生的介紹會……就在今天下午五點。」

「妳在騙我吧。」我說。

「我把臉書社團的連結傳給你。」

我臉上的手機震動了一下，我打開那封簡訊，點開連結：二〇二二屆，在中央公園見面。

「我不能保證他會不會出現在那裡，」珊曼莎說，「我翻了整個回覆參加的帳號清單，但有些人，例如我自己，很常忘記要回覆，所以我覺得有希望。」

「哇，妳太厲害了。」我說。

「我現在是在用上班時間講電話，所以我要趕快掛掉了，但祝你好運，順便幫我跟狄倫說再見！」

「謝謝。」我說的那刻她就掛電話了。

「發生什麼事了？她是在講我嗎？」狄倫問我。

「老兄，我很抱歉，她等下要跟派翠克攜手奔向夕陽，」我說。他嘗試著要把手機拿回去，但我沒放手。「我開玩笑的。但你看：她說她可能找到亞瑟了，今天有個耶魯新生聚會，這也太剛好了吧？」

「對啊，也剛好是我未來的老婆幫你做了調查。」

「你知道我的意思，亞瑟能在這個不是他住的城市裡做那麼多事，他之後就可以在學校裡看到這些人了，他應該不會在那裡吧。」

「我們可以不用去啊。」狄倫把他的手機搶回去，然後看了那個社團頁面。「哇，珊曼莎就為了個爛理由在那家咖啡店工作，她根本在浪費生命。她可以當我們三人組的妙麗，我先說我要當哈利。」

「但這代表我會是榮恩。」

「不關我的事。」

「但榮恩最後會跟妙麗在一起。」

「這倒是，但……我不想當榮恩，沒有人想當榮恩，說不定就連魯伯特．葛林都不想要演榮恩。這樣好了？我是韓索羅，她是莉亞公主，然後你可以當路克。」

「隨便啦，」我說，「專心點。」

「好啦，好啦。我覺得我們還是應該去那個聚會，說不定亞瑟不會去，但說不定他會去。」狄倫說。

想到他有出現的可能性就已經說服我了，「那我們走吧。」

「願原力與你同在，榮恩．衛斯理。」

「我們應該取個代號。」狄倫建議。

我們走進中央公園，往聚會地點，眺望台城堡的方向走。在一個城堡跟亞瑟重逢有種童話故事的魔幻感，可惜我聞起來像我爸的古龍水，還穿著去年春天買的但現在已經有點太緊的 Polo 衫。不過，聽說這就是耶魯人該有的樣子。

「代號只會讓這事變得更複雜。」我說，我真希望我們沒有先回家換過衣服才出來，我只想穿自己喜歡的衣服。

「你是指更厲害吧，我想要當迪戈比．衛塔克，你可以當布魯克斯．提克。」

「不要。」

「歐爾森．布朗溫？」

「不要」

「最終選項：英格拉姆．耶茲。」

「不要。」我們走到往會場去的階梯了。「好了，D，這是真心話，我有點緊張到快瘋掉了，我真的很希望亞瑟會在這裡面，但我也不是很想對一個新認識的人提高期望，我需要助攻的建議，迪戈比．威爾森。」

「衛塔克，」狄倫糾正我，他拍了拍手，「我們假設亞瑟真的在場，然後你們一拍即合，他暑假完畢以後就會離開了不是嗎？你可以把這當作療傷用的戀情。」

「不要，我才不要這樣對待任何人，或者我自己。」

「你說的對，這是個爛建議，大布魯克斯。」

「班。」

「什麼都逃不過你的法眼耶，」狄倫把手搭在我的肩膀上，認真看著我的雙眼，「說不定你在真的放下之前需要一點時間，如果你想掉頭就走我也不會批評你，但我知道你是個夢想家，大班班，而且說不定這次是宇宙能量給你的第二次機會。」

我希望他是對的，我希望宇宙能量證明我是錯的，然後這次真的——為了我們兩個——實現願望。

「可能吧。」我說。

「如果你不為了你自己做這件事，至少也為了在擠爆的地鐵上忍受你古龍水的那些人。」

「王八蛋。」

我們走到開放式空間的上方，太陽跟湖還有公園其他部分都被一群耶魯新生們擋住了。這邊好多人都很高，所以我慢慢地到處走走。這二十多個男生裡面，有幾個的古龍水比我爸的好聞，但沒有一個人是亞瑟。

「他不在這，」我說，「而且我們是唯一穿 Polo 衫的人。」

「現在時間還很早，」狄倫說，「說不定亞瑟會穿 Polo 衫來？」

我瞪了他一眼。

「來都來了，我們應該要好好享受一下，」狄倫說，「如果你把我送回家，我只會聽悲傷的音樂，望著窗外，會被手機震動給嚇到，然後再看到是你傳的訊息，而不是珊曼莎傳來的，我只會比之前更加悲傷。」

「你讓我覺得自己是個爛人，但好吧，我們留下來。」

「耶，」狄倫向四周看了看，「耶魯有不少帥哥耶，你是不是開始有動力明年要很認真唸書，然後過一下領全額獎學金的人生？」

「我沒有看到任何一條熱狗領帶。」

「這是你的新癖好嗎？」

「不是啦，就……很難得可以看到有人不怕開自己玩笑。」

「不過，真的有人在打量你耶，」狄倫說，「早上十一點鐘方向。」

「早上或晚上根本沒有差別。」

「當然有差，他是那種早餐約會型的人，不是那種晚上會把你拎到廁所，跟你玩屁股碰碰車的那型。」

我決定看一下那個男生，因為不能問狄倫到底是知道有誰會把屁股碰碰車當成一個性活動。他會有各種奇怪的答案，而我理智有限。這男生真的滿帥的，的確是很早餐約會型的健全外表——深咖啡膚色、杏色的單排釦西裝外套、白色T恤，海軍藍的長褲剛好到他的腳踝，然後一雙可能比我三個月治裝費還貴的短筒布鞋。他的穿搭看起來很輕鬆，但如果我有從IG新星哈麗葉身上學到任何東西，那就是輕鬆的穿搭其實都很費力。

「不錯的風格，」我說，穿著這件超緊的Polo衫讓我特別在意自己，「但我總覺得我比較想要變成他，而不是跟他在一起。」

「在讓他出局之前，要不要至少先說聲嗨？」

「我們連他喜不喜歡男生都不知道。」

「那你也只是耍蠢而已，你又不需要跟他一起在耶魯度過接下來的四年。」

還用你說。從六年級開始，我的成績單就沒讓我父母有我會從長春藤盟校畢業的錯覺。老媽很希望我可以唸大學，這樣我才不會像她一樣被別人鄙視這麼多年，但有時候還是覺得一點意義都沒有。假設我要跟這裡任何一人做比較，他們只會看到上社區大學的班，而不是讀耶魯的班，然後我就已經輸了。

現在我覺得自己配不上這個帥哥，曾經我也覺得自己配不上哈德森，但在分手前也的確梳理過那個思維。我不是很喜歡跟陌生人講話，比方說我肯定不會主動找亞瑟講話，但現在看來有個機會，所以我拖著狄倫去跟這男生打招呼，趁他還在跟一個戴著亮黃色伊斯蘭頭巾的女生講話時。

「嗨，我是班。」

「我是迪戈比．衛塔克。」

「哇，這名字好厲害。」帥哥說。

「謝啦，你叫什麼？」狄倫問。

「肯特．米歇爾。」他跟狄倫握手，然後再跟我握手。

我轉向那女生，「班。」

「雅莉瑪，」她說，「所以，你們興奮嗎？」

狄倫清了清他的喉嚨，「當然，我超期待可以深造希臘的古典跟現代文學，我之後有點想要命名我兒子為阿基里斯，因為我記得這好像有個衰敗相關的教訓還什麼的。」

我不……

我只能……

就好像有時候狄倫想要超越狄倫一樣。

「聽起來比道德、政治跟經濟要好玩多了。」肯特說，「好玩的呢。」喔，很好，他並沒有自戀到覺得自己主修的都是很吸引人的內容，他的酷值上升了。「那你打算唸什麼？」

該死，他問我的方式讓我有點害羞。我突然意識到我完全不知道耶魯有教那些課程，或大學有什麼課程，我連高四都不是，而且也沒考慮那麼遠，所以我就誠實地講，「我很喜歡寫作。」

「我也是！」肯特說，「至少，以前是。別笑我，但我以前寫了很多同人文。」

「喔，班肯定不會取笑你。」狄倫說。

「我又不是小美人魚，我可以自己講，」我乾笑，那種哈哈給我閉嘴的笑法。我轉過頭來看肯特，「你之前寫過哪些同人文？」

「寶可夢的，」肯特說，然後已經預備好要被取笑了。哇靠，他連酒窩都有。「我知道這很幼稚，但小時候那可是我的全世界。」

「才不會幼稚。」雅莉瑪說。

「絕對不會，我以前會求我爸媽帶我出門去抓一隻傑尼龜。」我說。

「我比較愛皮卡丘。」肯特說。

「皮卡丘是我最佳夥伴。」狄倫說。

我無法判斷狄倫是要幫我助攻還是要當我對手，我瞪了他一眼，「嘿，要不要閃邊站」的眼神，然後他還真看懂了我的眼神。

狄倫轉向雅莉瑪，「那妳平常的興趣是什麼？妳都使用什麼毒品？我不是指真的毒品，除非那就是妳的速度來源，我不是指那個叫速度的毒品——」

我誠心想對雅莉瑪道歉，但我還滿喜歡我跟肯特之間蹦出的小火花。然後，雖說我來這是為了要找一個不會來的人，但我可以跟一個更好的人一起離開。

「所以我要怎麼找到這個皮卡丘同人文？」我問。

「老早就不見了，被毀了，我把它丟到火山裡，然後我把那座火山丟到另一個火山裡。」如果肯特的輕笑就已經這麼迷人了，我不知道他真的笑起來會有多棒。「你在哪邊長大的？」

「字母市。」我說。

「真假，跟我很近耶，我離聯合廣場就兩條街而已。」

好的，我現在可以感受到宇宙能量的威力，我們兩家的距離只有十五分鐘的路程，而我們現在才認識對方。

「我爸是廣場對面的杜安里德的副理。」我說，我很以我爸為榮，但學校裡有些機車人會看扁我家人，就因為他們的工作很「低微」，而狄倫是那個把他們都暴揍一頓的肌肉男。先把這個講出來感覺滿好的，避免肯特是個勢利眼。

「我常常去那邊耶，我星期二跟星期四要負責做晚餐，所以我都去那邊買食材。」

「但全食超市也就隔一條街而已。」我說，他的衣著顯示出他們家的消費能力更高。

「那邊隊伍排太長了，而且杜安里德已能提供要做西班牙菜的所有材料。」肯特說。

「喔，酷喔。你該不會是波多黎各人吧？還是——」

「我是啊，沒錯。」肯特微笑著。我還是無從判定他到底對男人有沒有興趣，但至少目前一切美好。

「我也是！大家都覺得我是白人，超討厭的，」我說，「每次要把這事情講清楚真的很麻煩。」

肯特咬緊他的下唇，點著頭說，「至少你在超市買東西的時候，不會有人跟在你後面好像你會偷東西一樣，而且我猜也沒有人會說你被耶魯錄取，只是因為他們需要達成一定的少數民族人數。這個才**真的**很幹。」

我尷尬地往旁邊看，因為天啊，雖然肯特沒有揮拳，但我還是覺得我被打了一拳。「我很抱歉，我……」我們沉默了下來。需要跟別人釐清我是波多黎各人，跟肯特平時就在面對的事情比起來，我的問題根本就不是問題。我好差勁。「我想我應該去從狄倫手中解救雅莉瑪。」

「嗯，之後再聊，班。」

他肯定不會，而這也不是壞事。

我去找狄倫然後抓住他的手臂，「不好意思，」我邊說邊把他拖走，「我想走了。」

「開什麼玩笑？我那個早餐健全型的評價完全錯了，肯特根本就是個晚餐型的傢伙，他想要你把他帶進廁所去抓他的皮卡丘。」

「我完全聽不懂你想表達什麼，我們應該好好談談男人之間到底是怎麼做的。」我搖搖頭，「我不屬於這裡，我並不打算在耶魯建造我的未來，或跟肯特或跟亞瑟，我受夠了。」

「你對你自己很不公平。」狄倫說。

「可能吧，但我很誠實。」

我衝向階梯，往下走回公園內。

這超浪費時間。我不敢相信我們真的做了這些事，彷彿亞瑟會來一樣。我超蠢，以為宇宙能量有什麼偉大計畫。我只知道，我在意到真的來到這裡，但離開時，我對自己的未來卻是一片茫然。我只知道我回到了原點，不知道下一步該往哪裡走。

星期五・七月十三日

當我聽到哈德森跟哈麗葉嘻嘻哈哈在自拍時，我就無法好好地玩「憤怒鳥」。

「我的眼袋好……」哈德森似乎想不到適合的用詞。

「像鐵籠摔角比賽？」哈麗葉說，她把頭髮甩過肩膀，挺出她的胸，「你應該擺個鬼臉，這樣旁人才不會太注意你最近這個被揍的造型。」

「還真謝謝你幫我的自信心打氣喔。」

「我只是講實話。你需要睡更多美容覺。」哈麗葉說。

美容覺對一個濾鏡用到喪心病狂的人來說似乎一點影響都沒有，但哈麗葉為IG所做的事情都是她的事業，就是字面上的意思無誤。她會幫一些健康果汁做業配，就算她根本不喜歡喝那些會讓她肚子痛的東西，但她一張照片可以賺到兩百塊錢。哈麗葉曾經做過一個#男朋友系列，她幫狄倫上妝——修容還有上眼影。狄倫整個帥到天理不容，而且他很享受那些注目。哈麗葉對男朋友系列照感到很驕傲，連分手後都沒有刪掉它們。當哈麗葉有標記我的時候都很狂，我會突然多出幾打粉絲，但沒過多久就會退粉，因為他們對我在紐約廁所找到的各種酷炫噴漆照一點興趣都沒有，或者是我跟哈德森的合照。

「那張看起來更差，」哈德森在拍了第二張以後說，「我今天的膚況不太好，算了。」

哈德森總是對自己很嚴格。

「我們再來一張就好，」哈麗葉說，「鬼臉的。」

「都聽老大的。」

哈德森人往前傾，握拳靠著自己的下巴，然後若有所思地看著天空，好像想到了什麼很厲害的東西，準備要改造世界。哈麗葉在反方向吹出一個飛吻。他們檢視這張照片。

「我超愛的，」哈麗葉說，「我需要個標題。」

「等等，」哈德森說。

「你看起來超帥的！」

「不是這個。」他放大照片以後，兩個人都轉頭過來。瞪著我看。

我可能不小心在他們的自拍入鏡了，他們唯一一張好看的自拍，而且還是我盯著他們看的樣子，而不是隨意滑著手機。哈德森搖了搖頭，往別的地方看過去。我的臉開始變紅，趕快低頭回去玩憤怒鳥，少管閒事。

至少努力少管閒事，我還是有耳朵的。

「他也很好看啊，我必須承認。」哈麗葉說。

「不，妳不必承認這件事。」哈德森用冷酷的口吻低聲說著。

再一個月我就可以脫離這個人間地獄了。

我走進「夢想與咖啡豆」，狄倫已經坐在窗邊的位子了。

「大班班，歡迎來到我的辦公室，」狄倫說，順便把他的背包從一張椅子上拿起來，讓出位子給我坐。

「你的辦公室需要一張大一點的桌子。」

「當你眼前有這麼賞心悅目的景色時，誰還需要桌子啊。」狄倫比向窗子。

「那邊只有堆積起來的垃圾。」三大袋垃圾，哈德森房間窗戶看出去的視野都比這個好，他窗外還只是一道磚牆。

「你想喝點什麼嗎？我的員工們可以幫你準備。」

「你只是常客，不是老闆。」

「你為什麼講話這麼帶刺，班。」

「快速回顧：我跟我前男友一起在暑修。我以為我昨天會跟可愛的男生重逢，但我沒有。人生好難。」

我昨晚因為在想哈德森跟亞瑟的事，結果沒睡飽。哈德森的部分是我不想又在學校跟他度過一天，亞瑟是因為我意識到整個搞砸了。一直到昨天珊曼莎開始幫忙以前，我從沒想過有可能找到他。這裡可是紐約市，而我對他一點都不了解。但她戴上了神探南茜的帽子，讓這件事情看來有希望。耶魯這條線索滿厲害的，可是它什麼用處都沒有，除了提高我的期望值以外，我對於找到亞瑟然後看看之後有沒有可能的期望值。

「你現在這張臉不會讓你保持單身太久啦。」狄倫挑了挑他的眉毛。

我現在沒心情跟他扯淡。

「我覺得我正在被懲罰，但我只是想要幸福。」我說。如果我給哈德森第二次機會，人生可能會變好一點，說不定所有事情都會轉好。

「說不定你只是被十三號星期五弄到了。」

「至少我們還有我們的馬拉松。」

狄倫沉默了一下，「沒有珊曼莎的馬拉松。」

「我相信她會找你的。」其實我不確定。她當天晚上沒有再傳訊息給他。

我不是要當潑冷水的人，但如果我說對於珊曼莎的狀況沒有感到鬆一口氣的話，我肯定是在騙人。別誤會——我希望他幸福，他可是我最好的哥兒們。但很抱歉，當他同時是別人的男友時，他就不太懂怎麼當個好朋友了。那時候他所有的話題只會繞著他女友轉，而我從不覺得在那些當下可以插進任何一句話更新我的狀況。可能我的想法不太好，但每當他開始喜歡一個新女生的時候，我不知道，我總是有被威脅，還有變得一文不值的感覺。我爸問我說，我是不是有點喜歡狄倫，但真的不是這個問題。狄倫是最好的朋友，我肯定會幫他幹架。只是每次他開始跟別人交往時，我都會很想念他，而且我不希望只在他單身時才感覺我們是有關連的。

我有點渴，所以我站起來去調味料吧檯幫自己倒一杯水。在倒水的時候順便看了看公告欄上的各種校園實習傳單、一張反毒宣導海報、一些電話號碼、一個遛狗的徵人啟事、一些其他的廣告，還有——

我的照片。

我的照片在公告欄上。

我倒的水溢出我的杯子了，但我已經失去常識跟公德心去把水擦掉，因為我的照片在公告欄上！

我做了什麼？到底為什麼要通緝我？等等，不對，這不是什麼警察的側寫素描或者隱藏式監視器的快照，這是從我那次往哈德森臉上砸了一顆雪球的照片切割出來的。這是他做的嗎？我差點就把狄倫喊來了，但我還是說不出話來，因為下面還有一段留言：

你是郵局的那個男孩嗎？

我覺得超級尷尬的，我不敢相信我在做這件事，但就是這樣了。

我們在萊辛頓郵局聊了幾分鐘，我是那個繫著熱狗領帶的人。

你是要把東西寄回去給你前男友的人。我好喜歡你的笑聲。

真希望我有跟你要到電話號碼。

宇宙能量，你要不要給我第二次機會呢？

Arthur.Seuss@gmail.com

呃。

我心跳加速，這肯定是宇宙能量在惡整我。

我把傳單從大頭針上撕下來，這肯定是我的照片，是給我的，我是注定要看到的。

我也找到了。

這……這不應該發生啊，對啊，這不會發生。

我衝回去找狄倫，「該不會是你想出來的蠢玩笑吧？」

「什麼？我才沒有任何一個玩笑是蠢的。」
「不要跟我裝傻。」
狄倫看了一下傳單，「等下，喔，幹。」
「真的不是你做的？」
「老兄，班，這不是我。」狄倫看著我的眼睛，他並沒有在笑，「你在哪裡找到的？」
「調味料吧檯那邊。公告欄。他肯定是想到要放在這裡，因為我那天穿著『夢想與咖啡豆』的衣服。」
「不客氣！喔，當珊曼莎知道不是她幫你找到亞瑟時，她肯定會超嘔的，但我知道她也會為你開心。」他抓住我的肩膀，「就是現在，真的發生了，你會跟他聯絡，對吧？這超酷的啦，好萊塢一定會為你們兩拍一部電影的，然後網飛還會翻拍一部關於你們的同志小孩們的影集。」
「但是到底？我真的搞不懂耶，他怎麼找到這張照片的？有點詭異，他在跟蹤我嗎？又或是個陷阱？」
「你要約見面的話，要確保在公共場合，記得帶一個電擊棒。」
「我只是……這從來不會發生啊。我常常看到帥哥的說。」
「你會再看到他們嗎？」
「不會。」
狄倫揮了揮那張紙，「大班班，你的人生突然變得很簡單，不要自己在那邊想太多。沒有人會想看一個一事無成的人的網飛影集，無論你的笑容跟雀斑有多可愛都不會。」
我盯著傳單底部的 email 地址看。
我想我沒有被十三號星期五給影響到。

我是那個郵局的男孩。

而亞瑟也正在找我。

★★★

我們還沒準備好開始看《恰吉》。狄倫跟我坐在他的床上，他正滑著臉書看珊曼莎的個人檔案來虐待自己，而我則是無法停止重複閱讀那張從「夢想與咖啡豆」得來的傳單。我直接就帶回來了，因為其他人並不需要看到我的照片。我已經把 email 地址輸入我的手機了，但訊息部分還是空的。

「你必須要幫我，D，我該怎麼做？」

「就用你的老二發言，大班班。」

「如果你不幫我寫個有意義的訊息給亞瑟，我就要休掉你喔。」

「好啦，嗯，如果不是用老二發言的話，那就用心發言吧，感覺這是合理的下一步。」

「用老二發言從來都沒有合理過。」

「誰說的。」

如果你像我這樣讓狄倫胡扯夠久，他總會講出平常人一開始就會講的東西，例如我應該用心發言。

我很簡潔地表達出我在公告欄上看到自己的臉的感受：**這是真的嗎？**

第十一章

亞瑟

「你需要冷靜，先把這件事放一邊，一小時後再回來看吧。」爸爸說。

「好啦！但如果……」

「如果他回你信？那太好了！你才不想立刻回信呢！」

「不想？」

「不不不，當然不！你需要鎮定一點，亞瑟。不用到冷淡的地步，只是稍微有點酷。」那個穿著一件印有隨身碟與「給我備份」圍裙的男人建議著。

收到來信通知的手機震動了一下，老爸想伸手去拿，但是我早他一秒攔截過來並開啟信箱。

又有兩封信，真讓我難以想像！那張尋人海報才貼了約十一個小時左右，而我已經收到十六封信了。

看到你的海報，雖然不是你要找的人，但是祝你好運囉！

噢我的老天！這真的超浪漫的，然後那照片裡的男生真的很辣欸！哇！

果然是一無所獲，但我的心跳似乎沒搞清楚狀況，它每次都跳得飛快。

我快速掃過信的標題，第一封寫著「你幾歲」，沒有標點符號或自我介紹。第二封寫著「這是真的嗎？」

「喔，拜託！我需要你的幫忙，我們正在做起司烤吐司耶！」老爸拿起一把大刀對著我喊。「給我放下你的手機，現在！」

「不然你想怎樣？砍我嗎？」

「蛤？」他困惑地皺起眉頭，接著看向手中的刀並笑了一聲。「哈！當然不是！我只是要把吐司邊切下來而已。去把手機收起來啦，瓦特。」

「瓦特？」

「石中劍裡面的瓦特啊？不就是你嗎？」

「才不是！」我點開第二封署名「班．雨果」的信。我敢打賭那絕對不是我要找的人，可能是某個精蟲衝腦的渣男，但是我的胃還是不由自主地揪在一起。

因為，如果真的是他呢？

「我決定要叫你瓦特，叫到你把手機放下為止。」老爸開玩笑地說。

好，它有字，是一段話，然後——

幹他媽真的假的？！

嘿，我不知道你是在開玩笑還是在惡搞，但我看到你的傳單在講那時郵局發生的事。說真的，我有點受寵若驚，我想我大概是你在找的人吧？希望我這樣講不會很怪。總之，嗨！又見面了！我是班。

我瞪著手機。

我說不出話來。

我的雙手在顫抖，我需要——好，我坐下了，就坐在我的床沿。我雙手捧著手機，螢幕上的字很模糊，我不太——班，那是他的名字而且超完美的。亞瑟與班，亞瑟與班杰明！

我必須回信，我的媽呀，這是**真的！**

除非……

我瞪著那段話。好！

嗯，好！

所以**技術上**還是可能有人在整我吧！我不能高興得太早。

我必須試探他。

好的，班。

至少你是這麼稱呼自己的。

感謝您的來信，很高興認識你。

請詳覆以下問題：您與我在郵局相遇的那一天，那位郵務人員是穿哪一種環呢？

寄出。

一分鐘後：你是在開玩笑嗎？

不好意思哦

詳覆？你的口氣真像我的老師。〔笑臉〕

好哦，有夠沒禮貌，對吧？

我快速地回覆。

是哦……但我其實沒有在開玩笑，所以如果你只是來取笑我的話，麻煩你就此打住吧。

寄出。

但是班沒有回覆，感覺像是過了一個小時。

「嘿，瓦特，你還活著嗎？」

爸爸！我幾乎跳起。

「好，我來了！再等——」

我的手機震了一下。

所以你覺得我是在嘲笑你嗎？

哈！對啊！

好啦！噢，真的很抱歉，我其實沒有，我保證。

看到這段我的胃又揪了一下。好喔。

所以你要不要直接打給我呢？我想這樣可能會比較方便。

他希望我打給他，切切實實地撥電話給他，打給班杰明，那個不是在開我玩笑的班。當然不是玩笑，因為他可是**班**，他才不會。

他傳了電話號碼給我。

我撥出了，來電答鈴聲響起。這真的發生了！這真的——

「喂？」

噢，我的天！

「是亞瑟嗎？」他聲音聽起來悶悶的，「等我一下。」

我聽到窸窸窣窣的聲音與腳步聲，最後是門關上的聲音。

「好了，抱歉！那只是——我朋友。總之，聽著，我並沒有在開你的信玩笑，只是——我也不知道耶，那句聽起來像老師會說的話，不過很可愛。」

「老師才不可愛！」

那句反駁使他笑出聲，他的反應也讓我嘴角上揚，但是我沒辦法知道到底是不是他，我無法判斷這個班是不是我在找的那個人。我本來以為我可以認得他的聲音，我以為聽到的當下就能確定。

「你還是沒回答我的問題。」我回到正題。

「對齁！」

「我不是想刁難你，只是很多陌生人傳訊息給我，所以——我想確定那真的是你。」

他頓了一下，「嗯，我不記得那個郵務員穿什麼環。」

「喔。」

「但我可以傳給你一張自拍照，你繫著一條熱狗領帶，當時有一個快閃隊伍，還有一對穿著女用連身褲的雙胞胎兄弟，然後我記得我說你是個觀光客？喔，你還提到你的猶太叔叔——」

「米爾頓。」我的心瘋狂地跳著。

「對，」他似乎欲言又止，「所以那真的是你。」

在那一瞬間，我說不出話來。

「我覺得我要瘋了。」我擠出一句。

「嗯，是有點奇妙。」

這已經超乎奇妙了，根本是驚世駭俗！這就是我夢中在紐約的那一幕：兩個戀人重逢。幫我下音樂！紙箱男孩是真的！

他是真的！而他是班，他找到我了！

「我真不敢相信，我告訴過你宇宙能量不是王八蛋吧！我告訴過你了！」

「我想宇宙能量真的是說話算話。」

「沒在跟你開玩笑！」我對著電話傻笑，「所以現在是怎樣？」

「什麼意思？」他頓了一下。

噢，幹！好吧！可能他不想見面，可能就這樣了，這通電話就是我們最後的聯繫了。他可能本來對我有興趣，直到他聽到我在電話中的聲音。因為我講話的速度太快了，伊森曾跟我提過，他問我：「你講話的時候還有在呼吸嗎？」

「我是什麼意思？」我終於開口。

「我的意思是……**你**想再約嗎？」他居然那樣說！他還強調「你」這個字，好像我的表達還不夠清楚一樣。吼，拜託喔，老兄！我貼了尋人啟示來找你耶！我想你應該懂我的立場了吧。

「所以你——」我正要開口問，但是剛好我們同時講起話來。「你先好了。」我紅著臉說。

「噢，就是，」我幾乎聽到他咬了下唇的聲音。「我真的很想問，那是你真的眼睛顏色嗎？」

「蛤？」

「那是隱形眼鏡，對吧？」
「我戴……透明的隱形眼鏡。」
「所以，你的眼睛真的這麼藍！」
「我想是吧？」
「哈！」他說，「真的很酷欸！」
「呃，謝謝？」
他笑了一聲，然後一切回歸平靜。
「所以……」我打破沈默。
「哦，對！」他停頓了一下。「所以我們該怎麼做？」
「亞瑟？」老爸喊著我。
我快速地溜下床，把門關上並上鎖。「什麼我們該怎麼做？」我回答。
「約出來這件事。我們要——」
「好！」我秒回。太快了，深呼吸。「我的意思是，如果你想要的話。」
「當然，」班說，「要一起喝杯咖啡嗎？」
咖啡？你認真？我的意思是，好啊，基本上，我願意跟班喝杯咖啡，也願意跟他一起在路上遇到塞車，當然也願意跟他一起在監理所等叫號，但是這件事應該不是喝杯咖啡等級的啊！我確信這是命運的安排，就像是我們命中注定相遇、失去彼此，又重新找回對方，所以這場約會必須空前絕後。這約會必須有尋寶遊戲，加上馬車之旅附帶煙火，還有摩天輪。
天啊！試想像我們在摩天輪上手牽著手。

「你覺得康尼島如何？」我脫口而出。

「康尼島怎麼了？」

「可以是我們的第一……站。我是說一起出來走走。」

那一刻，我們都沈默了。

「康尼島？」他終於開口。

「它是座老派的遊樂園。」

「嗯，我知道康尼島是什麼。你想去那裡嗎？」

「不──我的意思是，不是非約那裡不可，除非你想去的話。」我敲著床架，有點緊張地說道。

「我是說，我們可以……」

「不，沒關係的！不然你挑地點好了？」我吸了一口氣。

「你要我來計畫我們的……約會？」

約會！他說了！我的老天爺啊！這是場約會！這是在玩真的！他對我是有意思的，然後我對他也有意思，這代表我們之間確實是要產生點什麼了！跟一個活生生的男孩來一場真正的約會！這很有可能是，絕對是我人生中發生過最棒的事情，所以我完全沒辦法冷靜。完全無法！

不過，好吧！

我真的該呼吸了。

「沒問題的。」我平靜地說道。超級冷靜。無敵淡定。「如果你想的話。」我聳了聳肩。

「好，這樣也可以。所以，那，你明天有空嗎？大概八點左右？」

「晚上八點，好啊！」

我真的止不住笑意，我只是，**噢老天**，我有一場約會！

「好，我有個點子。」他緩慢地說道。「但是我想給你一個驚喜。要在時代廣場的地鐵站外碰面嗎？正門口那裡。」

「聽起來不錯。」

我指的不錯，其實是超讚的，我是指近乎完美，我的意思是，我的人生是一場百老匯音樂劇，這是一場貨真價實的百老匯音樂劇！

「好哦！到時候見！」

掛斷電話後，有整整一分鐘的時間，我僵在那裡，瞪著我的手機螢幕。

我有一場約會。與班，有一場約會。我要和班約會！我的老天爺啊！宇宙能量啊！天殺的狗屎爛蛋！

我不能把這事搞砸。

第2部

是我們

第十二章

班

星期六・七月十四日

馬上就要到第一次約會的時間了，至少，第一次跟亞瑟約會。

現在是七點二十七，而我應該要準備出門了。我穿上老媽堅持要燙過的黑色T恤。我跟狄倫走出房間時，老爸老媽已經站在門口等著。過去的半小時裡，狄倫都在房間裡幫我打氣，他只有講過一次叫我用老二思考。有進步。

狄倫邊搓著下巴邊繞著我看，「我核准這打扮。」

「謝啦，」我回他，「我們走吧。」

「等下，我想幫你們兩個拍張照。」老媽邊跑進廚房邊說。

「為什麼兩個都要？」老爸問，「狄倫又不是他的約會對象。」

老媽拿著手機走回來，「他最好的朋友大老遠從他家過來。」

「也才隔五條街。」老爸

「這是班的第一次約會，是個必須要打卡的時刻。」老媽IG的個人檔案就是很經典老媽型的，都是上滿濾鏡的自拍跟美食照，而且還會亂上標籤。#這樣#真的#很難#閱讀#整段#標籤。她也有注意到我停止追蹤她的帳號。

「這不是我人生第一次約會。」我抗議著。如果你往前翻六個月，老媽還是有我跟哈德森第一次約會的照片。我們去看了一場極度恐同的脫口秀，而哈德森在當下跟我第一次的接吻就是對那個喜劇演員比出最完美的中指，一切都很美好。

老媽從眼睛發出死亡光束，「你可以繼續糾正我，或者你好好拍完照就能出門了。」

「好啦。」

狄倫站在我前面，用畢業舞會的方式讓我勾著他的手臂，我笑著配合他玩。

「完美。」老媽拍好她的照片，「謝謝！」她在我們兩人臉上各親了一下，坐回她廚房的高腳凳上，然後開始編輯她那神奇的標籤。

「玩得開心點啊，怪胎們。」老爸像藥頭一樣偷偷塞了一袋零錢給我。他親了一下我的額頭然後給狄倫一個擁抱。「班，晚上十點半要到家，狄倫你什麼時候到家都可以，你不住這裡。」

「還沒住進來而已。」狄倫出門時眨了眨眼。

我出門後把門帶上。

我快速地散步往地鐵站前進，沒有競走是因為把自己搞得汗流浹背並不雅觀。我們抵達車站，刷卡入閘門，我就站在月台邊的黃線上看著L線的車子來了沒。還沒來。我大概會遲到十分鐘，這沒問題，頂多慢個十五分鐘，對我來說也還可以接受——之前跟哈德森約，有幾次我遲到了半小時。所謂的波多黎各時區是個玩笑，但也的確是亞雷合家族需要面對的難題。若不是這樣，我也不會因為遲到太多次導致放學後要留校察看。感恩節的時候，麥格妲姑姑每次都跟全家人說要兩點到，雖然她很清楚大家四點才會到，但這也是餐點真正準備好的時間，所以沒問題的。

「你確定你不要我陪著你們，幫你觀察一下？」狄倫問我，「老朋友迪戈比．衛塔克完全不會介意錯過他的電影。」

「如果迪戈比．衛塔克敢出現，我會用遊樂場的兌換券勒死他。」

「真性感。」

我們要進城往時代廣場的方向，狄倫要去看場恐怖片，而我跟亞瑟是約在Dave & Busters[4]。L線的車子來了，我們就上車搭去聯合廣場，轉車搭N線車，車子就在月台上等著轉車的乘客。

「所以，」狄倫說，「今晚壓力不小，對吧？」

「這真的是我在約會前最不想聽到的一句話，或者說任何事情前都不想聽到。」

「就只是聊聊嘛，你們認識的方式超神奇的。」

「我知道……我只想要實際一點。」

整件事情太魔幻了，六天前我才跟亞瑟在郵局第一次碰面，宇宙能量就伸出雙手把我兩湊合在一起。我的步調從來沒有這麼快過，之前我跟哈德森也當了好幾個月的朋友，才被他誘惑到一起走進下一個層面。

而亞瑟？我根本不認識他，但我想每段戀情也都是這樣，從零開始，之後可能會擁有全世界。

4 譯註：Dave & Busters，一家美國餐廳和娛樂公司，提供全方位服務的餐廳和電子遊樂場。

第十三章

亞瑟

再過幾分鐘就到約定時間，我現在緊張到快爆炸了。

一般人是怎麼做到的？我又不是全宇宙第一個快十七歲要去約會的男生，喬治亞也不少人去約會，但在老家那邊，約會只是有人請你吃薩斯比炸雞，而不是星期六晚上約在它媽的時代廣場。

「你看起來很帥氣。」爸爸透過鏡子對上我的目光，「把衣服抽出來。」

「他本來就是要塞進去的。」

「嗯，我覺得不是。」

我看著鏡中的自己，不知道要怎麼想。我穿著一件藍色格子襯衫，像 J.Crew[5] 模特兒一樣衣服只塞

5 譯註：J.Crew，美國的服裝及配飾品牌，知性及中性風格居多。

了一半，一個很矮的 J.Crew 模特兒。我繫了一條皮帶，身上穿的牛仔褲也燙過了。這很可能是我史上看來最帥的一次，或者是最蠢的一次，我無法判斷到底是哪個。

爸爸聞了一下，「你噴了香水？」

「那叫古龍水。」

「哇，亞瑟，所以這很正式囉？」

「沒有！我是說……我不知道啦！」我壓平我的頭髮，但它立刻又翹了起來。我很討厭我遺傳到爸媽那頭亂糟糟的猶太髮質。我應該去找個髮膠，可以走踱哥馬份的路線。

「你不覺得你應該稍微放輕鬆一點？」

「爸，這可是第一次約會耶。」

「沒錯，就是因為這樣才需要放鬆一點。」

「不，好，我覺得你根本不……」我還沒講完我就突然想起，我忘記買薄荷糖了。而且還不只是一般的薄荷糖，是要勁爽清涼的那種，我需要 Altoids[6]。我已經刷過六次牙，用漱口水漱口，而且去搜尋『如何得知自己是否有老人口臭』。我認真的，說不定他會親我，結果像是在親我的米爾頓叔公呢？如果我的初吻跟最後一次親吻是同一個吻怎麼辦？！我需要攻略本，或一個神仙教母。

「所以他要帶你去哪裡？」爸爸問我。

「我不知道。」

我的意思是，我有些猜測，並不代表我從早到晚都在想這件事，也沒有整夜未眠地在腦海中規劃要

6 譯註：Altoids，一種以極強烈薄荷口味出名的薄荷糖。

如何進行這件事。但好啦，我們是約在時代廣場碰面，紐約最具有代表性的地點，所以他很明顯是要走大城市，厲害的約會路線。我們應該沒有到一起去看百老匯的程度，就算是用特價票也還不行，不過我覺得可以一起去杜莎夫人蠟像館，那會很棒。我們會拍幾百張照片，避免某天我們打算唬爛誰說我們認識哪個名人。我們會在跟我同一天生日，永恆的歐巴馬總統旁邊進行初吻。或者班會走比較傳統愛情喜劇片的路線，帶我走一趟帝國大廈的觀景台，這我也可以，很可以。

大門口傳來轉動鑰匙的聲音，接著被推開，「有人在家嗎？」

「在亞瑟的房間，」爸爸回應著。

「喔，哇喔，」媽媽走到我門口後，驚嘆著，「為了這個重要的約會打扮得很用心嘛。」

「喔。」我瞬間滿臉通紅，「這並不……」

「你看起來很正，兒子。把衣服塞進去。」

「或著不要塞進去，」爸爸說。

「他可是要去約會，並不是去看辛普森家庭重播馬拉松。」

「對啊，但他已經穿了一件有領子的衣服，還噴了古龍水。」

媽媽別有含意地看著爸爸的運動褲，「對，他就是不准花上任何心思——」

「好窩，我該走囉。」我大聲喊著，用逃獄般的速度趕快離開現場。我整個人緊張到茫了，在踏上人行道之前我彷彿沒有呼吸過。

我瞄了一眼我的手機，班沒有傳來任何訊息，但這是好事，表示他沒有要取消。

這代表我要走去地鐵站，這代表我要搭車去時代廣場。

這代表著現在是星期六晚上七點半，而我離我愛情故事的第一幕只有四站的距離。

第十四章

班

我們到站時已經是八點十一分了。在狄倫祝我與我未來先生好運的當下，我已經衝向時代廣場站的正門口。今晚是個夏日週六夜，所以這裡毫無疑問地有著滿滿的觀光客，以及那些做出很差的人生抉擇才讓自己落到此處的紐約客。有幾個警察跟穿著復仇者聯盟角色扮演服的人站在巨大的霓虹地鐵站牌標示下面，跟那些百老匯表演告示板、美國老鷹服飾招牌和更多看板一起亮著。然後我就看到了亞瑟。他只有隔壁穿成美國隊長的人的一半高，衣服紮了一半，然後他盯著自己的手機看，每兩秒還會往旁邊瞄一圈。他正在找我。

「嘿。」我打招呼。

亞瑟差點把手機丟出去，「嘿。」他說了一聲，臉超紅的，我猜大概是有點嚇到吧。

我上前打算跟他握手，但他準備要給我個擁抱。「啊，抱歉。」我準備好要跟他擁抱，但他又伸出他的手，差點碰到小班班。我在他退後之前及時抓住他前臂，跟他握了手。還真是個好的開始。至少他很好聞，古龍水香。我連頭髮都沒洗。

「我開始以為你要放我鴿子了。」亞瑟說。

「啊，抱歉，我通常不是準時到就是超級遲到，我以為今晚我把時間掌控得很好就是。」我跟他解釋。十分鐘跟我之前比起來根本不算什麼。

「我還在想我是不是得再貼一張新的海報來找你呢。」亞瑟說。他縮了一下然後聳肩，這動作令我笑了。「所以我們要去哪裡呢？」他很愛講話，這點我沒什麼意見，但他不太會維持與我眼神接觸的狀態，這有點可惜，因為我想一直看著他那閃電藍的眼睛。如果我把他的眼睛拿去跟天空或大海比較的話，記得打醒我，因為他的眼睛比那酷多了。

「就在這邊。」我說，轉角的攤販有賣瓶裝水、糖果跟報紙，我就以光速買了彩虹糖，因為可以墊肚子同時讓口氣保持清新，「我還是對於他們把綠蘋果口味換成萊姆口味這點耿耿於懷。」

「但她還是很性感。」

「什麼？」

「那個綠色的彩虹糖啊，我天生就愛男人，但連我都被打到了。她在廣告裡婀娜多姿的步伐，誘惑著紅色跟黃色的彩虹糖，讓他們蠢蠢欲動。」

「你講的是M&M's巧克力。」

「喔。」亞瑟不好意思地臉紅了。

「那綠色的讓你蠢蠢欲動？」

「也不是啦，但以卡通人物來說她很性感，就像兔寶寶或靴貓感覺在床上會很厲害。」

「我從來沒有想像過他們床上的樣子……現在我腦海裡浮出了他們跟對方上床的畫面……」

亞瑟咬著他的下唇，聳了聳肩。「不好意思，我在我們開始約會的五分鐘後就提了性感卡通的話題，」他說。「很明顯我沒經驗，對吧？」

「與人對話？」

「約會經驗。」他臉紅到要打破金氏世界紀錄了。

在他自己爆料前，我完全沒想過這件事。也並不奇怪，只是壓力有點大。「你不用為了提到性感卡通而感到不好意思。我最好的朋友，狄倫，曾經傳了一個《哈利波特》的謎片連結給我。自從看過妙麗，哈利跟榮恩在魔藥課裡喊出『陰莖挺挺站』以後，我就無法用正眼看原作小說了。」

亞瑟的笑聲跟哈德森完全不同。哈德森的笑聲比較銳利，而且聽來總是很誇張，即使真心在笑也是。亞瑟的笑聲比較高音跟大聲一點，雖然我跟他還不熟，但我完全不會懷疑他是真的在開心大笑。而且我很喜歡聽他笑。

我們經過雷普利全球大驚奇博物館跟杜莎夫人蠟像館，就是個用名人蠟像來騙觀光客，讓他們跟蠟像自拍然後上傳到臉書打卡用的。沒有任何一個紐約客會想去那種地方。

亞瑟的表情是興奮又期待，直到我們走出那個範圍。

隔壁就是 Dave & Busters 了，「我們到了。」

「遊樂場？」

「會讓每個男人高潮的地方，」我說，「你來過嗎？」

「我在老家那邊去過一兩次。」

「太棒了，我一直在找個好對手。」

我帶頭走上兩層電扶梯。

我為自己買了一張點數卡，然後他買了他自己的。我是很樂意幫他買一張啦，但，你知道的，從一開始就把錢分清楚應該也是好事。在異性戀情裡，很容易就知道誰是紳士的那一方……就是那位紳士。當有兩位紳士的時候，事情就會變得模糊一點。狄倫是我家人以外，唯一願意讓他幫我付錢的人，但那也是因為我知道他是我一生的摯友，而且只要我有錢以後我肯定會還他錢的。哈德森並不是這樣，我也無法確認亞瑟的狀態。

走進店裡時四處都閃著霓虹燈，那裡有一個我跟哈德森躲在簾子後面接吻跟擺鬼臉的拍貼機，還有那個我們有莫名自信不會被要求提出年齡證明才能點酒的酒吧。也許我不應該把亞瑟帶來這裡，但所有我知道好玩的地點都會提醒到我與哈德森的那段日子。如果這次跟亞瑟順利交往了，說不定我們可以把這裡變成屬於我們兩的地方。

現在人滿多的，但還有一些空機台可以玩。「我們應該先玩哪個？」

亞瑟掃視了周圍一圈，「夾娃娃機？」

「初學者的錯誤，亞瑟。如果你很早就贏到獎品，那整晚都得抱著它走來走去。我們先去尬摩托車吧。」

我們往摩托車機台走去，亞瑟在重機上看起來更小隻了。他的腳沒有在踏板上的時候是踩不到地板的。我們選了同一場地，轉動引擎。我很專注，因為我玩遊戲就是要贏。

「我超生氣的，我在老家才剛考到駕照就來到這裡，現在一點用都沒有。」亞瑟說，「這邊都是電車，公車跟共享腳踏車，說不定我該去租台摩托車。」

亞瑟是最後一名，而且還騎到反方向去，他不應該租摩托車。

我想跟他聊聊喬治亞的事情，但我現在才第三名，我必須超前。

遊戲結束了。

「你得到第二名了！」亞瑟說，「恭喜。」

「第二名超爛的。」

「喔，所以你是那種人喔，第二名就是第一個輸家，對吧？」

「大概吧。兩年前我媽差點贏到樂透，她只差了兩碼而已。」我從摩托車上下來。我不會提到這個樂透對我家來講影響會有多大，「我們就是那個第一個輸家。」

「如果贏到錢的話，打算怎麼用啊？」

搬到一個比較大的公寓。買一台車，因為，好啦，電車跟公車沒什麼不好，但有車的話我們就可以去城市以外的地方玩了，那些電車跟公車到不了的地方。買一個有記憶床墊的床組。「買下所有的遊戲機。」第一次約會不適合提到現實生活的需求。「然後可能會鼓起勇氣去搭我人生中第一次的飛機，這樣才可以去佛羅里達州的哈利波特主題公園。」

「我也沒去過！也許我們哪天可以一起去。」亞瑟說。他笑得很開心，彷彿第一次約會就直接代表著情侶一起遊玩環球影城。完全跳太快了。「反正你需要一把新的魔杖。」

「什麼？」

「之前那箱子裡有你要還給你前男友的魔杖。」

那個箱子還在我房間裡。「對，沒錯。」我帶他往投籃機的方向走，「你在這邊交到新朋友了嗎？」

「我實習地點的兩個女生，南菈塔跟茱麗葉，」亞瑟說，「她們很鼓勵我去找到你，還建議我用克雷格列表，但我媽不准我用。」

我愣住，「你是指擦身而過？」

「對啊！你也聽過這個？」亞瑟伸出手搭到我肩膀上，「等下，**你**是不是有貼文來找**我**？」

「喔，呃，沒有。」我真希望我剛剛說謊，這樣才不用開始臉紅大賽，「但我爸有提到這個，我也有上去看看你有沒有在找我。」

亞瑟笑得很開心，「我都不知道你也有在找我，完全不知道耶。」

「就，有啊。」我用手順了一下頭髮，繼續往投籃機走。「那個……摩托車不是一下就能上手的類型，但籃球說不定比較順？你只要在一分鐘內，盡可能地投進籃框就可以。」

他點頭，但我不知道他有沒有真的聽到我講話。我應該只需要猜一次就可以猜到他在想什麼：我們在互相尋找對方。他找得比較用力，但當他聽到我也想要找到他的時候？不得不說，大家都喜歡自己的感受能夠得到回應。

我們互相比賽，還有另外一個有爸爸看著的小孩。我對自己列出兩個注意事項：1、我贏了亞瑟跟小朋友後不要講幹話。2、如果亞瑟或小朋友贏的話，不可以喊出「你作弊」。

時間開始倒數，而我成績還不錯，十秒內投進了六球，但小朋友跟我差不多。二十秒後，亞瑟才投進他的第一球。

「**太棒了！**」他轉向我，「我是世界之王！」

「你在浪費時間。」我說。他已經無法超越我們，但他可以更努力一點，至少不要干擾我。我．就．是．要．贏。

時間到。

亞瑟繼續嘗試投球，一直到他的球彈出投籃機，而他像個鬥牛士一樣在追那顆球。

23比1比25。

「騙人的——」我並不想鼓勵那個小朋友，因為他在嘲笑我。說不定遊樂場並不是一個好的初次約會地點，我輸不起的那一面比較適合第三次或者第四次約會。

亞瑟把籃球撿回來了，投出去，麵包球。

哈德森是個比較好的對手，他至少也會教訓那個小朋友。

我吃了一口彩虹糖。

「要不要玩空氣曲棍球？我保證你會得到第一名。」

或者我會得到一趟醫院之旅，當亞瑟把球盤打飛砸到我臉上的時候。

「我們玩夾娃娃機好了，」我說，「但我們要玩刺激一點的。」

他跟著我走到角落，我們才不會去夾那些寶可夢娃娃，別開玩笑了。

「刺激？像脫衣撲克那種刺激？我希望我穿的是對的內褲。」亞瑟說。

「你有錯的內褲嗎，整體來說？」

「大家都有那件洗衣日的內褲啊。」亞瑟回答。

「也是。不過，你不需要為這個挑戰脫褲子。」有台夾娃娃機裡面都是首飾，有好看的項鍊，很醜的手鍊，假鑽石戒指之類的東西。「誰夾到什麼，另個人就必須全部戴上，要玩嗎？」

「玩！」

「我先來，」說不定讓他先觀摩一場可以幫他更快上手。「角落那邊那個珠寶項鍊跟你眼睛很搭。」

我開始移動爪子，手不離開搖桿的狀態下用眼睛評估位子——這裡很好。我按下按鈕，爪子開始下降，張開，打到盒子，然後整個偏掉了。什麼都沒有抓到。「今天手氣不好。」

「還好啦，過幾分鐘後你很有可能就會擁有一個很美好的首飾。」

「很有可能？」

亞瑟指著一個鑲滿珠寶的和平標示，跟我的手機一樣大。他開始移動爪子，然後從各種角度評量那個盒子——蹲著看，踮腳看，左側右側，調整夾子，重複好幾次這個儀式——最後按下按鈕。爪子挖起了那個項鍊，丟進洞裡。

「你是不是詐了我？」

亞瑟從機台裡拿出項鍊，對著我笑，「你贏得了一條項鍊。」

他繼續笑——那個欺騙人的外星小惡魔。「是你選的遊戲耶。」

「這才是最高級的詐騙啊。你看看，你連那麼大的籃框都投不進，卻可以用爪子抓到這麼小的項鍊？」

「我有非常特殊的能力，」亞瑟說，引用即刻救援的台詞，這幫他加了好幾分。「我玩夾娃娃機的時候，基本上就跟神一樣。」他拉近我們之間的距離，在看我之前先低著頭看地板，然後把項鍊舉起來。

「好囉，是和平時間。」

他跟我的臉靠得很近，我一邊思考著親他好像會有點尷尬。不是現在，雖然這也會有點尷尬，太快了。我是在講身高差，我跟哈德森是在同一層面上的，而亞瑟並不在我這一層面上，這聽起來好糟糕，而且我也很討厭我在往這方面想，但我很在意，身高對我來說真的很重要，就像有些人會拒絕跟玩樂團的人交往，或拒絕跟宅到可以背出一百五十隻第一代寶可夢名字的人交往一樣。

亞瑟幫我把項鍊戴上，他的指節撫過我的肌膚。看起來像是想要親我，但我不覺得他會是主動的那個，不像之前在郵局那樣。

「我看起來怎樣？」我問他。

「像個希望世界對同性戀很和平的人。」亞瑟說，「還有像個口腔聞起來像錯誤綠色彩虹糖的人。」

「像性感彩虹糖？」

「像性感彩虹糖。」亞瑟回答，他挺起胸膛，伸長脖子。

「我們去買杯飲料吧。」我說。

我們走向酒吧，我點了一杯水，亞瑟點了一杯可樂。我有點小餓，但我不想要把它變成晚餐約會，因為我很不喜歡與人面對面吃飯。朋友沒關係，就像我可以一直盯著狄倫張嘴咀嚼食物，但跟哈德森一起的時候，我們只會選不用面對面的位子一起吃飯，像是披薩店的高腳吧檯位子，或者在房間裡看電影。那帶給我近乎窒息的恐懼感，很怕會空坐在那邊，聊到沒有話題講，然後我就可以目睹一個人走出情網的那一刻，只因為我連一頓飯的時間都無法好好對話。之後怎麼會有人會想要跟我共度一生呢？

飲料上桌以後，「我請客。」亞瑟說，他掏出皮夾，遞過一些現金給調酒師。「我可是個在律師事務所實習的高薪實習生。」

「謝啦。」

我們穿越遊戲間，走到窗邊。亞瑟目不轉睛地盯著時代廣場，彷彿他很想花個三十美元請人畫很誇張的大頭像，去紀念品店找出寫著他名字的車牌磁鐵，去看場音樂劇，巧遇明星，或站在人行道上，直到他在大螢幕上看到自己為止。

亞瑟發現我在盯著他看，「喔，我只是個很明顯的紐約菜鳥。」

「你的確是，這很可愛，你還是有散發出觀光客的味道。我已經想不起來被時代廣場驚艷到，或者被紐約驚艷的時候了。」

「怎麼可能！讓我好好用男人說教的方式解釋你的城市給你聽聽。」亞瑟不小心潑出了一點汽水，用鞋子搓了搓地毯，重新整理了姿態並恢復冷靜。「你想點東西吃的時候，根本不用在意時間，而且就算不能外送，也有辦法找到想吃的東西。這幾條街一直會熱鬧到凌晨兩點。有不少電影是在喬治亞拍的，但內容都跟喬治亞無關，但電影通常都是**專門**為了紐約而拍的。我可以繼續說下去。」

「我完全不會懷疑你。你想念喬治亞嗎？」

他聳肩，「會啊，我很想念我最好的朋友們，潔西跟伊森，還有我家的房子。家裡連客房都比我米爾頓叔公家裡的房間大。」

「紐約就是這樣的。」我說。我在心裡感嘆著，如果我們拿起行李就走，不要管那些三等親戚，愛打人屁股的狄倫，還有深夜美食外送，我也可以住在一個大房子裡。「你很想回去嗎？」

「我目前沒有在考慮那個，我現在只想沉浸在紐約的魔法裡。」他指著我，又指著自己，然後又指回我。「這個城市能夠讓美夢成真。」

我點頭，「你說的對。」我四處張望了一下，找其他可以玩的遊戲。那邊有個彩票轉盤機，有一次我砸了一大筆錢在上面，結果只讓我後面那個人馬上贏到五百張彩票。那邊有個舞力全開的機台，通常是狄倫在贏的，如果亞瑟會跳的話我也不意外。馬力歐賽車一直都很好玩。「你喜歡看恐怖片嗎？」

「我沒有完全討厭看這類型的。」

「所以這是喜歡的意思。」

「也可以。」

「太好了。」

我們走進《逃離黑暗 4D》。這是個包覆性的遊戲，專門玩弄玩家的恐懼感。椅子會震動，不時會有氣流噴在你的臉上，環繞音效會讓你覺得有個持刀狂魔潛在你背後打算捅你，而且還有一個恐慌感應器，透過測試心跳來看誰被嚇得最慘。

「要怎麼贏？」亞瑟問我，「是誰活得比較久嗎？」

「這是雙人合作遊戲，我們需要一起存活下來。」我在選關卡時戴上3D眼鏡：給怕死人的人玩的「牢獄」、給怕黑的人玩的「死亡密室」、給怕在密閉空間被追的人玩的「小屋」、給怕害蟲的人玩的「實驗室」。

「有沒有關卡是可以在一片大草原上給蝴蝶追逐的內容？」亞瑟問我。

「可能下一個版本吧，但蝴蝶會換成是蝙蝠，然後大草原可能會是一個洞窟。」

「所以跟我剛講的完全不一樣，懂了。」亞瑟戴上他的3D眼鏡，緊緊握住雷射槍，「我們來殺點喪屍逃犯吧。」

遊戲一開始就很毛骨悚然，監獄裡唯一的光源是個搖來晃去的小燈泡，我們的角色拖著腳步走進黑暗。一個監牢的門慢慢被推開，但只是風吹開的——不，不，操，不對，這跟風一點關係也沒有，是個只剩半張臉的老頭。

「為什麼他在牢裡？！」亞瑟大吼。

「我不知道！」我吼回去。

「給他死刑！給他死刑！」

我們對喪屍爺爺狂射——同時也吵醒了整個監獄及所有的喪屍。一個喪屍很立體地撲向我們打算掐我，亞瑟爆了他的頭。我往亞瑟方向靠近一點，就像我之前會貼近哈德森一樣。我們的腿碰在一起，然後他也往我這邊靠更近一點。每一次這些喪屍囚犯們衝向我們所產生的震動讓我心跳加速。

「你——啊！媽的，他在啃我的手——還好嗎？」我問。

「很害怕，但這不是最恐怖的。」

「那你覺得從螢幕上跳出來最恐怖的東西會是什麼？在角落的那個王八蛋嗎？」

在角落邊有個喪屍用吃烤雞的方式啃著一顆獄卒的頭。「牠也很恐怖，然後，我不知道耶，可能是我爸媽離婚？」

「喔。這……會發生嗎？」

「我覺得會。我不知道，他們就——你右邊有個喪屍！」

我放下我的槍，把3D眼鏡推到頭上，喪屍們很開心地處理了我的角色。「想聊聊嗎？」有點無法想像亞瑟人生中會有什麼不幸的事發生，他是個十六歲的「高薪實習生」，才剛在紐約落腳，看起來很聰明。我想沒有人的人生是完美的吧，就算看起來是人生勝利組的那種也一樣。

亞瑟頓了一下，「好的，新的最恐怖的東西，伊森唱《歌劇魅影》裡那首〈*Music of the Night*〉然後飆高音。」

我就當這是不想要談他父母的事情了。「伊森是你最好的朋友，對吧？」

「對啊，應該是吧？」亞瑟轉向我，他還戴著3D眼鏡，所以我看不到他的眼睛。「我出櫃以後事情就變得不一樣了，我知道他們會變，但——我不知道，我只是沒有想到我們的友誼也會就此落幕。」

「潔西也是嗎？」

「喔不，她還是很酷，她超棒的。我們一直都很親近，現在還多加了一起聊男生。」他總算把3D眼鏡脫了下來。「我可以問你出櫃的程度嗎？」

「超公開的，高一的時候我在狄倫家過夜，當時我們在看《復仇者聯盟》。他說他會為了被黑寡婦找上而用各種方式犯罪。我就說我想用我的雷神之槌釘索爾，然後他尊重了我的選擇，就這樣。」現在知道伊森是個失格的朋友以後，我更感激狄倫了。「我爸媽也一樣，我出櫃的時候狄倫也在，我爸以為我們正在交往。本來覺得爸媽會很大驚小怪什麼的，他們沒有這樣反應時，反而讓我有點不知所措。我以為會是個很誇張的事情，有氣球跟遊行之類的，不知道耶。」

「但這樣很好，對吧？」

「對啊，現在我很感謝他們沒有大驚小怪，我只想要很平常的反應，他們也的確是這樣。」

「因為這就是一個很平常的事情。你說你超公開的，所以大家都知道囉？」

「對啊，兩年前的感恩節我在 IG 上貼了一篇文，說很感謝所有會因為我是我而愛我的人。其他的那些可以取消追蹤，或直接在現實生活中跟我絕交。我還特別在貼文之前檢查了一下我有幾個追蹤者。」

「大量退粉？少量退粉？」

「沒有退粉。」我說，我當時很訝異，我以為他們會更在意這件事情。

「我可以跟你老實說一件事嗎？」

「你是真的很狂熱卡通謎片，對吧？」

「這是沒錯啦，但是⋯⋯我**並不**狂熱遊樂場，很抱歉讓你失望了。」

「這說明了一切。」我說。

「我們合作的很不錯啊。」

「並沒有，我們因為半途放棄就打輸了。」

「這只是小細節。」

我們把 3D 眼鏡收好以後，離開機台。

「所以你是在跟我說你不想繼續玩了。」我說。我還有一些點數，而他們並不會因為你的約會對象不喜歡遊樂場就答應退錢。他真的是個外星人。「那現在要幹嘛？」

「我有個主意。」亞瑟說。他帶我往拍貼機走，放入五元，然後坐進機台。「來吧！」

我連決定我要不要做這件事——拍照，跟亞瑟一起——的時間都沒有，但我還是跟著他鑽進機台，因為拒絕的話會很尷尬，也會浪費五元。坐下以後，我滿腦子一直回想幾個月前我跟哈德森在這裡扮鬼臉。但亞瑟不是哈德森，我也不能讓哈德森阻撓我想要在老地方寫下新記憶。不是只有在遊樂場，而是這個城市的所有地點，學校、公園，任何你想得到的地方。亞瑟是個活生生的人，不是玩具，也不是拿來轉移注意力的工具。我必須好好對待他。

「我們打算怎麼玩？」我問，「我們可以拍三次。」

「我才不會浪費我的機會，」亞瑟說。他滿臉期待地看著我，「《漢密爾頓》？」

「喔，對齁。」好多人都瘋這一部，我卻連一首歌都沒聽過，但我想現在不是提起這件事的好時機。

「我有好多要教你的，班。」

倒數計時從三開始，第一張照片，我們臨場發揮，亞瑟靠在我身上，我們兩個都對鏡頭微笑，超級基本款。第二張照片，亞瑟伸出他的舌頭，喊著「啊啊啊啊」，就像醫生在檢查他的嘴巴一樣。我拋了個很浮誇的媚眼。第三張照片，亞瑟轉過來面對著我。我心跳超快的，因為他看起來很想親我，但我還沒準備好。我知道整件事很甜蜜，我真的跟郵局碰到的男孩重逢了，但不管他有多迷人，我不能在還沒有心理準備之前就親他，我必須真的想親他。當閃光亮起時，我們只是互相凝視，對彼此微笑。

我們走出機台，一人可以留一份照片，我們看起來真的很登對。

「剛剛最後一張很那個，」亞瑟說，「我……算了。」

「沒關係。」

亞瑟盯著他的鞋子，「我看起來比你開心很多。如果你想這麼結束約會也沒關係。如果你還在想念你的前任，我可以理解。好啦，我不太能理解，但我能夠想像。」

「不，我只是……今晚真的很好玩，但我知道自己有點心不在焉。」我回答。這是我的錯，是我把自己的約會對象帶到跟前任來過的地方。但我也不知道要投入多少感情，畢竟亞瑟在暑假結束後就會離開這裡。

我們兩人保持沉默，我真的很希望像亞瑟看待我那樣看待他，這可能需要點時間，但我們並沒有多少時間。

亞瑟嘆了口氣，盯著地板。「我搞砸了我第一次的約會，我真棒。」

「不，你並沒有搞砸……我才是那個沒有調整好心態的。我總是準備好用力拒絕宇宙能量給我任何好的東西，因為覺得宇宙能量討厭我。但可能宇宙能量是在玩一場持久戰，可能一開始所有事情都很糟糕，之後才可以很完美，之類的。」

「所以這次約會很好？還是很糟糕？」

「沒有很糟糕，我只是認為如果宇宙能量想把我們湊合在一起，那我們必須有個更驚天動地的初次約會，」我說，「我真的很想再跟你碰面，可能我們需要重新來過一次。」

「你是指初次約會，再一次？」

「沒錯。這次讓你來安排，你想做什麼都可以。」

「我接受你的挑戰。」

我們互相微笑，握手訂下這個約定。

第十五章

亞瑟

星期天・七月十五日

一個重新來過的約會，而我是那個安排行程的人。

我還不知道可以這樣運作，我以為就只是叫第二次約會。重新來過。

但至少我又可以跟他碰面了，這一點很好，因為我滿腦子只有他，我都不想起床了。我忙著看我們的合照，是啦，看起來有點像臭鼬佩佩跟他困惑的貓咪女友，但我們真的很像一對。如果你看得到這些照片，你不會認為我們只是很柏拉圖式的好兄弟。但感覺自己是一對情侶中的一位真的超現實到爆，我無法想像這個狀況。

大概一直到十點我才總算晃到客廳，穿著運動褲戴著眼鏡。老爸坐在沙發上喝咖啡，用靜音看著新聞。「我們為什麼要看這個橘色的傢伙？」我坐到他旁邊的時候問。

爸爸把電視關掉。「早安，羅密歐。」

「哇喔，拜託別這樣。」

爸爸皺起眉頭，「別怎樣？」

「不要陰陽怪氣的。」

「嗯哼，才不會，」爸爸說，「這才不是《我所謂的生活》。」

「我聽不懂你想說什麼，爸爸。」

「你不是《壁花男孩》，我並沒有租《早餐俱樂部》。」

「你到底——」

「這代表我很懂青少年的偽焦慮。這是你第一次約會，我想知道所有的細節。」

「你不覺得我們聊這個很怪嗎？」

「為什麼？因為我是你爸？」

「沒錯，就是這樣。」

他目瞪口呆地望著我，好像在試著消化我的回應一樣。

我嘆氣，「約會很順利，爸爸，整體來說還可以。明天還要約一次。」

「哇，你看看，第二次約會。」

「嚴格來說，不是第二次約會，是第二個**初次**約會，我們要重來一次。」

爸爸摸了摸他的鬍子。「很有意思。」

「我知道。」

「但他明顯對你有好感。」

我坐挺起來。「真的嗎？」

「至少，他會想再跟你約一次。」

「也是，天啊，我根本不知道該怎麼辦。」

「你是指規劃一個重新來過的約會？」

「我連一般的約會都不知道怎麼規劃。」

我說真的，我要怎麼知道選一個地點，營造對的氣氛，再把班迷到脫褲子？不是字面上的意思，但，有一點點那個意思。

我側眼瞄向爸爸，「好，如果明天才是第一次約會，那我們要怎麼面對昨天的事情？我們要假裝這沒發生過嗎？還是叫他第零次約會？」我揉了揉我的頭，「還是我們需要複製一次昨天發生的事情？」

「你為什麼要複製一個不好的第一次約會？」爸爸問，「放輕鬆，一切都會很好的，就走保險路線，例如一個家庭餐廳，基本就可以了。」

基本。

我點頭，「好吧。」

星期一・七月十六日

好，不行。

我做不到基本，很抱歉，這可不是什麼阿貓阿狗，這可是**班**。他就是我會在星期一傍晚，擠在聯合廣場一家叫雅爾文咖啡的角落座位的原因。這是一個看來像被塞進倉庫裡的夜店，裝了奇怪的幾何形狀燈飾，還有每天都不一樣的菜單。但網路上說它是最好的約會餐廳，所以希望班也會喜歡這裡。他應該十五分鐘前就到了的說，但他沒有傳簡訊來說會遲到。

就跟上次一樣。

我應該問他：**你有要來嗎——你還活著嗎——你——**

我現在聽起來跟我媽一模一樣，這語氣很不適合約會。

我從來不知道約會需要做出這麼多小決定，什麼時候傳訊息，什麼時候放鬆，我在等待的時候手要怎麼擺。當他走進來時，我是不是應該抬頭對他微笑？還是若無其事地滑手機？我需要劇本。說不定我需要的只是停止胡思亂想。

但當我看到他的剎那，我的腦袋就停止運作了，因為，哇喔：他怎麼可以變得更加迷人了。也或許我只是一直注意到新亮點，例如他下巴的弧度，或者他肩膀會微微地前傾。他穿著一件灰色V領上衣跟牛仔褲，他跟餐廳領檯人員說話的同時用眼光掃過整間餐廳。當他看到我的時候整張臉都亮起來了。

轉眼間他就在我面前坐了下來。

「這裡看起來好高級，」他說。

「嗯，你知道的，我們的**初次**約會肯定要選最好的。」

「沒錯，初次約會。我從來沒跟你約過會。」班微笑。

我回他一個微笑。「從來沒約過。」然後我腦子就空白了。

預料之外的問題：我很顯然不知道怎麼在高級餐廳裡對話。這裡的一切都很潮很優雅，好像一般的話題根本沒有資格出現在這裡，我們應該聊點有深度的東西——有氣質又有智慧的話題，例如國家公共廣播電台或死亡，但我連班會不會喜歡國家公共廣播電台或死亡都不知道。老實說，我幾乎不認識他。

「所以你是做什麼的？」

「什麼意思？」

「你有在實習嗎？你每天都做些什麼？」

「喔，就……」他沒有把話講完，開始盯著菜單看，然後我看著他臉色變白。

「一切都還好嗎？」

「沒事，我只是……」他抹了抹臉，「我負擔不起這個。」

「喔，」我很快地回答，「不用在意這個，我請客。」

「我不能讓你請我。」

「但我想要請你。」我向前傾，「我現在還有不少成年禮的禮金，所以不用擔心。」

「但我無法，很抱歉。」他把菜單拿起來，「我無法吃一個三十美元的漢堡。我覺得我物理上做不到這件事。」

「喔。」我的心沉了下去，「好吧。」

他搖了搖頭，「三十美元可以讓我媽幫我們家買到三天份的晚餐。」

「也是，我懂了。那我們——」我抬起頭，我的眼光剛好瞄到坐在隔壁桌的一個人。「我的天啊。」

班靠近了一點。「怎麼了？」

「那個是……他是安索·艾格特嗎？」

「誰？」

「就那個演員。窩得天。」

「真的假的？」班轉過頭去。

「別盯著他看啊！我們要保持冷靜。」我抓起我的手機，「我必須傳訊息給潔西，她肯定會起肖。

我是不是該跟他講話？」

「我以為我們要保持冷靜？」

我點頭。「我應該要自拍一張，對吧？給潔西看？」

「你說他是誰來著？」班問我。

「《玩命再劫》、《生命中的美好缺憾》。」我把椅子往後推並站了起來，深呼吸。

我走過去，然後安索給我一個禮貌的微笑。「嗨。」

「嗨！嗨。」

「我有什麼可以幫你的嗎？」

「嗨！抱歉，我只是，」我吐一口氣，「哇，好，我是亞瑟。然後潔西，我朋友，超愛你的，超級超級愛。」

「喔！」安索看起來很驚訝。

「對，所以。」

「這也……」

「我可以跟你自拍嗎？」我問。

「呃，好啊。」

「太棒了。真不可思議，你超酷的。來吧。」我稍微靠向他，快速拍了幾張。「哇喔，非常謝謝你。」

這真的發生了。我就……如此輕易地跟一個演員講到話。而且還是超有名的演員。潔西肯定不會相信我的。

「等下，」班在我坐下時跟我說，「你覺得那位是《玩命再劫》的那個人？」

我很開心地點頭，「我快升天了。」

「嗯，我覺得那個不是他。」

「什麼？」

「喔，然後我幫我們點了松露薯條，沒關係吧？一道要十二美元，我覺得超扯的，但我會幫忙付錢的——」

「不，」我的聲音有點破，我深呼吸，「我是說，沒問題，薯條很棒。但倒回去，你不認為那個是安索？」

「我的意思是，可能是他？」

服務生突然出現，放了一杯淺粉紅的特調飲料在班的面前。班抬頭看著他，困惑地說，「喔，呃，我沒有點這個。」

「那邊藍色上衣的先生請您喝的。」

我倒吸一口氣，「什麼？」

「帥耶，」班說，他喝了一口，然後轉頭對安索微笑。

我下巴都掉到地板上了，「你打算收下這杯飲料？」

「為什麼要拒絕？」

「因為，」我搖搖頭，「為什麼安索．艾格特要請你喝飲料？」

「那又不是——」

我打斷他，「靠——好吧。他走過來了。」

「嘿，」安索說，他把他的手撐在我們桌子邊緣，看向班，「傑西，對吧？」

喔。

喔。

我大笑，「喔天啊，我很抱歉。不好意思，潔西其實是我——」

「沒錯，我是傑西！謝謝你的飲料。」

我不可思議地盯著班看，但他偷偷地對我笑了一下。

「沒問題的。嘿，我是否有榮幸可以跟你要到電話號碼？」

安索．艾格特，在跟班要電話號碼，而且還是我們正在約會的當下，這世界到底它媽的怎麼了？

「你是不是剛剛幫我這位未成年的朋友買了一杯酒，還打算跟他要電話號碼？」我很大聲地問安索。

他的眉毛驚動地跳了一下，「未成年？」

「沒錯，安索，他才十七歲。」

「安索？小子，我的名字是傑克。」

我們互相盯著看了對方一下子。

「你不是……」我無法講完我的句子，整張臉都要燒起來了。「我……還是閉嘴好了。」

「好主意。」傑克說，他已經回到他的位子上了。

我整個人縮進椅子裡，同時班把那杯特調一口氣乾了。「我覺得剛剛進行得不錯啊。」他笑得很開心，這世界第一可愛的混帳。

我把我的臉埋入手裡，「剛剛實在是有夠——」

「先生，我必須檢查你的證件。」

我從指縫中看出去，是個年紀有點大的男人，繫著領帶，而且他在對班說話。我的心快從嘴裡跳出來了。

「喔，呃。」班一臉不知所措，「我想我把它放在——」

「他才十七歲。」我打斷他

班瞪了我一眼。

「拜託不要叫警察，」我開始破音，「拜託，天啊，我不能去坐牢，我不行——我媽是個律師，拜託。」我丟下一張二十塊的鈔票然後抓住班的手，「我們要走了，我很抱歉，先生，我真的非常非常抱歉。」

「掰掰，安索。」班大喊。

我把他拖出門。

「我不敢相信你這麼快就出賣我了，」班說，「哇喔。」

「我不敢相信你讓一個叫傑克的路人甲請你喝酒。」

「我的確讓他請了。」班得意地微笑。

「你差點讓我們被捕。」

「怎麼可能，我是從三十元漢堡手中解救了我們，」他說，「而且你看現在，兩塊錢的熱狗，超讚的啦。」

而我必須承認：路邊攤熱狗是個完美的晚餐。班吃熱狗的方式超可愛的，加分。他會像拉緊衣服一樣地把麵包包住熱狗，咬一小口，調整一下麵包，然後重複。

「你怎麼有辦法不加番茄醬？」

班微笑，「這要怪狄倫，他說我被禁止了，尤其是在約會的時候。」

「我不太懂。」

「我也不懂，」他聳聳肩，「但他說，『番茄醬口臭會毀了你任何機會，也會同時毀掉你的戀情』，一字不漏。」

我張開嘴打算說點什麼，但我只吐得出空氣，一個字都說不出來。

因為如果班考慮到番茄醬口臭，那我滿肯定他是想著親吻。

更精準地：親**我**。

我看著他把這兩個想法連結起來，他從脖子開始，往上紅到臉頰。

「我們下一次的重來要記住這點，」他很快地說了一句，「事不過三對吧，不過下次不要安排太貴的地方。」

「沒錯，而且不能點蒜味薯條。」

「我記得是松露薯條。」

「對耶。」

他笑著舉起手勾住我的肩膀，然後我超開心的，開心到快無法呼吸了。雖然可能只是勾肩搭背，街上的路人可能覺得我們只是好哥們，兩個勾肩搭背一起吃熱狗的好哥們。

「所以說，那個松露，」班說，「從什麼時候開始松露不跟巧克力一起出場了？」他的手臂從我肩膀上滑下來，掏出手機，「我得來查查。」

「查什麼東西？」

「松露……是……什麼？」他邊打字邊說。

「他們是種子類的東西，對吧？」

「錯了，是真菌類。」他舉起手機，「看吧？」

「什麼？不可能。」我靠近一點，我們的手臂不時會互相碰到。「我真的以為它們是種子。」

「我猜你是在想著《羅雷司》[7]裡面的毛樹松露菇種子，亞瑟．**蘇斯**。」

我放聲大笑，然後班露出有點訝異又不自在卻又引以為傲的表情。我猜他不知道自己有多幽默，說不定是因為他那個一臉機車的前男友從來沒有因為他的玩笑而笑過。

「你怎麼知道我姓什麼？」

「從你的電子信箱啊？」他把我拉到旁邊，讓一對母子走過去。有一個道地的紐約客幫我注意人行道規矩的感覺真好。「所以說，你跟蘇斯博士有血緣關係嗎？等下，那其實是筆名對吧？」

「他的是筆名，我的是本名。」我微笑著，「然後你是班．雨果？」

「班．亞雷合，雨果是我第二個名字，比亞雷合容易拼對的名字。」

「班．雨果，我喜歡這名字，聽起來像個詩人。」

「不行，不是個詩人。我不要繪本帝國。」

「對了，你一直都沒有跟我說你平常都在幹嘛。」

「是沒錯，」他抿著雙唇，「我在上課。」

「是去旁聽嗎？我有考慮過去紐約大學旁聽看看，課程如何？」

7 譯註：《羅雷司》（*Lorex*），蘇斯博士的作品之一，裡面有一種名為 Truffula 的棒棒糖形狀的毛樹。

「呃，還不錯。」

「很酷喔，班．亞雷合。」

「所以現在是要連名帶姓的稱呼對方嗎。」

「應該說，我想要背起來，這樣才可以去肉搜你的資訊。」

他大笑，「我沒那麼有趣。」

「你就是這麼有趣。」

「你也是，蘇斯博士。」

第十六章

班

星期二・七月十七日

@ArtSuessical 開始追蹤你。

去他的功課。

我從床上坐了起來。互相追蹤對方的感覺像是踏出新的一步，讓我很興奮的一步，因為亞瑟的ＩＧ設定成不公開帳號。「嘿，亞瑟剛剛追蹤我。」

「總算，」狄倫說，放下他在玩的模擬市民，從我的書桌轉過來面向我。在這之前我才剛指示自己的角色停止做功課，狄倫的角色則是開著在筆電上玩遊戲。這個遊戲也太符合現實了。

「我應該馬上就跟他互相追蹤嗎？耍酷好像有點沒意義，畢竟他暑假後就要回去了，沒有時間可以浪費。」

「而且也不需要跟直接用你的臉做海報找你的人耍酷。」狄倫說。

「有道理。」

我馬上對亞瑟按下追蹤，那瞬間我們就互相可以看到對方的頁面了，感覺彷彿是交給對方自己生活的鑰匙。哈麗葉的ＩＧ很光鮮亮麗，但我知道每一張照片她都費盡心思，亞瑟的ＩＧ感覺就很真實。

有一張第一次吃紐約披薩的照片。

《阿拉丁》與《壞女巫》的節目單。

一張在某個大廳的鏡面自拍，我有注意到這是我們相遇的那天——熱狗領帶很明顯。

亞瑟、潔西跟伊森在舞會的合照。

一張筆電的貼紙寫著 WWBOD：歐巴馬會怎麼做（What would Barack Obama Do?）

亞瑟坐在高腳凳上，背景是個看起來很厲害的地方，剛開始我以為是餐廳，但我看到後方牆上掛著他的照片。他們家在喬治亞的房子比我想像中還要華麗，原本我還打算在他永遠離開前邀他來我家的，現在這個想法簡直要嚇死我。

我停在一張亞瑟盤腿坐在一面鏡子前的照片，我猜是在他自己的房間，連狄倫都湊過來把他的照片放大。

「他眼睛實在是有夠藍的，蝙蝠俠。」狄倫說。

「他眼睛實在是有夠藍的，」我跟著他重複了一次。我看過本尊了，但還是這麼覺得。

還有一張亞瑟戴著眼鏡的照片，潮男造型，整個驚為天人。接下來看的十張照片，我發現自己沒有繼續關注在他的眼睛上，我都聚焦在他的嘴唇了。「星期四就親他會不會太快？」

「一點都不會，就上吧，」狄倫說。放在我桌上的手機震了一下，他站起來瞄了一眼。「你的時間很緊迫的，大ㄅ——」他瞪著手機螢幕，「是她。」

「珊曼莎？！」

「是碧昂絲，」狄倫嗆我，「當然是珊曼莎。我該怎麼做？」

「打開訊息，讀完它，然後用文字回應。但不要用『未來的老婆』這種字眼。」

他讀完內容然後把手機給我看，「嗯，這應該是好事，吧。幫幫我搞定這回合。」

我讀了一下訊息：

「嘿狄倫，很抱歉我沒有早點跟你聯絡，每次我開始打字的時候，我都認為你已經不在意了，然後我就覺得自己很蠢，所以什麼都不說了。我以前跟派翠克吵架的時候也會這樣焦慮，而他很慶幸我後來主動跟他聯絡，所以我希望你也是一樣的。你那句『未來的老婆』讓我很緊張，因為我上一場戀情的對象是個控制狂，而我不喜歡我當下的樣子，也不喜歡結束以後的自己。我覺得你人很好也很幽默，若我們可以用輕鬆一點的方式交往，我是還想再跟你見面的。如果你已經放下了，我很抱歉打擾到你。」

「哇喔，」我說，「你得快點回覆，不要讓她等。」

「我該說些什麼？」

我回想了我對珊曼莎所知道的一切，「邀她跟她妹妹一起去吃海鮮如何？比較不會那麼羅曼蒂克的東西？」

「那只會讓我被發好人卡。」

「你很蠢耶，她說她想見你。光是傳訊息給你對她來說就很難，但她還是傳了。你只是需要慢慢來。」我說。

「對，那句未來的老婆只是在開玩笑而已，半開玩笑。」他把手機拿回去重讀了一次她的訊息。

「可以讓我幫你回訊息嗎，拜託？」

狄倫搖搖頭，「我可以的，」他深吸一口氣，開始唸出他要打的內容：「我親愛的未來老婆……」

我把手機搶過來。

星期四・七月十九日

我們第三個初次約會滿低調的，沒有亞瑟跟不上腳步的遊戲機台，沒有我付不起的餐點，要搞清楚這一切很不簡單。亞瑟提議我們可以去那種戴著耳機的跳舞派對，可以選自己想聽的歌跳自己想跳的舞。我提議去任天堂世界，但很明顯對某人——咳咳——來說這跟遊樂場沒兩樣。他提議一起去上油畫課，我提議去攀岩。最後我們各退一步，在中央公園散步，然後我計畫好我可以在哪裡親他。

現在已經過了六點，而我們散步在上禮拜我跟狄倫走的同一條路上。我甚至提前在下午就把功課做完，還為了明天的考試複習，一切就為了讓我可以晚上九點再回家。亞瑟跟我分了蝴蝶餅，聊著他最喜歡的動圖是一隻白頭海鷗嘗試咬掉川普的手，但我滿腦子只知道我想了解他的事情，並且幫自己分析這種思維代表什麼，因為他並不會永遠留在這裡。

「你在回喬治亞前有必須要達成的事嗎？」

「抽到《漢密爾頓》的入場券，然後我有點想在我生日時看一場音樂劇，可能去看看自由女神像吧？到帝國大廈頂樓感覺也不錯。」

「要上去超麻煩的，但的確很值得為了IG相片麻煩一下。我喜歡你那張繫著熱狗領帶的照片，」我說，「其實我喜歡很多張照片，但我不想要變成那個幫你每張照都按讚的怪人，怪人並不酷。我希望我要帶你去的地方會值得拍照留念。」

我們唯一的合照是從第一次初次約會拍的，我不知道我是不是準備好上傳一張新男生的照片到我ＩＧ了，因為這基本上是在跟世界宣告，可是開始有點東西來紀念暑假也不錯。

我們走上瞭望台城堡的石梯，我有點希望我們可以多等兩小時再過來看日落跟看整個城市亮起來的那一刻。當天色變暗的時候，我超愛每扇窗戶像星星一樣，一個接一個地亮起來。但至少亞瑟可以欣賞白天的景色。

「我們到了，」我說，「你感覺如何？」

「真的非常適合貼上ＩＧ！」

當我們從露台看出去的時候，我開始說，「我有來這邊找過你。」

「什麼？」

「狄倫正在追的這個女生，珊曼莎，她有嘗試幫我找你。我跟她講了所有我知道與你相關的事，因為她可說是社群網站偵探。然後她發現有個耶魯的歡迎會，所以我就來看看了。為了找你，但你並沒有去。」我慢慢靠近他，我們的手肘碰在一起，「我覺得你超酷的。」

亞瑟點頭並微笑，但那個微笑並沒有維持很久，我感受不到親親的氣氛。

「你還好嗎？」我問。

「我沒事。那個舉動很甜蜜，」他說，「我只是……我在Dave & Buster's看到一張你跟哈德森的照片，你也有帶他來這裡嗎？」

天殺的哈德森。我們連朋友都不是了，他卻還在這裡摧毀我的人生，「沒有，哈德森跟我從來沒有來過這裡。」我調整了姿勢，手肘沒有繼續碰在一起，「我帶你去遊樂場是因為我超緊張，而那裡是我的舒適圈。你是因為這個不開心嗎？」

「我沒有不開心。」亞瑟說，但很明顯他有被影響到。

「如果你有想知道的事，只要問我就好，不用擔心，好嗎？」我輕輕按摩著他的肩膀，期望可以把約會拉回正軌，「亞瑟，不要忘記如果我沒有跟哈德森交往過，也不會跟他分手，我就不會去那間郵局，也不會因此遇見你了。」

我敢發誓這段話會讓我覺得好多了，但亞瑟看起來還是不怎麼開心。

第十七章
亞瑟

亞瑟。停止。說話。

彷彿我的腦袋跟我的嘴互不相識，甚至不在同一個時空裡，我的嘴像是恐怖片中把手搭在門上的傢伙，我的腦袋則是嚇得坐在沙發上大喊，「不要打開！！」名為哈德森的那扇門，我無法阻止自己去打開他。

原本今晚所有的事情都要到位，我整個禮拜都在沙盤推演這次約會的每分每秒，我應該要又幽默又酷炫，然後他會被我煞到。不只是煞到，他會有如被下咒般地為我著迷。我想像我們坐在中央公園的某張石椅上，我們之間沒有任何空隙，班會拍拍我的手臂跟我講笑話，或著說明些什麼，他就這麼把手一直放在那裡。我會發現他在注視我的側臉。我們看著來來去去的觀光客，然後他會靠近我耳邊給些評語。

我這禮拜還因為想像他在我耳邊呵氣而讓自己失眠。

而這其中當然會有親吻，我的初吻，之後會在一個安靜的星空底下讓我脫離童貞。但沒有，連接近都沒有。反倒是我自己無理取鬧起來，想要知道我根本無權過問的事，但我不知道要怎麼阻止自己，像我這種人應該內建一個靜音按鈕。

「我是指，我可以理解你還會留著他的照片，但你真的需要五十六張照片嗎？」

「你為什麼數我有幾張照片？」他問。

我轉向他，停在走道中間，但他抓住我的手然後把我拉出行人道路。當我回過神來時，我們還真是坐在中央公園的一個石椅上，跟我夢想中的一樣。然後他還牽著我的手，這有點太過美好了。

「我又沒有很認真數。」

「你剛剛才說有五十六張。」

「好啦，我數了幾張。」

他弱弱地微笑。

「就只是，你的社群頁面基本上是崇拜一個男生的神壇。」

「為什麼不直接跳過那些照片就好了？」班問我。

我放開他的手指，「你的重點錯了。」

「哈德森跟我之前也是朋友，」他解釋，「你也有很多伊森跟潔西的照片啊。」

「是沒錯，但伊森跟潔西是伊森跟潔西！」

班嘆氣，「然後哈德森是哈德森。」

我看著他在踢弄他的鞋帶。

「好，我要直接問了，」我很小聲地說，幾乎有點沙啞，「你們為什麼分手？」

他看著我的雙眼，但我看不懂他的表情，「你真的想知道？」

「對！」

「你會因此對我有成見嗎？」

「你做了什麼很糟糕的事情嗎？」

「才沒有！」班閉上眼睛，過了一會之後，「就只是——整個事情很混亂，他傷了我的心，我有跟你說他劈腿了吧？」

我瞬間坐挺起來，「他**劈腿了**？」

班看向公園的遠處，咬牙切齒地說，「應該算是吧？就，他隨便親了一個男的，所以——」

「呃，不只應該算是劈腿，這就是劈腿。」

「但他當時可能認為我們已經分手了。」

「你們分手了嗎？」

「據我所知，並沒有，」班的語氣挾著憤怒，「我們吵架了，我跟他說我不想見他，但我並沒有說，嘿，你要不要跟派對裡連名字都不知道的人搞在一起——」

我倒吸一口氣，「他連對方的名字都不知道？」

「他知道對方遊戲的暱稱，」班聳肩，「Yung10DA」

「羊天大？」

「是拼 Y-U-N-G，然後是數字十。」

「我的天啊，」我慢慢搖頭，「哈德森為了一個名為羊天大的人甩了你？」

班暫停了一下，「我們可以不要再談這個嗎？」我正張嘴打算回應，班馬上又打斷我，補了一句，「但我必須澄清，是我甩了哈德森。」

「是的。」

「而且，他並沒有為了 Yung10DA 甩了我，那傢伙只是剛好在那裡。」

「不，我知道——」

「然後——」

「我以為你不想再聊這個了。」我最後說。

他吐了一口氣，「我是不想。」

「好……」

「沒事，」他說，「話題結束，一切都很好，我們也很好。」

但當我對他偷瞄了一眼，我看到他的雙手握成一團，嘴唇緊緊抿在一起。

★★★

星期五・七月二十日

「整個超慘的。」我把簡訊傳出去。

「喔，沒這麼糟啦。」潔西回我。

「我認真的，我整個搞砸了。」我的靴尖劃著地磚的邊緣。我進公司還不到一小時就已經坐在廁所跟潔西和伊森發送求救訊息了。

「你怎麼知道你搞砸了?」伊森問,但與其寫出搞砸,他用一個炸彈符號。

「嗯,首先,他沒有邀我再約一次會。」

而我寫出這句話的同時,就成為了事實——真實到我的胃都在痛。已經過了那個可以重來的停損點,我也不能怪班會想要遠離我。為什麼他會想再跟我碰面?讓他可以花上幾小時被審問關於哈德森的事?

「那又怎樣?你應該邀他的。」潔西說。

「我不能那樣做。」

「為什麼?你有他的電話號碼。〔深思的符號〕」

「因為他不會想要再跟我出去了。」我咬住下唇,「我覺得你一點都不懂。」

「是因為把他親得滿臉口水嗎?」伊森問。

「閉嘴,伊森。亞瑟,不要理他。」

「我沒親他,我忙著一直問他哈德森的事情。」我寫回去。

「亞瑟!!!!」

「我知道,我知道。」

我可以很清楚地描繪出潔西現在的樣子——緊緊抿住的嘴唇,瘋狂地在打字。「你不能在第三次約會就去拷問他前任的事。」

我皺眉,「嚴格來說,是第三個*初次*約會。」

突然,潔西就跟我視訊了。「潔西,我在上班。」我小聲且生氣地說。

「你很明顯地窩在廁所裡。」她說,「那個,我並不打算——好,我這樣說好了。我知道我並不是所謂的『有經驗』或怎樣，而且我很明顯只是在胡言亂語一通——」

我忍不住笑了出來。

「但亞瑟，不要聽伊森的，好嗎？他……並不是一個合適的說話對象，相信我。」潔西翻了翻白眼，「但你真的很喜歡這男生。」

我聳肩。

「亞瑟，拜託，你為了找他還特地做了一張海報，你翻遍了整個紐約——」

「我才**沒有**。」

「這舉動很甜蜜！的確，你走錯了一步，但你想想，記得光是要找到他就有多難嗎？不要說你還真的找到他了？亞瑟，這根本是奇蹟。」

「我知道，但——」

「亞瑟，這是命運！我不准你輕言放棄。」

我在搭地鐵回家的路上用手機版文書軟體撰寫我的訊息——這舉動讓事情變得更恐怖了。一個被修改三次的訊息很難把語氣寫得輕鬆，我乾脆用鋼筆寫出最終版本算了，或者用刻的，甚至刺青在我屁股上。

嘿，我知道昨晚好像有點怪，但願你不會討厭我傳訊息給你。你隨時可以刪掉這則訊息，但我希望你不會。我很抱歉，班。我不應該問你哈德森的事，這跟我無關，然後你說對了，我很嫉妒。我只是，我覺得我很喜歡你，我對於跟很喜歡的男生交往這件事完全是新手。基本上，跟男生交往，我都一竅不通。我也可以理解如果你想要結束這一切（我也不會想要跟自己交往，哈哈）。但若你還願意再給我們一次機會，我百分之百超級無敵願意再試一次。可能可以再重來一次？

我把整段複製貼上成簡訊，在我緊張爆發前趕快按下送出。那個當下，我就只是愣愣地站在地鐵站裡。我剛剛做到了，我跟他告白了。我的意思是，他應該已經感受到了啦，那整個翻遍紐約尋人記應該很明顯。但不一樣，之前比較像是我跟宇宙能量玩的一場遊戲，這次是班，而這次是真的。

我把手機塞進口袋裡，才不會在回家路上一直盯著手機看。但我走到路口前，手機就震動了。肯定是潔西，或是爸爸。不要看也不要抱持希望，我到家前都不會看。

好啦，那個想法大概只維持了兩秒。我掏出手機並點開簡訊，我的心在胸腔裡橫衝直撞。有兩則訊息。

你不用擔心，你做得很好，我完全懂你，這整件事很複雜。總而言之，亞瑟你不用擔心，我也超級無敵願意再重來一次。可能我們先從簡單模式開始然後再看看怎麼發展？

然後第二封：或者，我不知道你今晚有什麼計畫，我打算跟狄倫和他的準女友一起鬼混。如果你已經有計畫的話不用擔心，但假使你可以解救我這電燈泡，就跟我說一聲。聽說我們是要去唱歌，所以我先警告你，這可能會是場災難。

我立刻迴轉了一百八十度，已經開始往七十二街地鐵站競走回去。我笑得很開，開到我下顎都開始痛了。但當我走到地鐵站入口前，我停了一下回訊息給班，四個字：

「我愛災難。」

第十八章
班

這肯定會是場災難。

我，狄倫跟珊曼莎下電車的時候，已經遲到幾分鐘了。他們沉溺於調情的程度讓我無法信任狄倫今晚不會幫我毀了一切。

「狄倫，今晚能做跟不能做的是什麼？」

「我不喜歡隨堂測驗。」

我停在他面前，「D，我很認真。」

「我發誓絕對不會提到你跟哈德森在暑修期間一起度過性感時間——」我瞪著他，「好啦。」狄倫看向珊曼莎，她被逗得大笑。「班，我不會毀了你的焦點，我只會提到你的優點，我會先從你是個超好的朋友以及一個更優秀的愛人開始。」

珊曼莎搖搖頭，「我得老實說，我無法判斷你們兩人是不是真的睡過對方，或者這只是一個我必須習慣的一個梗。」

「在班房間裡發生的事情必須留在班的房間。」狄倫說。

深呼吸。「哈德森是個禁語，如果亞瑟已經被ＩＧ上我跟哈德森的舊照片影響到，那他要是知道我跟哈德森一起暑修的話應該會抓狂。」

「你有打算要跟他講清楚，對吧？」珊曼莎問我。

「會啦，只是要找到對的時間。」我說。

我繼續向前走。我們走到ＫＴＶ時亞瑟已經在大廳等我們了。他穿著太陽色的短袖格子上衣，真的超級可愛。「嘿，」我說，「抱歉我們有點遲到了。」

「沒關係，」亞瑟說，「嗨。」

我上前給他一個擁抱，因為我認為已經不再需要用握手或尷尬的碰拳。我覺得他吸了我一口，當然說不定只是我的幻想。抱亞瑟的感覺跟抱哈德森很不一樣；哈德森的下巴碰得到我的肩膀，但亞瑟的臉是直接埋在我胸口，如果我們窩在沙發上看電視的話，我相信他的臉也是在這個位置。

「這是狄倫跟珊曼莎，大家，這是——」

「亞諾！」狄倫大喊，並給亞瑟一個擁抱，「很高興終於見到本人了，班對你讚不絕口的。」

「嗨，**亞瑟**，」珊曼莎說，「他只是想開個玩笑，但他並不好笑。」

「我整體都蠻好笑的。」

「並沒有。」珊曼莎跟我異口同聲地說。

亞瑟的眼神在每人身上都停留了一下，好像他現在才意識到他在這圈子裡是少數民族，「所以……」

他把手搭到我肩膀上，「第四次初次約會，第一次雙約會。」

「第四次初次約會?」

「我們希望有個史詩級的初次約會，才配得上我們相遇的方式。」我說，「所以當狀況不太妙的時候我們就重來一次。」

「我們也有個很史詩級的開始喔，」狄倫說，「我很聰明地要到了珊曼莎的電話號碼。」

我想提醒他之前是怎麼差點毀了他的史詩戀情，但這會在我們未來的伴侶心裡留下一個不好的印象；我回去後再跟他算帳。

珊曼莎抓住他的手臂跟他對看，「你到我店裡，排隊，跟我講話的史詩級事件可是非常羅曼蒂克的，每個人都該學學你！」她把手搭在他腰間，轉過頭來看亞瑟，「我想跟你說，你做來找班的那張海報聽起來超棒的，我覺得我站在情聖的面前。」

亞瑟不好意思地說，「謝謝，幸運女神幫了我們一把。」

櫃檯後面的女士喊著亞瑟的名字。原來他到的時候就先用他的名字登記了。員工帶領我們走到一間有L型沙發，一個電視，跟兩支麥克風的方形包廂。桌子正中間是我的天敵——今晚的點歌本。在大家面前，生平第一次。我連跟狄倫都沒有一起來過KTV。我們有一起唱過歌，但當時手中並沒有麥克風，而且也從來不是在清醒的狀態之下。

「狄倫！用你的鬍子來幫我們點些酒。」

「我不能喝，」狄倫說，「剛剛的海鮮大餐讓我有點不舒服。」

「不要怪在海鮮上。」珊曼莎說。

「好啦，幫你自己隨便點杯什麼，然後幫我們點些有趣的飲料。」我說。

「我不喝酒。」珊曼莎說。

「我也不行，」亞瑟說，「我正在吃阿得拉[8]，不能混到酒。」

「那我幫你們三個人喝，」我說，雖然讓我聽起來像在酗酒，但我絕對無法清醒地度過這一小時。

狄倫衝出房間。

亞瑟跟珊曼莎在翻閱點歌本。

「他們這邊會有《漢密爾頓》或《致埃文・漢森》的歌嗎？我老家那邊的KTV還沒有更新他們的歌單。」亞瑟說。

她翻了幾頁。「如果有就好了，但我也沒有在這裡看到。百老匯的選項還過得去，很多迪士尼的。」

「我可以唱《大力士》跟《小美人魚》跟《阿拉丁》跟《美女與野獸》跟《泰山》跟《玩具總動員》還有《森林王子》裡面的歌。」

「只有這樣？」

「我還知道一兩首《一〇一忠狗》的歌。」亞瑟很得意地說。

狄倫帶了四個杯子回來，謝天謝地。他分給大家一人一杯，然後我喝了一口，準備好酒精的衝擊。但只喝到沒氣的汽水，有點噁。

「這是可樂嗎？沒有酒精？」

「她不只看穿了我的鬍子，還嘲諷我。」狄倫搖了搖頭，把他的可樂當一口酒直接飲下，「超過份的。」

8 譯註：阿得拉，過動症所使用的處方藥。

珊曼莎說服狄倫跟她對唱一首歌，這讓我焦慮起來，因為會讓亞瑟想要跟我一起合唱，對吧？我一開始答應來唱歌也是因為狄倫保證我們只會大家一起合唱。但亞瑟加入後就改變了整個狀況，我們從三人行變成了雙約會，原本的規矩當場作廢，兩人對唱被列入選項，接下來會慘不忍睹。

災難的開始是女神卡卡跟碧昂絲的〈*Telephone*〉，珊曼莎把手機拿出來拍下她在狄倫旁邊唱女神卡卡的部分，然後我必須說，我超愛狄倫的，因為他不用看螢幕就能唱出碧昂絲的部分。他從珊曼莎手中接過手機，直接對著鏡頭唱，就像個老派的搖滾ＭＶ，而不是在唱一群男人獨自出去玩的時候渴望著自己的女朋友。

亞瑟整首歌都坐在我身旁，他跟著音樂唱與搖擺，我們的膝蓋不時會互相碰到。

這首歌結束了。「下一首來唱〈*Bad Romance*〉吧。」狄倫建議。

「並不是最羅曼蒂克的選項，」珊曼莎用麥克風輕輕敲一下他的額頭，「再選一首，傻瓜。」她轉向我，我突然有種在課堂上被老師點名回答問題的感覺，「你要唱嗎？」

「你可以再唱一首，」我說，「我喜歡看。」

「你最好是在看我，老兄。」狄倫說。

亞瑟把點歌本拉到我們腿上，「要跟我一起唱首歌嗎？我可以當主唱，我爸也不是很喜歡唱歌，但上次我們開車去耶魯的時候，我就跟著收音機放的歌一起唱，然後我爸會在副歌的時候加進來。」

「我可能需要再幾分鐘才會比較嗨。」我說。

「我來跟你一起吧，亞瑟。」珊曼莎說。

「我的英雄。」

「我原本想去那個耶魯新生會解救你跟班的，所以這會讓我覺得好過一點。」珊曼莎說。

「我還真的不知道有這個新生會耶，」亞瑟說，「我知道不是我這一屆的，但我應該會為了得到一些申請指南去參加。」他把他的手放在我手上。「天啊，我的人生有夠炫炮的，我的意思是，每件事情好像都開始明確起來，我們明年的出路有無數可能性。常春藤盟校的任何一間我都很可以，雖然耶魯跟布朗要碰碰運氣，你懂的。我可能會順便申請好幾家文理大學，避免我落榜。」

我盯著我的雙腿跟著話題點頭，彷彿我的未來跟亞瑟所列出的可能性沒有差很遠，但他已經見識過我裝模作樣的姿態，所以他也趕快停下來。

「當然啦，會需要申請輔助金跟獎學金，」亞瑟說。

我搖了搖頭，「我不會有獎學金。」

我緊張到心跳開始加速，因為我覺得自己根本是超級魯蛇。我永遠都需要各種向上爭取，只為了在這世界得到一抹生存之地。如果我不是生來就是個有錢的榮譽畢業生，我似乎連努力的資格都沒有。你大概會認為宇宙能量會對那些弱勢族群好一點。假設我爭取得到輔助金好了，我也不覺得我可以一直保持高分好讓自己能一直拿到輔助金。而如果我支付不起大學學費，像亞瑟這樣聰明絕頂的人怎麼可能會想要跟我在一起，一個連高中都搞不定的人？

「我說錯話了，」亞瑟說。

「不是你的錯，」我說，但我無法直視他的雙眼。我超希望現在狄倫可以講些冷笑話來從這尷尬的沉默中把我解救出來。叫亞瑟「亞諾」，開始聊上床的事，隨便什麼都好，但這房間卻變成了史上最安靜的ＫＴＶ包廂。

亞瑟把他的手從我的手上移開，然後把自己的手塞到自己雙腿中間。

「呃，跟我來。」我說，往外面的走廊走。

亞瑟站起來，轉向狄倫跟珊曼莎，大概是不知道到底要不要道別吧，但這也是他的自由。

走廊上傳來其他包廂的歌聲，有一間正在毀了旅程樂團的歌，這才是出來唱歌該有的樣子——尷尬的歌聲。我沒有預期到我們會有個尷尬的對話。

「我是個笨蛋，班，我不知道我做了什麼，但我知道我錯了，對不起。」

「不，我才應該道歉。我必須提醒自己你對我其實不了解，例如你不知道我成績很差，所以常春藤盟校對我來說是天方夜譚，而我還不夠了解你，不足以知道這對你來說重不重要。」

他搖搖頭，「並不重要！我很抱歉，我只是很興奮。」

「你應該要超級興奮，這整件事超酷的，我希望你可以順利錄取你想去的學校，耶魯或哈佛甚至霍格華茲。只是學校現在對我來說是個尷尬的話題，我其實……」我原本沒有預計要今晚跟他講，但也沒什麼理由不跟他說，「我其實正在暑修，我之前說的上課是這個。」

他抬頭看著我，「好的，酷喔。」

「你覺得我是笨蛋。」

「你是認真的嗎？」

老實說，我的確是。哈德森、哈麗葉跟我和其他同學一樣，一起上了同一個老師的同一門課，但全班只有我們三個在暑修中浪費生命。就連哈德森跟哈麗葉，在我們三人形成小團體之前，都有著優良的成績。我才是整個班上唯一應該去暑修的人。

「我怎麼可能會這樣想？」亞瑟說。

「因為你要申請耶魯而我還在暑修。」

「那又怎樣？」他靠近了一步，抓住我的手。「那並不代表任何事情，我有一年也幾乎要去暑修了。」

「最好是。」

「嗯，但我是說真的，我真的差點被當，五年級的時候。那是在我開始吃藥之前，」他握緊我的手，「我當時無法專注在任何事物上——什麼都無法讓我靜下心。我沒有去暑修，也只是因為我媽幫我找了六個家教，真心不騙。」

「這也太多家教了吧。」

「聽好，耶魯跟其他學校……你知道我並不在意那些，對吧？我一點也不在意你的暑修。」

「我相信你，」我說，「而我很抱歉我無法在替你高興的同時不去苛求自己。」

「我們很常說抱歉，」亞瑟說。

「當人們想建立好關係就會這樣做。」我說，「你想回去裡面嗎？」

「我想，非常想。」

我正要打開門的時候決定先敲個門。

「**我們正在啪啪啪！**」狄倫從房裡大喊。

我打開門的時候，狄倫跟珊曼莎正在翻點歌本。

「異性戀的性愛真詭異。」我說。

我們都重新坐好，亞瑟又去點了一輪可樂。當他回來的時候，他一手抓起遙控器，「我知道你不想跟我對唱，但我可以獨唱嗎？」

「隨你唱。」

狄倫窩在我身旁，而珊曼莎也不在意，畢竟她若想跟狄倫長期交往，她必須接受這一切。

亞瑟選了一首歌，前奏開始撥放的時候他清了清喉嚨，「這首歌叫做〈班〉，而我打算獻給……珊曼莎與狄倫。開玩笑的，卡拉ＯＫ幽默。班，這首獻給你。」

亞瑟已經取得最尷尬的成就，連他都受不了自己剛剛的發言。

他看起來很緊張，但沒有我看到第一行歌詞跳出來的時候緊張，這首是麥克．傑克森唱的〈班〉，我現在已經半祈禱停電跟半微笑，因為這肯定會被記住的。

「班，我們兩個不需要再尋找……」亞瑟短期間應該進不了百老匯，但他聲音真的很好聽，我現在同時感到驚恐跟著迷，我從來沒想過這兩種感受能夠同時存在。他在歌曲完畢時深吸了一口氣。

珊曼莎第一個拍手歡呼，「耶！亞瑟你好棒！」

狄倫努力忍著不笑出來。

「我知道，我在換調那裡走音了，」亞瑟看到狄倫的反應，「我有陣子沒有練我的假音了，抱歉——」

「你的聲音很讚，」我說，另外打了狄倫一下，「有什麼好笑的？」

狄倫結巴地笑著，「那首歌……是在講一隻老鼠……」

「什麼？」我跟亞瑟異口同聲地問。

「是在講一隻寵物老鼠，」狄倫說，「是一部恐怖片裡的歌，片名跟歌名一樣，真的是在講一個跟老鼠交朋友的男生……」珊曼莎現在跟他一起笑了，「因為老鼠……都是……人人……喊打。」

「我——我真的不知道這個，」亞瑟說。

狄倫笑到打滾，指著我，「老鼠！」

我站起來並勾住亞瑟的手臂，「謝謝你的這首歌，」我笑著說，他也總算笑了起來。「但我要選下一首歌了。」

「你要唱歌？」亞瑟問。

「我們**大家都要**一起唱。」我說。

我們開始丟出主意。約翰・傳奇、艾爾頓強、史密斯飛船、Yeah Yeah Yeahs、普羅克萊門兄弟、天命真女、妮琪・米娜。我真的很想唱菲爾・柯林斯的〈*You'll Be in My Heart*〉，《泰山》裡面的那首，我從小就超愛這首歌，不過在雙約會裡面唱關於會永遠在對方心裡的歌好像不太適合。

我們最後決定唱蕾哈娜的〈*Umbrella*〉，這首肯定不是在講老鼠，然後我唱到一半時總算有足夠勇氣去跟亞瑟用同一個麥克風。我們的聲音一直都沒有融合過，但我喜歡我們的合音。

就像想要建立好關係的兩個人。

第十九章
亞瑟

「真的很高興認識你，」珊曼莎說，直視著我的雙眼。她兩隻手都搭在我的肩膀上，而我現在要先預言：這女生有一天肯定會成為一個勵志演講者，或者人生教練，或是小隻的白人版歐普拉什麼的。

然後是狄倫，從側邊鑽進來，兩隻手各別摟在我跟珊曼莎的腰上，「我必須說，我超喜歡這傢伙的。」狄倫說，而且他還特別加重語氣，「我說真的，我**超喜歡**這傢伙，蘇斯劇，你很值得，你有聽到我說的嗎？」

「我聽到了。」

「不客氣。」他笑得很開，「現在你們兩個小朋友就好好地去玩吧。不要做蘿絲跟傑克，[9]並不會在

9 譯註：蘿絲與傑克，鐵達尼號裡的男女主角。

一個熱氣蒸騰的古董車裡做的事情。」他對珊曼莎拋出一個你懂得的眼神，「那是從——」

「是，我們知道，」班說。

「喔，那好吧，我們先閃了。」狄倫自己脫離了這個亞瑟—珊—明治，轉過去給班一個熊抱。我看著他在班的耳邊悄悄說了什麼，班小聲地嗆他**閉嘴**，然後打他一下。看著他們兩的互動總感覺哪裡怪怪的，他們……很愛動手動腳。伊森跟我完全不會那樣，我心中有個小小的聲音很想問班這件事，但——

不行。不可以。我才不要又做出同樣的事。嫉妒哈德森對我跟班之間的關係一點幫助都沒有，而我覺得狄倫是更不可質疑的對象。

總而言之，狄倫跟珊曼莎先離開了，現在就只剩我們兩。站在三十五街的街口，班看起來一臉尷尬，跟我一樣。這有點好笑——我總以為跟人交往，只要確認了彼此的感受以後就會很簡單，但事實上並不是這樣。這是一個充滿各種撲朔迷離狀況的全新世界。例如每次約會該間隔幾天？你要怎麼知道對方有沒有想當你的男朋友？還有，就像現在一樣的狀況——當你不知道到底該互道晚安然後去搭地鐵，還是……

「嗯，你要不要散個步還是怎樣的？」我問他，努力忽略我胸中的緊張感。

「好啊。」他碰了一下我的手臂——與其說用手碰，應該是說用拳頭輕碰了一下，而且雖然只有那麼一下下，還是讓我的五臟六腑都翻騰了起來。我們開始散步。

「所以你喜歡唱歌，」班說。

「還蠻喜歡的。」

「我猜你加入了學校的每一場音樂劇演出。」

「那倒沒有。我有參加合唱團就是。」我微笑，「我跟伊森曾經寫過一齣音樂劇，還強迫潔西跟我們一起演出來，當時我們才十二歲。」

「你十二歲的時候就寫了一齣音樂劇？」

「人類史上最爛的一齣音樂劇，」我的回答讓他輕輕地笑了出來，「那個暑假我們很閒，我也不知道，就蠢蠢的。」

「我覺得挺酷的，」他說，「內容是什麼？」

「你想知道？」

「當然。」

我們走到街口人行道的末端，但班一點都沒有慢下來。他很有自信地直接走上十字路口，閃過各種車輛跟計程車。但當我跟上去的時候，立刻就有人對我按喇叭，害我抖了一下。

我加快腳步跟上他，「故事劇情是在講兩個騎士，博雷嘉德跟貝爾維迪爾。」

他微笑。「你是博雷嘉德還是貝爾維迪爾？」

「博雷嘉德，聰明的那個。貝爾維迪爾是肌肉派的，伊森那時候已經比我高兩英吋了。」

「那潔西是扮演公主？」班問。

「她演一隻名叫起司的龍，整個劇情滿長的，」我有種我是不是話太多的不安感，「要不要找地方坐下來？」

「好啊。」

接著我就發現我們抵達了梅西百貨，太不可思議了——因為這可不只是任何一家梅西百貨，而是**那家**梅西百貨，跟電視裡一模一樣，和遇見明星是同等級的。我們在外面找了張小圓桌坐下來。我看著班偷瞄了一眼他的手機，微笑，翻了個白眼，然後也不回信地就把手機塞回口袋裡。

「狄倫？」我問。

「沒錯。」

「我滿喜歡他的，還有珊曼莎。你的朋友們很不錯。」

「對啊，他們挺酷的，而且他們也喜歡你，就……超喜歡的。」

我用點頭代替說話來當作回應，因為如果我開始講話，我會連珠砲地列出我超想問的幾百萬個問題，例如，他們喜歡我什麼，每個細節都要跟我說，還有這是不是個測驗，我有及格嗎？然後你是不是也超喜歡我？

「多跟我說說伊森跟潔西吧，」班往前傾坐，手肘架在桌面上，「他們聽起來也挺酷的。」

「他們……」我陷入思考，「嗯，我們都住在同個巷底一起長大，有點像書呆子團體。」我掏出手機，「來，我給你看他們一些獨家但沒有那麼新的影片。」

「好啊。」他把椅子挪到我旁邊，接著我突然感受到**全部**的事物。我的心跳，我呼吸的聲音，甚至我手肘上搔癢的感覺。我開始快速地翻閱我的相簿。「這張是我跟潔西，然後這是我的車子。」

班安靜了一下下，「潔西很可愛。」

她的確是，雖然我好像從沒思考過這點。她就只是潔西，軟綿綿的小不點，還有跟邱比特之弓一樣的嘴。她媽媽叫做喬丹妮安，膚色有點蒼白，然後她爸是個黑人——所以她的膚色差不多是兩者的中間值。這張照片裡，她很勉強地在微笑。我戴著墨鏡，頭髮有點過長而且還很亂。我高二的時候疏於打理自己的頭髮，這並不好看。

我就知道，我翻到伊森的第一張照片就是他打著赤膊。用手撐著泳池的邊緣，雙腿還泡在水裡。全濕的頭髮讓他看起來是黑髮。瞪大眼睛然後嘴巴形成一個O型。他以前都會在照片裡做出這個表情。

「我還是無法想像他以前是個瘦小的書呆子，」班說。

「我敢發誓他以前真的是！」我大笑，「但現在只有我還是那個瘦小的書呆子。」

「大概吧。」班微笑，他的手在桌下找到了我的手，「這又不是壞事，我喜歡瘦小的書呆子。」

「你喜歡？」

他跟我十指交扣後聳聳肩，然後我就死了。死得不能再死。我無法用其他方式來敘述這狀況。我可是坐在天殺的先驅廣場，跟史上最可愛的男孩牽著手，然後我就死了。我死得比任何幽靈喪屍吸血鬼都更透徹。現在我的嘴巴完全動不了，像是被嚇得說不出話來，這從來沒有發生過，我只是需要——

我重新啟動了自己，「所以這就是伊森，還是個書呆子，但不瘦小了。他青春期成長得很順利。」

「看得出來。」班笑著，「你們之前有沒有……」

「沒有，」我馬上回答，「沒有沒有沒有絕對不可能。他是直男，而且他一點桃花運都沒有，我們沒有一個人有桃花運，我們像是三個無慾單身的乾兄弟姊妹。」

「所以不是會跟彼此上床的乾兄弟姊妹？」班的微笑讓我身體整個超頻運轉了。我敢發誓我的胃裡面有一個迷你奧運體操隊在練習整套地板動作。

「我沒辦法判斷你是不是喜歡我，」我脫口而出。

他大笑，「什麼？」

「我不知道啦，」我跟著笑，但我的心快跳出來了。「就只是，剛剛在唱歌的時候，你整個很……心不在焉，吧？有種你根本不想要在那裡——」

「我跟 KTV 不太合。」

「是啦，但我就覺得如果你真有喜歡我的話，你就**會**喜歡KTV，不是說要喜歡唱歌，我不在意那個。但我覺得只要跟你在一起，我會認為所有東西都很好玩，就連那個我不能轉頭看你，要不然會被喪屍吃掉的奇怪暴力遊戲也是。」

「不過喪屍本來就會這樣，」班說。

「我知道。」

「但我知道你在說什麼。」他皺起他的眉頭，「我是個很糟糕的約會對象。」

「你才不是！」

他拉了拉我的手，「來吧，我們走一走，我不能繼續坐在這。」

「為什麼？」

「因為你在講真心話，讓我也想要跟你講真心話，但我無法看著你講。」

「喔，」我的胃絞在一起。「我該擔心嗎？」

「擔心？」

「我很擔心我是不是快被甩了。不是說我們已經在交往了啦。哎，對不起，我整個……」我吐氣，「為什麼我這麼遜？」

「哪方面？」

「就這方面啊。」我舉起我們十指交扣的手，「就是跟你相處，還有當個正常的人，至少還有對話能力的人，我不知道我出什麼問題了。」

「你沒有問題。」

「這一切對我來說超新的，然後你已經親過人而且可能也跟人滾過床了，然後你在我之前也談過一段戀情，我不知道我能不能達到那個期望。」

我們轉進一條小街，又走進一條小巷，我可以從他手握的程度感受到，周圍沒有閒雜人等讓班很明顯輕鬆了二十倍。

「但我不是這樣看的。」他總算回我。

「你是怎麼看的？」

「嗯，首先，我才是那個需要達到期望的人。」

「這想法太荒謬了。」

他微微地笑，「不，我說真的。我只是——光是你從來沒有跟人交往過或是初吻經驗……我不知道，說不定我會毀了你的經驗，我不想要變成那個毀了你初吻的男人。」

「你才不會。」

「就只是有這個壓力，你懂嗎，我想要一切都很完美。」

「跟你在一起就很完美了。」

他哼了一聲。

「我是說，除了你很悲劇地小看了我玩夾娃娃機的能力還有被安索．艾格特的複製人搭訕還有你有五十六張你前任的照片還有——」

他親了我。

就這樣。

他用雙手捧著我的臉，而且他正在親我。

窩的媽啊。

我是說，我從來沒有意識到在親一個人的時候，對方的臉會有多近。他的頭就在我面前，有點傾斜著來跟我的頭碰在一起。他雙眼緊閉，而他的唇吻在我的唇上，然後哇喔，我不知道這種狀況下硬起來是不是恰當的，但——喔。

我應該要回吻他。

我嘗試學他的動作來吻回去，有點像要不用牙齒去吃他的嘴巴，但我覺得我應該做錯了，因為他退開了幾吋，露出牙齒對著我笑。

我回應著他的笑容，「怎麼了？」

他大笑，「我不知道。」

「剛剛那是個吻，」我慢慢地說。

「毫無疑問。」

「那我想現在應該沒有壓力了，對吧？不用擔心要製造一個完美的初吻。」

「剛剛很完美，」我說。

「你確定你不想要重來一次？」他問我，他連眼睛都在微笑，「第二次初吻？」

「喔，的確是可以。」

他繼續笑，雙手落到我腰旁，接著我們又在親吻了，有著同樣撼動的近距離感。

我輕輕閉上我的雙眼。

整個世界都變小了，我不知道還能怎麼形容這個。感覺我不是站在街上，我不在紐約，現在也不是七月，什麼都無關緊要了。其他什麼都無所謂了，我只感受到搭在我背上班的雙手，他的唇蓋在我的唇上，我的指尖跟他的顴骨還有我如雷震耳的心跳。

我從來不知道接吻有個節奏，也從來沒有細想過，除了嘴唇會碰在一起以外，但我可以感受到有個低音聲線，沉穩又急促。班把我拉得更近，我們之間絲毫沒有空隙，而這次我已經不再在意勃起的問題，因為如果有規矩說不可以的話，班肯定也沒有在守這一條。

我更熱情地親著他。

「喔，」他隱約說了一聲。我有種無所不能的感覺，就像我被解除了某種限制。我可以凍結時間或舉起一台車或用我的舌頭親舔他的雙唇。

「你還滿會的嘛，」他說。

「是嗎？」

「我的意思是，我們應該持續練習，總是可以更好的。」我透過我的嘴唇感受到他的微笑。

我笑回去，「無限重來。」

「這我喜歡，」他說，「聽起來很像我們。」

第二十章
班

自我從與亞瑟的第四次初次約會回來後已經過了兩個小時，但那高潮餘韻仍在我心中盪漾。滿足程度如同我文中的一幕：一位班賈明的老勁敵出乎意料地登場，讓情勢更加緊張。那是一種過於完美的興奮感，但這份喜悅是確實存在且顯而易見的，像是我拉著亞瑟的手走出ＫＴＶ，像是我們的初吻，像是我們的第二次初吻。

我闔上筆電，因為我無法集中精神了。我現在滿腦子都是我有多想跟亞瑟繼續在街上亂晃，或甚至是來我這裡廝混，哪裡都好。

我必須跟他聊聊。我連打字都省了，直接打給他。

「喂？」亞瑟問。

「嘿。」

「居然真的是你打給我，不是手機自己亂撥的。我都會接到大家的手機亂撥給我，總是打給我，永遠都會打給我，除非我改名字。改名換姓感覺是個不錯的主意，尤其在我對你唱了一首關於老鼠的歌之後。」

我在這通電話裡只有講了一個字——還是我主動打的電話——而我已經準備好享受聽亞瑟天南地北亂七八糟地講好幾小時。這比我最喜歡的洛德跟拉娜．德芮的歌還要讚。

「你下次可以唱一首不一樣的歌。」我說。我喜歡我們有下一次，雖然中間有點糟糕，但我們努力讓它變好。「我在KTV時還不敢承認這一點，但——」

「拜託不要告訴我你其實是披著可愛男孩外皮的一群老鼠。」

「更慘，」我很戲劇化地吸了一口氣，「我還沒有聽過《漢密爾頓》。」

他一句話都沒有說，然後電話就掛斷了。

亞瑟傳簡訊來：「我很抱歉我掛了電話，但我真的不知道要說什麼。我必須要知道一件事：**這到底怎麼發生的**？《**漢密爾頓**》**已經公演好幾年了**！！！」

他誇張的反應讓我大笑。「哇，三個驚嘆號。」我回他。

「！！！！！！！！！！！！！！！」他回我。

我有點慶幸我們現在是用簡訊講這個。

「**班．雨果．亞雷合**！！！！」

「所以現在是要把詩人的全名喊出來的意思。」

「你從來都沒有聽過這千年來最棒的奇蹟嗎？」

「我有聽過一部份，但我還沒有完完整整地聽過整齣劇。就跟《魔鬼終結者》的電影一樣，我知道我應該把整個系列看完，但就還沒有時間去看。」

「你剛剛並沒有將我國偉大的歷史拿來跟《魔鬼終結者》系列相提並論。」

「哈哈。」

「**班**，YouTube上有整張原聲帶，免費的，你必須獻出你生命中的一百四十二分鐘又十三秒給這部作品。」

「拜託告訴我你剛剛有偷偷搜尋一下原聲帶的總時數。」

「你沒有意識到你陷入了怎樣的狀況。」

「好吧，如果我同意嘗試看看，我可以再打給你一次嗎？」

「**我要看到白紙黑字的宣誓**。」

「你有第二個名字嗎？」

「亞瑟．**詹姆士**．蘇斯對你想要改變話題的意圖感到不悅。」

「我發誓我願意為了超級粉絲亞瑟．詹姆士．蘇斯去嘗試聽聽《漢密爾頓》。」

當亞瑟回電給我的時候，我還在邊搖頭邊笑，「很抱歉我剛剛掛了你的電話，」他說，「但是《漢密爾頓》是個很嚴肅的話題。」

「我現在知道了。」我盯著我的天花板看，我真的很希望他現在人跟我在一起。

「很好，因為我不想要再掛你電話了，這並不是我最光榮的一刻。」

「如果你掛了，我就要把你寫進我的故事，然後再殺了你。」

「你在寫小說？！」

「也不會變成一本真的小說啦，這只是一個為了我自己而寫的故事。」
「這是關於**我們**的一篇史詩級故事嗎？」
「冷靜一點，你一點都不冷靜。」
「當然不會。那這故事內容是什麼？」
我猶豫了，彷彿我快要變得不夠酷了。我覺得我現在的賣點就是可以耍酷，不是聰明絕頂的腦袋，不是滿坑滿谷的財富，能耍酷是我的優點。「你打算要取笑我。」
「我唱了一首關於老鼠的歌給你。」
「有道理。」如果亞瑟會因為這樣而覺得我不酷，而且無法接受我阿宅一面的話，我們兩人也會走不下去的。這一次我會很在意對方是不是跟我有共同的喜好。我在之前的一群朋友裡面，只有我是那個終極阿宅，而我很希望他們可以跟我一樣熱血。例如哈德森花了一個禮拜才看完《哈利波特——被詛咒的孩子》，而我只用了六小時就看完了。或者他們常常會輕描淡寫地忽略我建議的歡樂群組裝扮，像是「任天堂明星大亂鬥」的角色，或者霍格華茲的學生。
「是一部奇幻小說，叫做《壞巫師之戰》。我的角色，班賈明，是這巫師之戰中的天選之人。」
「我想讀它，」亞瑟說，「現在，馬上。」
「認真的嗎？」
「這是一個魔法世界裡面的你，我當然想看。」
「內容很宅耶。」
「我喜歡宅包我也喜歡你，還有其他人看過嗎？」
「還沒有任何人看過。」

「我必須要擁有它。」

「如果你不喜歡怎麼辦？如果你不喜歡到連我都一起不喜歡了，那怎麼辦？我不想在我們好不容易開始有進展時煙消雲散。」

「這不可能發生的，相信我。」

很詭異地，比起那些我認識更久的人，例如狄倫、哈德森、哈麗葉，甚至我爸媽，我更能輕易信任亞瑟。不是因為我覺得他不會在我生命裡逗留多久，是個低風險的選項，而是因為我希望可以更長久地跟他來往，也希望他可以更早認識到我真正的一面。

「好吧，我讓你讀它，但我必須先警告你，你剛剛的確沒說錯，這是關於我在一個魔法世界裡的故事，也代表著哈德森在裡面也是一個角色。如果你不想要讀這部分，我可以理解。」

亞瑟沉默了，而這就是他準備棄船的一刻。在故事裡把一個人寫進去是很親密的舉動，就算是個噴火小孩跟飛龍運輸服務的世界，我跟哈德森很多美好的回憶都被我寫了進去。我不知道這對亞瑟來說難度會不會太高。

「如果你寫過哈德森，是不是代表某天我也會在你故事裡出現？」亞瑟問。

「那也要看你對書的評語如何。」

「我會是世界上最佛心的書評。」

「也是唯一的。」

「就是我，那唯一的一個。」亞瑟停頓了一下，「我有個主意。」

「嗯？」

「我在讀《壞巫師之戰》的時候，你就去聽《漢密爾頓》。」

「成交。」

我們掛掉電話。

我簡直不敢相信我正在把《壞巫師之戰》附在一封不是寄給自己的電子郵件裡。我真心希望亞瑟會喜歡它，如果他只是告訴我班賈明很帥或是我取的章節名稱很酷的話，我就知道他鄙視這個故事了。我按下寄出並開始祈禱。

我打開 YouTube，點進《漢密爾頓》。

我按下播放鍵，然後我必須要老老實實地說：我其實不知道亞歷山大・漢密爾頓是誰。我的意思是，我在年初的時候有估狗過他，因為我以為他是某個歷任總統，而老媽糾正我了。這讓我覺得很丟臉，就算當時房間裡唯一的另一人是老爸。但我還是不太確定他到底做了哪些事。如果你不是個超級英雄或者魔法師，我的記憶力就很難留住任何有關你的資訊。但當我側躺在床上開始邊聽歌邊看歌詞時，我馬上就被《漢密爾頓》的故事給吸引住了。

同時間亞瑟也被我的故事吸引住了。才剛讀完班賈明在暴風雪中得到力量的那段，他就馬上傳訊息給我說他希望《壞巫師之戰》會被改編成電影，這樣他才可以在 Hot Topics[10] 買衣服跟班賈明的 Funko Pop[11] 公仔。他有點太佛心了，但我很喜歡他一直傳訊息跟我說他喜歡哪一段劇情。這些對我來說也剛好都是很酷的幾幕，但我不知道別人會不會覺得很酷。我真的很喜歡聽哪部分會讓他大笑然後哪部分又

10 譯註：Hot topics，美國的連鎖服飾店，常出電影或小說相關周邊及造型T恤。

11 譯註：Funko pop，美國玩具品牌，以快速推出人氣公仔為名。

會讓他緊張。這是增加自信的最佳方式，好像就連我也可以娛樂陌生人一樣。

接下來幾個小時，我們持續在用簡訊告訴對方我們喜歡的部分。漢密爾頓沒有放棄他的機會；班賈明拒絕被命運擺布。喬治王指派一整營軍隊來提醒那些身處殖民地的人民他有多愛他們；女巫伊娃預言一群烏合之眾的巫師會走向悲劇。漢密爾頓起義；班賈明騎著一隻單翼飛龍進入戰場。斯凱勒姊妹讓我感到很無助，亞瑟因為班賈明跟狄爾公爵一起喝個爛醉而抓狂。歷史的眼神以及他們年輕的國家透過無數的錯誤然後成年。調情的觸碰以及最後走上歧路的初吻跟心。

亞瑟一路讀到我所寫的最後一字，班賈明正在玻璃鎮裡對抗一些怪獸，他想跟我講話，但我還無法脫離漢密爾頓跟安傑莉卡．斯凱勒之間的互動，或者漢密爾頓最終選擇當個腦殘然後劈腿，或者伊莉莎那首縈繞心頭的歌，整個跟我超有共鳴，我無法相信我可以如此投入一個幾世紀前的事情。下一首〈*It's Quite Uptown*〉開始撥放，然後哇喔，我要哭了。這首歌結束以後我先按下暫停，然後打電話給亞瑟。

「你還沒聽完，」亞瑟說。他怎麼可能不知道我音樂劇聽到哪了。

「我想先停了，這也他媽的太悲傷了。」

「沒錯，〈*It's Quite Uptown*〉很殘酷，但你必須要把後面聽完。」

「好吧，那你可以留在電話上跟我一起聽嗎？如果這變得更悲劇的話，我會比較方便罵你。」

「我很榮幸。」

我等亞瑟叫出檔案，然後我們在同一秒數同步按下撥放。我閉上眼睛，聆聽最後的二十分鐘，有種亞瑟就在我身邊的感覺。

「等下，漢密爾頓是不是要死在這裡——」

「所以伯爾——」

「不准爆雷！」

「這只是歷史！」

「是我不知道的歷史。」

然後就聽到槍聲。

「伯爾是個混帳。」我說。

「漢密爾頓本身也沒有好到哪去——」

「不要在旁邊下註解！」

最後一首歌開始播放，而我的眼淚終於忍不住潰堤了。伊莉莎那充滿祈望的歌聲，唱著她有多渴望可以再看到漢密爾頓一次，哇喔，我愛上這每一秒的內容。

「不管大家怎麼稱呼《漢密爾頓》的粉絲，亞瑟，我也是其中之一了。」

「你不是說說而已吧？你沒有義務一定要喜歡這個，雖然你如果不喜歡的話就錯了。」

「不，我肯定是個漢密腦。」

「其實我們叫做漢密粉。」

我告訴他我想要寫一篇橫跨《漢密爾頓》跟《哈利波特》的同人文，就取名為「偉大的美國奇幻小說」，然後規劃出每個在決鬥俱樂部裡的決鬥場景，然後會把每個人分到哪個學院裡。我深吸一口氣，

「所有的歷史課都會由林—曼努爾・米蘭達[12]用饒舌方式來教。」

「說不定《壞巫師之戰》會成為下一個最賣座的百老匯音樂劇！」

亞瑟對我細述《壞巫師之戰》裡他所喜歡的每一個細節。我滿腦子只希望他在我身邊，所以我可以感受到他在我身邊開心地笑著，然後好好親他，因為他讓我覺得自己比實際上還要聰明。

「……當班賈明折斷女巫的魔杖時我叫得超大聲，我爸還跑進我房間問說發生什麼事，然後叫我閉嘴。」

已經快要凌晨兩點，但我可以一直跟他聊天，直到我身體像個過熱的筆電強制關機。

「亞瑟？」

「班？」

「謝謝你讀我的故事，還有《漢密爾頓》。」

「謝謝你去聽，還有《壞巫師之戰》。」

「我明天也想見你。」

「約會嗎？」

「也可以。」

「所以這是第五次初次約會？」

「第二次約會，亞瑟。」

---

12 譯註：林—曼努爾・米蘭達，是一名美國男作曲家、作詞家、歌手、演員、劇作家和製片人，以創作兼主演百老匯音樂劇《身在高地》及《漢密爾頓》而聞名。

「哇喔，第二次約會，我們總算到那一步了。」
「我們很幸運地都還活著，你說是不是？」
「我的天啊，你在引用《漢密爾頓》的台詞——我真的超喜歡你，我無藥可救了。」
我也超喜歡他的。

星期六・七月二十一日

在我正準備要去跟亞瑟見面的時候，狄倫打視訊給我。
「嘿，」我打招呼。我目前是上空狀態，因為我還沒決定我要穿哪件衣服。
「早安脫衣秀，」他說，「狄倫喜歡。」
我拿起一件全白的T恤跟全綠的T恤，「哪一件？」
「綠的。你要幹嘛？來找我玩，我好無聊喔。珊曼莎要六點才下班。」
我套上綠色上衣，「我要跟亞瑟碰面。」
「酷喔，我們三人一起鬼混。」
「我覺得我需要一點跟亞瑟獨處的時間。」
「哇，我的心好痛喔，大班班。」
「你在開玩笑吧。」他不准對我用這一招。
「你昨晚在亞瑟說要來之前，本來打算只跟我和珊曼莎一起混的。」
「是沒錯，但你們也需要我，尤其在你那個未來老婆宣言之後。這有減輕壓力的效果，跟我和亞瑟的狀況一樣。」

「兄弟，我很愛你，但我們沒有需要你一起來。我講了句蠢話，但不管你有沒有出現，珊曼莎跟我還是會碰面。」

「好啊，但你現在只是因為珊曼莎在忙，然後你很無聊才來找我。」哈麗葉的時候也是這樣。

「我不懂這有什麼問題，你可是我最好的朋友。」

我不知道我跟狄倫之間吵架會是什麼狀況，因為我們從來沒有吵過。但這次我很難打哈哈讓它過去，「沒錯，而亞瑟也不再只是我有點喜歡的男生，我想要多花些時間跟注意力在他身上。我也很想跟你一起玩啊，但跟亞瑟對我來說一切都很陌生，而且時間又短。我很想知道會怎麼發展。」

狄倫點頭。「你覺得最好的結果是什麼，班尼森？遠距離戀愛？在IG上會互按愛心的好友？」

我聳肩，「我只想要活在當下，這是唯一可以知道我們會怎麼發展的方式。」

「我會讓你活在當下，因為你感覺很認真而且這超酷的，」狄倫說，「但你要小心點，好嗎？我滿喜歡亞瑟的，但我不希望因為他傷了你的心而去扁他一頓。」

「不需要扁人。」我說，同時用力祈禱亞瑟不會變成哈德森二號。

亞瑟跟我手牽手離開高架公園。

跟狄倫講完話以後，我真的很需要亞瑟跟我說尋找靈活腦袋的安傑莉卡．斯凱勒是個雷文克勞人，或者漢密爾頓除了是個食死人以外還是佛地魔的左右手，那巫師界就完蛋了。但每件美好的事物，例如我們在等過街時的親親，或者被人群衝散又聚在一起我們的手會自己找到對方，每一樣都在提醒我總有一天這會結束。

說不定我們一點都不契合，然後我也不在意我們之間的結束，但我不能在成為甲跟乙之前就從甲變成乙。活在當下。

但當亞瑟提到時空旅行的時候會讓我很難活在當下。「如果你有時光機，」他問我，「你會想去未來還是過去？」

「我只能選一個，對吧？」

亞瑟點頭。我們走過聯合廣場往 Strand 書店方向走過去，因為他還沒去過。聯合廣場很適合書蟲們聚集，那邊有一棟四層樓的邦諾連鎖書店（Barnes & Noble），我曾經去那參加過《哈利波特——被詛咒的孩子》午夜場首賣派對，隔幾條街就是奇幻書屋（Book of Wonder），我在那遇見不少作者，也參加過他們的簽書會。

我覺得如果可以跳到未來去看我跟亞瑟後來是怎麼發展的話真的會很棒，但我甚至不想假設這一切。我想要相信一切會如此發展都是有原因的。說不定遇見亞瑟只是要告訴我之後在別的地方遇到其他男人時，我該鼓起勇氣去跟對方要名字跟電話。

「如果我回到過去的話，我可以做改變嗎？」

「可以啊。」

有一部份的我很希望自己跟哈德森從來沒有交往過。比起成為男朋友，我們比較適合當朋友。美好的時光還是很美好，但我不覺得這值得讓我失去一段友情。「我應該會回到過去，大概兩年前，把會贏的樂透號碼背給我媽，幫家裡改善一下狀況。」

「你比我高尚。」

「你會怎麼做？」

「我是未來派的。」

「因為申請學校？」

「還有其他的理由，」亞瑟說，他握緊我的手。「而且我覺得我去未來也比較好，如果我回到過去，我可能就會在林—曼努爾．米蘭達之前把《漢密爾頓》給寫出來。」

「你打算陰他一把？」

「好啦，我會跟他一**起**寫。」

我看到公園對街的百思買（Best Buy）旁邊有一台在賣吉拿棒的餐車。「你有吃過吉拿棒嗎？」

「我不確定那是什麼。」

「就只是炸過的麵糰，我最喜歡的吃法是灑上肉桂粉，但糖粉也很讚。來吧，我請客。」

我們衝向餐車，店員用西班牙語問我想點什麼，我用英文回他。一個肉桂口味、一個糖粉口味、一個巧克力口味，還有一個覆盆子口味的。我們走去公園裡吃吉拿棒，這樣才不會在Strands書店裡面搞得滿地糖粉跟屑屑。

「你會講西語嗎？」

「不太會，我因為聽爸媽跟我阿姨叔叔們對話有學到一點點，但我比較聽得懂，不太會講。」四年級的班受夠了其他波多黎各小孩在他背後講些他聽不懂的東西。我咬了一口肉桂吉拿棒，享受那新鮮出爐的溫度。「你想要先試哪一個？」

亞瑟拿起巧克力吉拿棒，「這根本是毒品，」他邊說邊又咬了一口，「這些之前都藏在哪裡？它們是紐約獨家的東西嗎？」

「應該不是吧？有些墨西哥餐廳也會做這個當甜點。」

「我是餅乾派的，但我可以被說服改信吉拿棒派。」他再咬一口，「我感覺我被開啟了新世界。你膚色這麼淺又不會講西班牙語，讓我老是忘記你是波多黎各人。但你的姓氏總會提醒我就是。」

我整個人突然僵住，剛咬下的那口吉拿棒卡在我的齒間。亞瑟繼續吃著他的巧克力吉拿棒，完全沒有意識到他剛剛很用力地踩了我的雷點。都已經二〇一八年了，到底為什麼大家——就算是好人——還是會講這種屁話？我的意思是，我也很蠢——之前在耶魯迎新會就已經跟肯特談過這話題。我很努力地吞下這一口，然後把剩下的吉拿棒丟回紙盤裡。

教導人們講話要注意用字遣詞並不是我的工作。

幫助人們重新學習不要講蠢話，而且連想都不要想，也不是我的工作。

但我想要亞瑟變得更好，變得更值得尊敬，同時也意識到我值得被尊敬。

我轉頭看了看附近的人們，有情侶、家庭、朋友，或只是路人，同時好奇有多少人會因為別人講錯話而被毀了一整天的心情。我盯著地板看，因為現在我無法直視亞瑟的眼睛。

「我以前很希望我的姓氏是亞倫，」我開口，「很多人唸不出亞雷合，而老師們絕對不會唸錯亞倫。我二年級的老師一直喊我『惡雷糾』，直到我媽出聲糾正他。」我無法解釋這種感覺，但不用看著亞瑟，我都可以感受得到我們之間的氣氛正在慢慢凝固，彷彿他意識到他講了什麼。「外表看起來不像波多黎各人讓我過得很痛苦，我知道我因為看起來像個白人讓我享受到一些特權，但波多黎各人不是只有一種膚色。」

「我很抱歉——」

「而且不是每個波多黎各人都會衝過一條街去買吉拿棒或會講西班牙語。我知道你剛剛沒有惡意，但我喜歡你，也想要相信你是因為我而喜歡我。然後你會認識真正的我，而不是用什麼爛社會刻板印象來認為你認識我。」

亞瑟靠近了一點然後把頭靠在我肩上，「如果我有時光機，我會回到五分鐘前然後收回我剛剛講的蠢話。我知道這只是假設而且看起來很沒有誠意，但我真的願意這樣做。我也願意放棄跟林—曼努爾一起寫《漢密爾頓》的機會，而且老實說，我也根本不適合去那裡混。但我真的很不喜歡傷到你或讓你不舒服，我也知道自己已經白目過好幾次了。」

「沒關係。」

「才不會沒關係，真的有關係，我很抱歉，班。」

「我知道你沒有惡意，我只是先把話講開。我很以身為波多黎各人為傲，而我在你身邊想要跟在家裡一樣做個波多黎各人，因為這就是我。」

「所以我沒有被踢開？」

「沒有。我全心接受你時光機的回應。可惜你無法跟林—曼努爾一起。我想你只能跟另個波多黎各人在一起了。」

「很好，我還想知道更多關於你的事。」

「我猜你已經知道林—曼努爾的所有事蹟，對吧？」

「我完全不知道什麼得過普立茲獎的林—曼努爾．米蘭達，不知道他生日是在一月十六日，上過維思大學，而且還用《小美人魚》裡面的龍蝦來命名他自己的兒子。」

「我要遠離你。」我把那盤吉拿棒拿走，「你也失去了吃吉拿棒的特權。」

亞瑟整理了一下他手中 Strand 的購物袋，他在那邊買了磁鐵、明信片，還有一件 Strand 的上衣。現在我們搭著地鐵準備前往他在上西區的住處。我對那一帶很熟，之前我常常跟哈德森去那裡的溜冰場，他的確也很喜歡那條哈德遜河，彷彿是以他為名。亞瑟想要跟我分享從他那看到哈德遜河的景色，而我並不打算對他提起我之前跟哈德森一起渡過的河畔時光，要不然我該怎麼做呢？這輩子再也不去任何跟哈德森去過的地方嗎？不可能。

再說，我們的選項似乎有點少。我帶他回家的話有點太過於暴露自己了——而且可能還沒發展到見家長那一步。我是不在意啦，但我不想刻意去做這件事，就像我之前跟哈德森媽媽初次見面的時候一樣。那一回是我的失誤。

亞瑟跟我都很累了，我應該回家睡覺的，但我不想離開他。等我醒來的時候，我大概只能傳簡訊給他，或打電話，或視訊，而我會很想念跟他膩在一起的時間。

「可惜我們不能像手機一樣幫自己充電。」我說。

「我們可以，那叫做睡覺。」亞瑟說，「只是手機通常不需要八小時才能充滿。」

「我喜歡睡覺，很喜歡。暑修讓我損失了不少睡眠時間，而現在偏偏又出現一個你？我被背叛了。」

因為星期六的關係，地鐵變成每站都停，這代表我們可能要坐個三十分鐘。或者四十、五十分鐘，如果有哪個白目惹毛了地鐵之神的話。

「我要稍微瞇一下。」我說。

「我可以跟你一起嗎？」

我伸出手摟住他，他靠得更近了。車廂沒有客滿，所以我可以把腳伸展開來，讓自己更舒服一點。

「我沒辦法在太安靜的地方睡覺，你介意我戴上一邊的耳機嗎？」

「你都聽些什麼？」

「只是隨機播放我的歌單。」

亞瑟掏出他的手機，然後不出我的意料，《漢密爾頓》原聲帶。他從頭開始放，我們閉上眼睛，相擁著彼此。就跟昨晚我獨自在床上想像的一模一樣，他當時還在電話上跟我一起聽，而現在他是真的跟我在一起。這種自由讓我有足夠的動力去唸大學，住在宿舍裡，然後隨時可以跟我想在一起的人鬼混。

我維持著半睡半醒的狀態，但還保留了足夠的意識，好讓我在地鐵到站時來得及從位子上跳起來，同時在車廂門關起來前把亞瑟拉出來。有人踢了我的腳，我睜開眼睛為了我外伸的雙腿道歉，因為這的確很沒公德心，然後看到一個男的站在我們面前，他牽著一個小男孩的手。

「抱歉。」我說。

「沒有人想要看到那個，」男人說，用他手中的報紙指著我跟亞瑟。他一直站在那裡，其他的乘客也開始注意我們這邊的動靜。

「看什麼？」我坐起來，亞瑟也睜開了他的眼睛；我感覺得到他也沒有真的睡著。

「留在家裡就好，不行嗎？我帶著小孩出門耶。」

「要把**什麼**留在家裡？」我問。

「你知道你做了什麼，」那男人說，他的臉越來越紅，不知道是因為在生氣還是因為我不被他牽著鼻子走而惱羞。

「我的確跟一個我喜歡的男生在一起。」我站了起來，我心跳加速，因為不知道這人會不會幹出什麼蠢事來，但有人在往他的方向錄影，所以如果情況真的變得很糟，至少這影片可能會在網路上流傳，我也可以把它當作證據交給警方，讓這人不會去騷擾其他人。

「我不要在回家路上讓我兒子看到這種鬼畫面。」

他的問題並不是真的問題。我開始失去跟他對話的勇氣，雖然我胸挺得很直，但我的膝蓋在發抖。這傢伙隨時可能會給我一拳。亞瑟站起來時我把他護在我的身後。

「沒事沒事，」亞瑟跟那男人講，「我們又沒有要做其他什麼事。」

「不要鳥這人啦。」我說，我真的很希望狄倫可以在這裡幫腔。

男人的兒子開始大哭，好像我才是侵略者一樣，好像我跟我男友在公共場合休息是為了挑釁他的混帳爸爸一樣。我為這孩子感到抱歉，如果他喜歡上的不是個異性戀女孩，未來等在他面前的路會遍布荊棘。

男人抱起他兒子，「你很幸運，因為我不想在我小孩面前賞你一拳。」

亞瑟試著把我拉走，而我願意退讓是因為他開始求我，我的名字已經變成嗚咽的氣音，他在哭，他可能比那五歲小孩還要害怕。有個背著運動背包的男人站到那個混蛋面前叫他離開，這裡已經沒有他的事了。

但這事情沒有真正地結束，因為我跟亞瑟必須背負這個事件。

我們在下一站下車，然後亞瑟崩潰了。我握住他的肩膀，就像狄倫在恐慌發作時會要求我做的一樣，但亞瑟把我甩開，緊張地在月台上四處張望。「我以為紐約一點都不在意……」他深吸一口氣抹掉臉頰上的淚水。「同志酒吧跟同志遊行還有同性情侶牽手這些的。這他媽是怎樣，我以為紐約已經沒問題了。」

「大部分是這樣沒錯，我覺得。但每個城市都有混帳。」我想要抱抱他，但他現在不想被觸碰，彷彿任何親密表現都會把我們變成攻擊目標。就因為我們愛的方式不同於常人所以要被懲罰，「你還好嗎？」

「不好，我從來沒有被威脅過。而且我超為你害怕的，為什麼你不能忍一忍就好？」

我是應該忍的，我不應該為了自己以及所有跟我們一樣的人發聲而讓亞瑟處於危險的狀態。「我很抱歉，我也很害怕。」

我們站著等了一陣子，當下一班車來的時候，亞瑟不肯上車，也不肯坐下下一班車。一直到第三班車，他才很不容易地把自己的情緒整理好，而他願意上車也是因為車裡人多，如果再發生什麼事情，會有更多人可以保護我們。

我不喜歡這個把我們湊在一起的地方同時讓他受到驚嚇。

「你到家前我都不會離開你身邊的。」我說。

亞瑟看了看車廂裡面的人以後，抬起頭，用心力交瘁又受傷的藍眼睛看著我。

他的手跟我的手牽在一起，到下車之前都沒有放開過。

第二十一章

亞瑟

「他們有回你的訊息嗎？」我按下三樓的電鈴時，班問我。「我不想要在你爸媽做愛的時候走進去。」

「噁心，他們才不會這樣。」

「他們至少有做過一次。」

「不可能，從來沒有。」我作嘔。

「你很好笑，」他拉著我的手並微笑，「這裡看起來很不錯。」

「我替米爾頓叔公感謝你。」我駐足在電梯前的空間。當你從電梯裡走出來的時候，其實並沒有什麼走廊——只有一個可以通往不同公寓的小空間，公寓A，B跟C。

「是亞瑟的A。」班說，好像這是他人生中最令人滿意的巧合一樣。

「我們計畫好的。」

「我有猜到，」他淡定的說——但當我往上瞄一眼的時候，他正在咬自己的嘴唇。

「你很緊張嗎？」

「是的。」

我握緊他的手，「這真的無敵可愛。」

然後——哇喔，我真的即將要走出這一步了，我要把他帶回家見我的父母。我很確定一般人不會在第二次約會就達到這樣的里程碑，但說不定我跟班並不是那麼一般。

我的父母。

我不知道為什麼自己會做出這個提議，大概是今晚把我嚇壞了。我沒有辦法停止去想地鐵上的男人，還有他大哭的兒子，還有班當下的表情，以及那種全世界都在注視著我的感覺。在當下，我只想要自己一個人，我從來沒有如此強烈地想獨處。

但是班留下來了，他就這樣等著我。我現在反而不想讓他走了，我還沒準備好要說晚安。

我邊玩弄鑰匙邊偷偷瞄著班。

我不會緊張，我不會。一切都會沒事的，很美好。就很快的見個面，超級隨性。就算我爸媽好像知道了太多關於班的事又怎樣，他們在我的普通朋友面前無法太冷靜又怎樣，就算是男朋友也不會怎樣。反正班也不是我男朋友。我可以想像如果我這樣介紹他的話會發生什麼事。

我：這是我的男朋友，班。

父母：★往我們身上丟滿滿的保險套★**你好啊，名為班的男朋友！！！**

班：★把自己送上太陽★

但——好，如果他不是我男朋友的話，我要怎麼稱呼他？我的朋友？打電話給我的紳士？那個我想要把我百分之九十九醒著的時間都拿去想跟他上床的男生?沒錯,我兩種意思都有。我醒著的時候,有百分之九十九的時間在想著我要把我百分之九十九醒著的時間都拿來跟班上床。

我爸媽不需要知道這一點。

好,我只需要很輕鬆的把這扇門打開,深呼吸然後——

「你就是班吧,很高興終於見到你了!」我媽媽從沙發上對著他笑,她就跟爸爸一起,坐在那裡。我的下巴直接掉到地上。

她按下電視遙控器的暫停鍵,站起來然後走過來直接跟班握手。「我們聽到不少關於你的事。」爸爸愉快地在沙發上點頭,而我現在才發現他們兩都穿著睡衣戴著眼鏡。我很抱歉,但我是走進了哪一個平行宇宙?是有哪隻幻獸咬了我爸媽,然後把他們變成了星期六晚上會在家裡沙發上曬恩愛的夫妻檔?

「來跟我們聊天。」爸爸從沙發上喊著,同時媽媽遞了一杯水給班。

班打量了整間公寓,目光快速地在每幅畫上停留一下。

「米爾頓叔公喜歡馬。」

「我有解開這個謎題。」班說。

我們兩坐到雙人椅上。

「班,跟我們說說你的事吧。」媽媽坐回沙發上,稍稍往前傾來與班有個熱情過頭的對視,「你暑假過得如何?」

「呃,很好。」

「我猜你很忙碌,」媽媽說,「我也很開心亞瑟總算肯多花時間出門了,我一直跟他說,你不知道何時還會有一個暑假可以好好地探索紐約，出門玩一下，不要把整個暑假都浪費在 YouTube 上看那個——」

「那個，班在這裡長大的，」我打斷她，「他是個道道地地的紐約客。」

「很酷喔。」爸爸說。

「你一直都住在喬治亞嗎？」班問，眼神在我爸媽之間徘徊。

爸爸搖搖頭，「我是在西徹斯特長大的，而瑪菈是紐黑文來的。」

「都是洋基人。」我說，班看向我笑了一下。

媽媽不著痕跡地轉向班，「所以你這個暑假有在打工嗎？」

「呃，」班看起來像是想要融進沙發裡，「我在上課。」

「喔，真不錯。是在修大學學分嗎？」她有所期待地微笑。

「媽媽，不要拷問他。」

「喔，這又沒什麼，我只是很好奇而已。你爸跟我才在聊現在小孩能在暑假打的工都跟以前不一樣了。我年輕的時候，都是去夏令營當輔導員，或是在冰淇淋店打工，但現在你們都有很厲害的實習經驗，或者可以去上大學先修班。我想說的是，現在的狀況也好像只能——」

「媽媽，請妳停止。」

「停止什麼？」

我往旁邊瞄了班一眼，他現在很尷尬地盯著自己的膝蓋看。

「就，停止……講話。」我覺得我的人生從來沒有尷尬到這個境界。我可以理解，媽媽很習慣特定一種的厲害傢伙，就像伊森跟潔西，他們PSAT[13]的成績很高，房間裡擺著辯論隊的獎盃還領全國優秀學生獎學金。

「我其實在暑修。」班說。

媽媽瞪大眼睛，「喔！」

班看起來超窘迫的，也連帶著讓我感到很尷尬。我該死的父母還有他們該死的成就階梯。我好想要直接往班的腦裡傳一則私訊。「我跟他們不一樣，好嗎？那些對我來說一點都不重要。」

好啦，我有那麼一小小部分在好奇，如果我宣布「班，全世界最年輕的外科醫師」，或「班在市長的策畫辦公室上班」的感覺會怎樣。相對的，現在是「跟班講暑修的事會讓他很尷尬而且很自卑。」

但沒有，那些都不重要。我不在乎班在暑修班，也不在意他是否擁有很厲害的工作，更不在意他有沒有申請耶魯大學。我在意他如何面對了地鐵上的混帳，還有我在訊息列表裡看到他名字時的感受。我在意他很在意如何給我一個完美的初吻。

「班是個作家，」我說，「而且他很厲害。」

「我才沒有。」班搖搖頭，但他笑了。

「他有，我讀過他寫的東西。」

「真不錯，」媽媽說，「你都寫些什麼？」

班停頓並思考了一下，「小說，吧？」

13 譯註：PSAT，類似高中學力鑑定考試，該分數是申請國家美國優秀學生獎學金的門檻。

「喔喔。」爸爸坐挺了一點，「你知道嗎，我一直都想寫本小說。」

「真的喔？」媽媽說。

「我其實在——」

「喔，我真心希望你沒有打算說自己最近都在寫偉大的美國小說，然後沒有在找工作。我真的真的很希望你不是要這樣說。」

「瑪菈，我們不要——」

「喔，你看看這時間，」我滿臉通紅地站起來，「我最好帶班去坐電梯。」

班不太確定的說，「你不用帶我去沒關係，我可以——」

「喔，我百分之百確定我要帶你過去。」我給我爸媽翻了一個三百六十度的白眼。爸爸在搓他的鬍子，媽媽兩手緊握在一起，看起來有點羞愧。

「好吧，班，很高興認識你，」媽媽總算開口，「哪天來我們家吃晚餐吧。」

「媽媽。」我警告我媽，但我發現班的表情，他眼睛瞪得大大的，但看起來一點都不驚恐，只有訝異和開心。

「我真的很抱歉，」門關上的那刻我馬上跟他說。

「為什麼？他們人很好啊。」

「有啦，大概也就只能持續個五秒鐘，然後就會開始互相傷害。我不敢相信他們在你面前這樣做了。」

「你是指那個偉大的美國小說嗎？」

「對啊，」我壓了壓我的太陽穴，「他們對彼此真的很過分。」

「真的假的？我還以為你媽只是想要戳破他的胡言亂語。」

「沒有，她是來真的，她總是這樣做，她會一直唸他沒有工作，然後他就會反嗆回去，然後事情就沒完沒了了。我每天早上醒來都會覺得今天他們就會把我拉到一旁，然後跟我說那些『亞瑟，我跟你爸都很愛你，這不是你的錯』之類的屁話。這基本上已經是必然會發生的事。我覺得宇宙能量已經不再支持蘇思隊了，剩下就只是時間上的問題。」

「天啊，」班看著我，「亞瑟。」

「天啊亞瑟什麼？」

「我只是很抱歉，這真的糟透了。我之前並不知道。」

他把我拉進懷裡然後輕輕地吻了一下我的額頭，就像隻蝴蝶停在我頭上一樣。我覺得我快融化了。

我抬起頭對著他微笑，「沒關係的，我會好好的。」

「你不需要好好的。」

「我只是很抱歉讓你目睹到他們尷尬又詭異的樣子。」

「我爸媽也很尷尬跟詭異，你之後就會知道了。」

然後就這樣，所有的不快轉瞬間統統消失，因為，**哇喔**，班．亞雷合…想要讓我跟他爸媽見面。我馬上要到家裡約會。我對他露齒一笑，努力去想一個完美又挑逗但不能太超過的回應。可是班突然說，「我想跟你說一件事。」

「好的。」

他沉默了一下，調整呼吸，他看起來超害怕的。

「你可以不用跟我說，」我很快地說，「我的意思是，除非你想跟我說。」

「我想跟你說。」

我的胃正在翻滾，他……是打算要跟我說我認為他打算要說的嗎？感覺好像有點太快，但我覺得紐約客並不會隨便亂搞，我應該先準備好我的答案，我應該回應嗎？如果不回應的話會不會很怪？但我為什麼不回應呢？我說真的，為什麼我不應該就它媽的回應他？

「這跟暑修有關。」他說。

我瞪著他，哇喔，我覺得我臉燙的程度可以直接燒光整座城市。我是不是個飢渴的蠢蛋，還是我只是那群飢渴蠢蛋中最飢渴又最笨的那個蠢蛋？希望班永遠不會知道我剛剛在想什麼——我**真的以為**他打算要——

言歸正傳，暑修。

「怎麼了？」

「就……」他暫停了一下，「好，首先我要聲明，我跟哈德森已經徹徹底底地分乾淨了，我們連朋友都不是。這你懂的，對吧？」

「我懂。」我握住他的雙手，「我猜是哈德森刻意取笑你暑修的事情。」

班用一種奇怪的眼神看我，「等一下。」

「他是個王八蛋。抱歉，班，我知道你跟他有段過去什麼的，但去他的。暑修並不是什麼羞恥的事，好嗎？」

「我知道，沒錯，沒關係——」

「不，很有關係，他怎麼可以讓你有這種感受，我才不管他是不是考試都有一百分，他不配跟你在一起，他**從來**都不配。」

班看著地毯，「我該按電梯了。」

「好，但你必須保證你不會再讓哈德森佔據你腦子裡任何一個角落，他什麼都不懂，你超它媽聰明的，我真希望你也看得到這點。」

電梯的指示燈閃了閃，然後電梯門打開了。

「你真的很貼心。」

「我認真的。」

「我知道。」電梯門開始關閉，但他伸出一隻腳卡住。

我皺起鼻子，「我不想讓你走。」

「我也不想。」他把我拉進懷裡。

而我就在電梯門擠壓之下一次又一次地親他

我摔躺到自己的床上，然後全身都在興奮地顫抖。我的心，胃，指尖，身體的每一處。我的腦袋無法停止旋轉，我覺得自己好像活在一首情歌裡。

親吻著班，握著班的手，班皺皺的褐色雙眸。

我該傳訊息給他。

但當我看著手機的時候，我看到潔西傳了兩則訊息過來。

第一個：「嘿！」

第二個：「想問問你跟我還有伊森能不能聊聊。」

「好啊，怎麼了？」我回信。

她馬上回我。「用打字的太複雜了，我要視訊你，可以嗎？」

我接起來電的時候還躺在床上，依然一臉幸福地笑著。

「哇喔，看起來有人渡過了美好的一晚。」伊森說。他們坐在潔西房間的地板上，靠著她的床。某方面來說，這一切的熟悉感讓我有點痛苦：他們的面貌，他們的聲音，潔西的紫色花花床單。

我笑得很開，「你們還沒睡啊。」

「你也沒有啊。」潔西說。

「所以怎麼了？這件很複雜的事情是什麼？」

「怎麼說呢。」他們兩交換了一下眼神。

「感覺要粗體畫底線對吧？**複雜的事情**。」我大笑。

沒有其他人跟著一起笑。

「等下，」我坐起來，「這該不會是……干預時間？」

潔西愣了一下，「什麼？」

「這跟班有關，對吧？我對他太癡迷了。」我一隻手蓋住我的嘴。

他們又互相對看一眼。

「你的確很常提起他。」伊森說。

「我真的很抱歉。」

我是地球上最差勁的朋友，說不定我是那種見色忘友的人，遇到喜歡的對象就看不到別人的那種人。說不定我只是無藥可救地自我中心。

「沒關係啦。」

「不，有關係，我甚至還沒問候你們過得好不好。」

他們又隱密地看了對方一眼，潔西咬著唇。

「就是，」伊森說，「我想說……」

但班的訊息突然跳出來，擋住我半個螢幕。「那個……我跟我爸媽說你父母邀請我吃晚餐的事，結果我媽把事情擴大成明天想請你們全家來我家一起吃晚餐——我知道這聽起來很瘋狂，拜託不要被嚇跑，他們只是想要見見我超棒的新男友。」

我的心差點就要從嘴裡蹦出來，伊森還在講話——大概吧——但我根本沒有聽到任何一個字。

「男朋友，」我輕輕地說。

伊森頓住，「什麼？」

「班剛剛叫我他的男朋友。」

「什麼時候？」

「就是剛剛，用簡訊講的。」

潔西不可思議地問，「喔，亞瑟，真的假的？」

我默默地點頭。

「靠，」伊森說，「動作真快。」

潔西點頭，「哇，那你……」

但又跳出一個訊息，潔西的聲音直接飄到天邊去了。「喔幹，抱歉，我不是故意要用男朋友的字眼，除非你也想要這麼說。我們不需要打上什麼身分標籤。哇咧，我很抱歉，拜託不要被嚇到。」

「……說話？」她剛講完。

「抱歉，你說什麼？」我眨眨眼，然後很快地搖搖頭，「呃，我又來了。」

「沒事，你沒問題，」潔西說，「這可是個大事，男朋友耶，哇喔。」

「對啊。」我又眨眼，「真的。」

「快去回他訊息啊！」

「我跟妳們講完以後再去。」

「亞瑟，不要讓你男朋友苦苦等待。」

我滿腦子都霧霧的，幾乎要當機了。「**男朋友**。我只是——」

「亞瑟，快去！」潔西大笑，「我們之後再聊，好嗎？我要掛了。」

我也掛掉電話，重新點開班的訊息，看了又看，直到我快要爆炸為止。

「沒有被嚇到，」我回信，「明天見囉，男朋友。」

然後我盯著我的手機螢幕，整整看了五分鐘，臉上掛著我這輩子最大的微笑。

第二十二章

班

星期天・七月二十二日

我男朋友跟他的家人要來我家吃晚餐，我一整天都保持在**這殺洨**的狀態。我撢了書櫃跟電視的灰塵、清理沙發下面的空間、把所有的垃圾桶都倒乾淨、擦了所有的櫃子跟桌面。我甚至特別去洗衣服，這樣廁所的擦手巾才會特別乾淨。我點了四根黑櫻桃口味的香氛蠟燭，這味道意外地跟我爸媽正在精心準備的大餐很搭。

門鈴在我在擺餐具的時候響了。

我看了一下時鐘，如果那是亞瑟一家人，那他們提早到了。嚴格來說，他們是很準時，我早該想到這個的，這可是亞瑟。但該死的。

「我去開門，」我說。

拜託不要是他們，拜託不要是他們……

「嘿！」亞瑟抱著一盒餅乾跟我打招呼。他父母手上提著幾瓶葡萄酒站在他身後。

在他父母面前直接親亞瑟好像有點太進階了，所以我就抱了他一下，然後跟他父母握手。

「你好嗎？」蘇斯先生問候我。

「超餓的。」我說。

「聞起來超香的。」蘇斯太太說。

我不知道她是在講香氛蠟燭還是晚餐，但不管是哪個都好。「請進。」我說。這條走廊站著四個人的時候有點太擁擠了，而我現在比過往任何時候都更加意識到這點。不管我打掃得多用力，我都無法假裝這公寓比他們過去待的地方都還要小幾百倍，或者我們跟隔壁鄰居借的兩張椅子擺在餐桌旁看起來有多突兀，而不久後我們還得一起擠在那小小的餐桌邊吃飯。「爸，媽，這是蘇斯先生跟蘇斯太太，還有亞瑟。」

我爸媽很清楚姓氏被別人拿來開玩笑的感受，所以他們不可能會做這麼白目的事，尤其是我媽。她的娘家姓氏是阿莫多瓦（Almodóvar），大家會刻意唸錯並以此取樂。

「謝謝你們接受我們的邀請，」老媽說，「我是伊莎貝兒，這是迪亞哥。」

「瑪莅，」蘇斯太太跟我爸媽握手的時候自我介紹，「你們的家真不錯，謝謝你們邀請我們過來。」

「這一定要的。還有你，亞瑟，」老媽說，稍微偏著頭微笑著，「傳奇本人。」

他先對我微笑，然後也對我媽微笑。

「很高興認識你，亞雷合太太。」我不能否認我超愛他唸我們姓氏的方式，雖然發音不是很道地，但久了就會變好的。

亞瑟把老麵烘焙坊買的餅乾遞給老媽，這是一家以超大餅乾還有門口大排長龍而出名，位在上西區的小店。光是他們願意排隊買餅乾來當今晚的甜點就足以顯示出他們的誠意了。

晚餐快準備好了，當我帶著他們參觀自家客廳的時候，我心裡覺得我是全世界最多餘的導遊。但當我看到亞瑟很認真地研究牆上的每張照片時，我想起來一個家並不是用大小來定義的，而是我們用什麼方式填滿它的每個角落。在電視上方是裱框起來的波多黎各國旗，那是外婆帶著老媽從林孔老家搬來紐約時一起帶來的。我跟老爸的「入學第一天」紀念照並排在一起，要不是我遺傳了老媽的雀斑，還真分不出來誰是誰。老爸老媽初次約會時一起畫的油畫，因為當時老爸想要給老媽晚餐以外更深刻的經驗。我們在家門口人行道旁撿回來的茶几，如果你拉開桌面的話可以看到裡面的撲克牌跟桌遊。我還是覺得很赤裸，但我已經不再擔心被看不起了。

「那你房間在哪？」亞瑟問。

「不要管這麼多。」蘇斯先生說。

老爸端來幾杯可其多（coquito）給大家喝喝看，基本上就只是椰子蛋奶酒。亞瑟跟我拿到的是無酒精版本，雖然通常我也可以喝正常版，但老爸老媽想要在亞瑟父母前留下好印象，所以我尊重他們的決定。蘇斯小隊看起來很喜歡可其多，蘇斯太太已經問起了酒譜，然後她跟蘇斯先生就跟著老爸走進廚房了。

「目前一切都很好，對吧？」我說，但亞瑟似乎聽不見我說話，他四處張望著，彷彿他走進的是霍格華茲。「亞瑟？」

「喔，抱歉，你說什麼？」

「沒事，你在想什麼？」

「我只是無法相信我真的在這裡，我站在我男朋友家的客廳裡，我有個男朋友，你就是那個男朋友，而這是你家的客廳。」

「你真的喜歡嗎？」

「我真的喜歡。」

「我晚點再帶你去我房間，等他們都喝茫了再說。」

我們加入其他人，然後老媽讓大家都坐下來。她不想要分成一家坐一邊，所以她自己坐在蘇斯太太的旁邊，然後老爸坐在蘇斯先生旁邊，而我則是坐在亞瑟對面。我們還是坐得很近，比較像是我們在一個濕冷冷的森林裡窩在火堆旁，而不是把六個人硬塞到一張小小的餐桌上。桌上擺著烤豬腿（pernil）、火腿佐鳳梨醬、香料黃米飯、粉豆泥，還有沙拉。亞瑟一家人應該每個週末都來吃飯，這樣我們就可以更常享受國王等級的宴席。我現在只希望他們會喜歡這些食物。我其實差點就想拜託爸媽做些炸雞、馬鈴薯泥還有水煮玉米，但這樣只會阻止亞瑟更進一步認識我。我們得從小細節來慢慢拼湊出一整幅畫。

「你會介意我們禱告嗎？」老媽問。

「媽，別這樣，他們是猶太人。」

「喔，這完全沒問題，請繼續，」蘇斯太太說。

老媽一臉驚恐地望向亞瑟的父母，「喔不——小班完全沒有提到你們是猶太人，而我做了豬肉，我真的很抱歉，我可以再做點——」

蘇斯太太傾身向前，「喔，請不要在意這個！我們沒有特別在守戒律。」

「我們很愛豬肉，」蘇斯先生補充，「對豬肉沒有任何意見，每天都有豬會為人類而死。這看起來很美味，我必須說，這道菜怎麼稱呼？」

「烤豬腿，」老爸說。

蘇斯小隊得到了他們的每日一字。

老媽在禱告時，我一邊握著蘇斯太太的手，另一邊握著老爸的手，然後腳搭在亞瑟的腳上。老媽感謝主提供的食物，還有讓我跟亞瑟相遇，讓我們可以跟新朋友一起分享這些食物。我偷瞄了亞瑟一眼，他雖然閉著眼睛，卻笑得超級開懷，到我能看得到他美麗牙齒的地步，彷彿他每一顆許過願的星星都聚在一起讓他美夢成真。我們一起說阿門。

蘇斯太太咬了一口火腿，「這好好吃。」

老媽一手搭著手肘，另一手按在心口，「謝謝你，我七歲的時候媽媽就教了我這道菜的作法。她以前是安親班老師，所以我下課後必須打理自己。我會先幫自己做個點心，然後在等晚餐煮好的時候順便做功課。我超愛做飯的。」

「你是專業廚師嗎？」蘇斯太太問。

「不是，我在一家健身房裡當會計。我很怕如果我把做菜變成職業的話就會開始不愛它，會變成例行公事，我便不能開心地回家和我的家人一起做飯。」

我真的超愛老媽。她就是那種好人，會顧及每個人的感受，讓他們有賓至如歸的感覺，就算她對他們有些意見，例如哈德森那樣。但我可以感受到她跟蘇斯太太已經很合得來，合到我覺得她們會一起約出去的程度。先不提蘇斯太太在暑假結束後就會回喬治亞，而且把我的男朋友一起帶走這件事。

「妳是個律師對吧？」老媽問。

「是的。我在斯麥洛維茲與波恩霸爾工作，是個很好的律師事務所，一個不會跟亞瑟計較他應該去幫辦公室跑腿買咖啡，卻在途中跟著妳兒子走進郵局的事務所。」

我們一起大笑。我從來沒有意識到亞瑟走進郵局只是為了跟在我後面。

「那你呢，迪亞哥？」蘇斯先生問。

「我在杜安理德那邊當副理，不是什麼很高檔的工作，但我們過得不錯。我有個很棒的團隊——大部分啦。付得起帳單，能養活一家人，班也有零用錢，其他的就都是額外的東西。」

我常常想著那些額外的東西，例如去我在電影裡看到的熱帶島嶼度假；擁有幾雙可以穿出去的名牌球鞋，而不是供在衣櫃裡擔心我會弄壞它們；一部可以在週末開出去玩的車子；最新版的手機跟筆電；大學學費，畢竟我拿不到獎學金。這些都不是亞瑟家會特別擔心的事。

「那你呢？」老爸問蘇斯先生。

「電腦程式設計師。目前因為地點的關係正在待業中。」蘇斯先生說，然後馬上轉向蘇斯太太，「而且這並不是任何人的錯。我只是覺得在回家前這段時間慢慢找一個我有興趣的工作會好一點。」

「你想念上班嗎？」老媽問。

「超級。我失業後第一個禮拜看了超多網飛的影集，這是很爽沒錯，但沒有滿足感。我做了不少顧問型的工作，但還沒有被雇用，這對我——對**我們**來說增加了不少壓力。」他比了比亞瑟跟蘇斯太太。

「但我們還撐得住。」

「可其多會讓你感到輕鬆一點，」老爸說，「捉弄一下我們的兒子們可能也是個不錯的選項，對吧？」

「喔，肯定的。」蘇斯先生說。

「不。」我跟亞瑟異口同聲地抗議。

我們的父母們開始交換我們小時候的故事。我以為告訴亞瑟我在上暑修班的事之後就沒有秘密了，但我並沒有準備好讓他知道十歲的班跟狄倫假裝自己在上一個叫作『當個壞男孩』的實境節目，那時也沒有意識到這名字聽起來有多少性暗示。然後聽到亞瑟會在出門買上學穿的衣服時，用他爸的手機跟商場服裝人體模特兒一起自拍，大家，包含我，為這件事大笑，亞瑟則是很努力地想縮進他的椅子裡。

「我也想分享一個，」蘇斯太太說。

「你並不想，」亞瑟說，「你們沒有故事好講了。」

「幾個月前，當亞瑟知道我們會在紐約市過暑假時，麥可跟我提早從一個朋友的生日宴會回家，然後亞瑟當時——」

「媽媽！」亞瑟大喊。

「——正在 YouTube 上看《致埃文．漢森》裡一首歌的影片，而且邊跳舞邊**大唱特唱**。」

「超壯麗的畫面。」蘇斯先生補充。

我這次沒有跟著笑，因為亞瑟看起來有點不開心。

我站起來，「亞瑟，來我房間吧，我給你看我幫我小說畫的封面。」

亞瑟猛站起來的時候差點撞到他爸爸。「我很樂意。」

「但等一下，我們還在吃飯，」老媽說。

「食物又不會跑掉，」我牽起亞瑟的手，「等下就回來了。」

「房門不要關啊！」蘇斯先生大喊。

我們兩人紅著臉衝進我房間。

講得好像他們都在的狀況下，我們會鎖上門來做些什麼瘋狂的事一樣。

不過當我們走進我房間，我馬上把亞瑟帶到一個死角然後開始狂親他，想要彌補這幾天累積下來想親他的慾望。

我喘一口氣，「你還好嗎？」

「現在好多了。我只是不喜歡被調侃百老匯的事。那些影片是我的動力來源。上個月我去看了兩部，雖然不是我心中榜首的那幾部。」他瞪大眼睛，「喔，這種說法很糟糕，好像這兩場百老匯不夠好，我光是能去就很幸運了。我只是一直在參加《漢密爾頓》跟《致埃文．漢森》門票的抽獎活動，但幸運女神好像不太想照顧我。」

「還有時間的，」我說，「而且剛剛有可能會變得更糟糕。」

「你說的對。」

亞瑟開始四處觀看，他走向我的書桌。「所以這就是未來會狂銷熱賣還引起全球風暴的那本《壞巫師之戰》的誕生處是吧，書的封面在哪？」

我把手伸進抽屜，從裡頭抽出一個紫色的資料夾，裡面有我幫故事中的小怪獸畫的塗鴉。接下來我就把封面抽出來了。看起來跟哈利波特的封面差不多，只是正中間是個看起來像班的巫師，躲在一個被摧毀的矮牆後面，因為有邪惡的巫師要找他麻煩。畫的一點都不好，就連亞瑟都被逗樂了。

他看了看房間其他角落。幾小時前我就先把那個哈德森分手箱塞進我爸媽房間的衣櫃裡了，我真的應該直接丟掉它，我不是很喜歡對亞瑟隱瞞事情的感覺。但這就跟ＩＧ上我無法輕易刪除的那些舊照片一樣，會變得好像哈德森的事從來沒發生過，或者他是令人羞恥的事物之類的。而且如果要把這些好的回憶也一併丟掉，那就會像是一巴掌用力甩在我們的過去上。這些跟我們的未來一點關係都沒有。

我不知道。

「我真的很喜歡你的房間，」亞瑟說，「還有整個公寓。我沒有什麼別的意思，我就只是很喜歡你家很有家的感覺，比我家更像一個家。這裡每一件事物都有存在的意義，如果有東西壞掉或不見的話，你們都會注意到。我家每個東西都像是可以被取代的。」

「說不定你只是不知道有些東西的意義是什麼？」

「可能吧。我需要懂得問對的問題。」亞瑟坐在我的床上。

我坐在他旁邊然後我就想到做愛，因為當你美麗的男友跟你坐在同一張床上時，這就是該發生的事。如果在他還待在紐約時，我們往上床的方向前進，那就會是他的第一次，這有夠壓力山大。我想要向他證明不管之後我們怎麼發展，他都不會回頭為這一刻的決定感到後悔。就像我不後悔跟哈德森一起破處，我也希望哈德森不會後悔。人都會改變，他變了，我也變了，但我還是覺得當時的我們沒有做出錯誤決定。我希望亞瑟永遠不會覺得我是個錯誤。

當我正打算再親他一次的時候，老媽就在喊我們了。

「我們沒有再調侃你們囉！快出來把晚餐吃完。」

我握了握他的手然後一起回到外面。

之後的晚餐時光很輕鬆愉快，我們一起開懷大笑，而不是取笑任何人。唯一可以讓今晚更加完美的就是如果狄倫，啊，還有珊曼莎，也都在這裡。我很不喜歡我無法把這一晚所有的細節完整敘述給狄倫聽，例如我會忘記某些讓我們都笑到沒力的笑話。但我想這就是跟人交往之後要取捨的部分——跟摯友相處的時間會變短，而你會開始過一段沒有他們的生活。

亞瑟跟我幫忙清理桌面，老爸則是把蘇斯小隊帶來的餅乾拿出來。這些餅乾世界大的——看起來像是有人把四坨餅乾麵糰放太近，然後烤出一塊巨無霸餅乾。兩個雙倍巧克力豆口味，兩個燕麥葡萄乾口味，還有兩個核桃巧克力豆口味的。

「謝謝你們帶來的這些餅乾，」老爸說，然後他邀請亞瑟先選一個。

「你們請我們吃飯，所以你可以先選，」亞瑟說。

「馬屁精。」蘇斯先生笑著說。

老爸拿走一個雙倍巧克力豆口味的餅乾，然後亞瑟瞪大眼睛盯著老爸咬了一口，他的表情就像老爸將亞瑟的車子開去遛遛，結果把它撞爛了一樣。老媽挑了另外那個雙倍巧克力豆的，因為她從來都不喜歡有堅果或葡萄乾的東西。亞瑟盯著她的表情，就像她搶到全世界剩下的最後一張《漢密爾頓》門票。

我敢打賭亞瑟想要其中一片雙倍巧克力豆餅乾。

「這超好吃的。」老媽說。

亞瑟拿了一個核桃巧克力豆餅乾，把核桃挑掉以後才吃。

蘇斯先生咬了一口燕麥葡萄乾口味的餅乾，「我大概不會再為了一塊餅乾花二十分鐘排隊，但我很高興今天我們去排了。」

我們又聊了一下，然後才幫這一晚畫下句點。當亞瑟在擁抱我爸媽時，我還是無法相信這一切。過去哈德森來我家吃飯的時候，他只會跟我爸媽握手，好像他們是我的老闆而不是我父母一樣。但看到我們的老爸們互相擁抱的時候，真的感覺很酷，老爸還邀請蘇斯先生他們再來，因為這次沒有喝到蘇斯家帶來的葡萄酒。蘇斯太太跟老媽交換彼此的電話號碼，然後哇喔，如果我有一天又把我媽寫回《壞巫師之戰》的話，我必須要把她的超級閨蜜術士瑪菈一起寫進去。

在大家向彼此道別的時候，我跟亞瑟迅速地親了一下，然後蘇斯小隊在離開前又感謝了我們一次。

「今晚真愉快，」老媽說，「亞瑟真不錯，很可愛又很有教養，我真的很喜歡他，全家人都是。」

「我也是。」

「當他回老家時你打算怎麼辦？」老爸問。

我聳肩，這是個爛問題。「我目前也只是趁他還在紐約時先認識他。」

我回想著亞瑟在晚餐時笑得燦爛的樣子，他以為沒有人看到，而我在想，要如何讓他一直保持這樣的笑容。

第二十三章

亞瑟

星期一・七月二十三日

「我只是離開這房間五分鐘，」南菈塔說，「然後你就站到那張它媽的椅子上去了。」

「我需要動一動，」我將拳頭壓上我的胸口，「喔班尼少～～～年……那笛聲正在呼喚著。[14]」

茱麗葉的目光從她筆電上移開，「我現在很開心他終於停下來不唱〈班的身體是個仙境樂園〉[15]了。」

「隨他吧。我要宣布一件大事，」南菈塔說，「要不要猜猜看誰要休學，然後搬回家裡跟爸媽住了？」

我倒吸一口氣，「妳？」

---

14 譯註：天使女伶（Celtic Woman）所唱的〈*Danny Boy*〉的改編版。

15 譯註：John Mayer 所唱的〈*Your Body's a Wonderland*〉的改編版。

南菈塔不屑地哼了一聲，「才不是，笨蛋，是大衛的室友們。」

「那些恐龍謎片的人？」

「他們在Kickstarter[16]上募資成功了，所以他們要把今年挪出來去做『熱情侏儸紀』。聽說有七百一十四人會想要付費欣賞這部高品質作品。」她聳肩。

「恭喜他們！」我坐回椅子上然後滑到桌子旁邊，「我們來開個派對。」

「你要開派對來慶祝桃色恐龍？」茱麗葉問。

「我只是心情很好，好嗎？」

「我們看得出來，」南菈塔說。

「想知道為什麼嗎？」

「我們都知道為什麼。是ㄅ開頭的，跟『蠻』押韻，換句話說就是，蠻好奇你打算什麼時候開始整理舒梅克的檔案？」

「雷文克勞加十分！」我宣布，握著我不存在的麥克風，「但是哪一個班？是艾佛列克？史提勒？卡森？都不是，是**班傑明·雨果·亞雷合**。我的……男朋友。」我快速地在桌面上擊鼓，「還有班·普拉特」

「這演講真棒。」南菈塔說。

茱麗葉仔細地盯著我一下，下巴架在手上。「這滿瘋狂的，其實，」她說，「我不敢相信你真的做

16 譯註：Kickstarter，一個募資平台。

到了，你貼了一張尋人啟事海報，真的找到他本人，然後現在已經在交往了。」

「我們是！連標籤都打上去了。滿滿的標籤。」

「天啊，而且你連他雙親都見過了，」南菈塔說，「這也才過了——兩週？」

「沒錯，」我開心地笑。

「那你們接下來打算幹嘛？」

我覺得，最瘋狂的事是**我根本不知道**。我不知道接下來會怎樣，因為百老匯走向跟網路上講的是**完全相反方向**。然後沒有一個人的建議適用於我身上。

沒有一件事跟我預先設想的一樣，我早就知道自己會很興奮，但我沒想到可以如此**肯定**。沒想到這會像是全世界的齒輪都對上位了。超怪的，因為就連我也知道兩個禮拜根本不算什麼，所以到底為什麼跟班的這兩個禮拜會感到如此驚天動？

想像一個跟他一起走下去的未來簡單到我都嚇到了。每分鐘，每個新事物都會讓我想到他，這點也嚇到我了。不過紐約整體來說就會讓我想到他。

對我來說，班**就是**紐約。

這想法超嚇人。

星期二・七月二十四日

嗨哈囉沒錯我們還需要討論「複雜的事」！！你們在嗎？

哈囉～～～潔西，哈囉～～～伊森

潔西卡．諾爾．法蘭克林伊森．強．葛森你們在哪裡～～～？
只剩我一個人在群組裡了〔哭臉哭臉哭臉〕。
你們都在逛 Target 對吧，到底為什麼 Target 的訊號這麼差啦，煩耶
快把你們自己從特價區拖出來然後回我訊息！

星期三‧七月二十五日

到星期三的時候我已經是個人形火球了。下班時間一到，我就直接把自己從大樓門口噴射出去，努力在看門管理員摩利旁邊緊急煞車。班說今晚要給我一個驚喜，我不知道他要帶我去哪裡，但他整個禮拜都在提醒我。

「小心點，醫生，」摩利說，他藍色的眼睛在閃爍，「趕時間嗎？」

「有人要在這裡跟我碰面。」

我的男朋友，我的男朋友我的男朋友我的男朋友。

摩利側身替一個人開門，而我瞄了一眼我的手機。五點十五分，還沒有收到班的支字片語。我仔細看了一眼街上每一個面孔，他甚至還沒出現在我的視線範圍裡。我忍住心底的那一絲不滿，然後傳了個訊息給他。

過了幾分鐘以後：抱歉，遲到了！我五分鐘後到。

他出現的時候已經五點半了。

我盯著他看，「我以為你可能死了。」

「沒有——抱歉，我錯過時間了，」他用力抱著我，「嘿。」

這種矛盾讓我覺得腦子很痛，一邊是班又遲到，而且還一臉無所謂的樣子，但另一邊，我不想要他停止抱我。

我們去搭地鐵，「所以，你要帶我去哪裡？」

「市中心。」

「原來如此。」我打量他的穿搭，他穿得百分之百比平常還正式。這可能是我第一次看他穿不是丹寧布做的褲子。

他用手機檢查了一下時間。

「你在擔心時間嗎？」我問，「我們該叫車嗎？」

「沒問題的。」

「我可以付錢，」我才剛開始講，但他的表情讓我中途改口，「或不用也沒關係，地鐵可能會比較快。」

但是地鐵並沒有比較快。地鐵整個塞到爆炸，明明從大中央總站去時代廣場只差一站，但電車並沒有移動過，連門都沒關起來。我等了一下以後轉向班問：「電車是不是有時候會……忘記要出發？」

他手指敲了敲扶手杆，嘴巴緊緊抿在一起。「我不知道發生什麼事了。」

「我們應該跟誰講嗎？」

「跟誰？」

「都市交通管理處。」

他聽到這個就笑了，「應該是不用。」

「我聽說有人吐了。」一個高高瘦瘦戴眼鏡的男人說。

班又檢查了一次他的手機。

「那是什麼意思？」我問，但班似乎沒有聽到我的問題。

高瘦男子又出聲，「就是他們需要清理整台車還要消毒整個區域。乾脆睡一會都可以，」他聽起來幾乎有點愉悅，「我們短時間內不會移動的。」

「我們用走的好了，」班說，「來吧。」

我跟著他走出車站，走到街上。「沒有很遠，我們十分鐘應該就會到了。」

但這個十分鐘走了十五分鐘，而這還是因為他走超快，快到我得小跑步才跟得上。他走到百老匯街，然後又走到四十六街上，正當我打算開口問說我們要去哪的時候，我就看到了，那金黃色的霓虹燈。

「班。」有這麼一段時間，我什麼話都說不出來。「你沒有這樣做吧。」

他吐氣，得意地笑著，「好，所以林—曼努爾・米蘭達有開放這個抽獎活動給——」

「給有在紐約公立學校註冊的青少年，我知道。我知道。」

窩的天啊，這是真的，真的發生在我身上。我的聲音有點沙啞，「你贏到了？」

「我是想說，我有加入抽獎，」班聳肩，「我不知道，我是想說，就算我沒有贏，我們也可以一起走走什麼的。」

「我很抱歉，你剛剛說了什麼？」我下巴掉了下來。

他疑惑地笑著，「你還好嗎？」

「還好，我只是……你該不會很認真地認為去看《漢密爾頓》跟你所謂的『走走』是兩個同等的選項？」

「我總覺得這句話裡似乎在嗆我。」班大笑。

我沒有笑。

「總而言之，我想他們現在應該已經公布得獎者了，我們去售票處問一下。」

我點頭，但我超想哭的。天啊，我還真的讓我自己去想像了那個畫面，就一下下而已，然後光是去想像沒有得獎就已經很慘了。從來沒有人贏過《漢密爾頓》的抽獎。我每天都會去抽。好啦，可能這個推廣活動的中獎機率會高一點點，但我不可能這麼幸運的。宇宙能量沒那麼愛我。

但我還是跟著班走進戲院，有個梳著完美髮型的金髮女人站在取票窗口。「嗨，不好意思，」班說，他的聲音比平時還要高個八度。我其實有點愛上他在大人面前有多不自在的樣子。「那個，呃，我今天有參加給紐約公立學生的抽獎，我不知道妳們是不是已經公布得獎者了，還是我需要去哪裡查這個，或者……」他聲音越來越小聲，「我的名字是班．亞雷合。」

「班傑明．亞雷合？」這女士皺著眉頭看著他，「喔親愛的，我們剛剛把你的票轉送出去了。」

「什——什麼？」他結巴地問，「我贏了？」

我的心立刻沉到谷底。

「兩張第一排的位置，但規定是要在六點以前取票，我真希望你有打電話進來。」

班很無言地搖搖頭。

「我真的很抱歉，如果你要的話，我可以把你加到明天的抽獎名單裡。」

「呃，好，謝謝妳。」他的聲音小到幾乎是用氣音在講。

但當我們走到外面時，他超生氣地，「這太扯了。」他大步走著，然後我快步趕上他。「音樂劇是什麼時候開始？八點？現在離那個時候還超過一小時，他們應該要打給我的。」

「你在開玩笑嗎？」

「我有把我電話填在單子上。」

我想要尖叫，或撕毀些什麼，好像我胃裡有個龍捲風。「你到底知不知道有多少人會為了你剛剛失去的票做出什麼嗎？第一排的位置？」我開始破音。

「是啦，但如果他們要隨便設一個領票的時間——」

「這不是隨便設的，這是規定好的，我們遲到了。」

「是沒錯，但如果電車沒有停開——」

「如果你有準時的話，我們也不會搭到那台車。」

「亞瑟，拜託。」

「我只是……」我深呼吸，「你到底有沒有意識到你失去的是**《漢密爾頓》第一排的門票**？」

「我當然知道！天啊！」他的聲音變粗，「你不知道我有多想要可以如願地發生，你根本不知道，我真的很希望能夠順利進行。」

「是啊，我也是。」

「我知道，亞瑟，這是《漢密爾頓》，我只是——」

「重點不只是《漢密爾頓》，好嗎？」

「不是嗎？」他有點無助地看著我。

「你為什麼聽不懂？天啊，班。」我胸口緊到快爆炸了，「你每次約會都遲到，每一次。」

「我知道，我——」

「然後你知道嗎？如果你真的很想要見我，這根本不會發生。就是不會發生。感覺上你根本不在意。」

他的表情好像我給了他一拳。「我很在意！」

「但是不夠，你不夠在意。」我瞪著他，心跳加快，「說不定我不應該這麼在意。」

第二十四章

班

我不覺得我能比這個當下的自己更令人失望。

男朋友應該是最挺彼此的人，那個要在對方低落時負責逗笑對方的人。他們不應該是一個人心碎的原因。但我背叛了亞瑟的信任，而他臉上那個很不亞瑟的表情都是我造成的。我把亞瑟的百老匯夢想握在手中然後捏碎了它。

我一心只想讓他開心，但我最壞的那一面毀了這一切。

「亞瑟？」

他站在那裡，全身都在發抖。除了上次地鐵上來騷擾我們的混帳以外，他從來沒有看起來這麼痛苦過。現在我就是那個混帳。我想去抱他，但他閃避了我的擁抱，然後渾身無力地坐到路邊。

我想說我很抱歉，但我知道他聽不進去。

他在哭。這不只是門票的關係，我搞砸了這次約會，而且還讓他認為他喜歡我要比我喜歡他更多。

我掏出我的手機然後在他旁邊坐下。

「亞瑟？你可以抬起頭看一下下嗎？拜託。」

我打開 YouTube，我現在必須把這件事情做對。

我遞給他一只耳機，然後我自己帶上另一只。我在搜尋列中輸入《漢密爾頓》卡拉OK，然後當〈亞歷山大．漢密爾頓〉開始播放的時候，我也一起跟著唱了。我就跟亞瑟唱〈班〉的時候一樣，完全沉浸在這首歌裡。我可以感受他正在看我努力要跟上歌詞，同時我也很努力忽略經過的路人看我很悲劇地唱著晚點就要在後面劇場開演的歌。唱了一分鐘，亞瑟沒有反應，但馬上：

「我的名字是亞歷山大．漢密爾頓。」亞瑟說著，想當然爾，是主角戲份。

我們持續享受著這首歌的後半，一起歌唱——其中一個唱得明顯比另一個好，而且也比較放得開。但他是我唯一在乎的聽眾。

當這首歌完畢的時候，我準備好要道歉了。但亞瑟抽走我的手機然後點開一首《致埃文．漢森》裡〈*Only Us*〉（只有我們）的翻唱版。然後他在唱到「所以如果那是我們，如果那是我們，而且只有我們。」的時候往我身上靠近了一點。這首歌好美，就像被一個可以看到真實自己的人渴望著的感覺。當你跟對的人在一起時，整個世界——時代廣場上的店家——好像都淡化了。換我選一首歌的時候，我選了《異型奇花》的〈*Suddenly Seymour*〉（突然西莫爾），一部我跟爸媽幾年前一起看的電影。他選了《壞女巫》裡面的〈*The Wizard and I*〉（巫師與我），我又更推進一步，選了《獅子王》的〈*Can You Feel the Love Tonight*〉（你能感受到今晚的愛嗎？）。亞瑟跟著音樂搖擺，真希望我可以知道他在想什麼。亞瑟接下來選了《歌舞線上》的〈*What I Did for Love*〉（我為愛做了什麼），我們就像在透過選歌、放歌這個方式來進行一段不需要開口的對話。「最後一首。」亞瑟說。

「我們整晚都待在這裡沒關係，」我說，「雖說我手機只剩下20％趴的電。」

他選了一首由高中合唱團邊跳邊唱著的〈*My Shot*〉[17]，讓我有點希望我唸的高中也有這種校內達人秀，這樣我就可以看到現場表演了。

但也提醒了我，我們應該在劇院裡。

「我真的很抱歉，亞瑟。我永遠不會原諒自己，我們真的應該去看正版的。」

「我知道聽起來很扯，但我更愛現在這樣。」

「真的嗎？」

「班，有幾百萬個人可以說他們坐在理查·羅傑斯劇院看了《漢密爾頓》，但只有我們才能說我們坐在路邊，然後一個晚上就享受了好幾場百老匯劇。」

「然後這樣比較好是因為——」

亞瑟用親吻讓我閉嘴。

「這招厲害，」我說。

我們站起來。

「說真的，我很抱歉——」

又吻了一次。

「好，但我搞砸——」

17 譯註：《漢密爾頓》裡的一首歌。

又吻了一次。

「讓我說——」

又吻了一次。

「你在我努力道歉的時候，一直親我是個不錯的問題。」

「班，我很開心。剛剛超酷又羅曼蒂克而且超完美的。你是救援王。」

我們往時代廣場的中心方向走去，有很多路人一直從我跟亞瑟中間穿越，企圖拆散我們，但我和他總是可以成功回到彼此身邊，不讓任何嬰兒推車或團體自拍把我們分開。當我又牽到他的手時，我把他拉近，不想放開。

今晚不想。

永遠都不想。

第二十五章

亞瑟

星期五・七月二十七日

當電車離開三十三街的時候，潔西在群組裡傳了訊息給我。「你現在有空嗎？」

「嘎—我現在正要去班家，抱歉！！」

我對著手機皺眉，努力忽略掉胸中那股罪惡感。自從上次我提早結束視訊的時間後已經過了一週，我們還沒有機會重來一次。潔西還未告訴我她那件「複雜的事」。

我有種我們在往相反方向旋轉的感覺，好像所有事情都失去平衡了。然後不知道為什麼，我總覺得那是我的錯，雖然伊森跟潔西才是在忙的那一方，雖然他們才是沒有回我訊息的人。就是很怪啦，在一段關係裡當主動的那個。

「別擔心，」潔西回訊。「你是不是打算要茄子符號，桃子符號，兩個爸爸跟一個嬰兒的符號。」

「你是在問我今晚會不會生一個小孩？」

「切，你知道我在問什麼。」

我知道，我當然知道。我今天晚上可以跟班有三個半小時的獨處時間，因為同條街的歐提茲太太（神的使者、最頂級的助攻、前所未有的最佳隊友）想要跟迪亞哥跟伊莎貝兒一起玩牌。沒有錯，我非常清楚當你跟你超級可口的男朋友一起在公寓裡獨處會發生什麼事。但我不要讓自己想這麼多，不要抱有期望。

「下一站，第一大街。」廣播宣告。

「快到了！！！！！！」我傳訊息給班。

他回我訊息。「在站外了！就跟你說我不會遲到（笑臉）。還有，六個驚嘆號，這是個交往里程碑嗎？」

「這代表我們之間不需要再在乎標點符號了！！！！！！好的我到了，上樓中！」

「馬上見！！！！！」他回我。

他就站在那裡，戴著耳機、穿著一件《急凍殺手》的上衣，靠在站外的圍牆上。他見到我的時候臉都亮了，這讓我開心到冒泡。我只想要好好吻他，就是個哈囉之吻，用不到舌頭的那種。但我還是選擇擁抱他，然後他吸了一口我的頭髮，這其實也是滿美好的。

「你在這裡感覺好奇怪。」

「我五天前就來過了。」我提醒他。

「但不是**這裡**。」他在空中畫了一下地鐵的範圍。「而且我們父母當時都在，現在完全不一樣。」

他臉開始變紅。就算我之前沒有考慮過父母不在場這件事，我現在肯定想到了。

「我來幫你拿包包。」班說。

「這滿重的耶。」

「我滿強壯的，」他微笑著，所以我也微笑然後讓他接過我的包包。「唔，你都裝了些什麼？」

「主要是我的筆電。」

還有六盒保險套。不是說我打算要大戰三十六回合，但如果真的要上床，我需要能夠做選擇，包含夜光保險套的選項。

我們走在人行道上，「所以這裡就是東村，我猜你星期天應該是從這邊走過來的。」

「是啦，但我們的計程車司機並沒有幫我們做什麼鉅細靡遺的導覽。」

「那今天肯定不是你的幸運日。」

「不是嗎？」

「沒有人的公寓，可愛的男朋友穿著令人著迷的上班服，」他抿嘴笑著，「我應該不會是全世界最用心的導遊。」

「可以理解。」我回他一個笑容。

但好玩的是：他還真的是全世界最用心的導遊。他雖然沒有帶我走景觀路線，但我們經過的每一個事物都會有屬於自己的故事。例如他的學校，他稱呼為『真的學校』，要跟中城那邊唸暑修的貝雷札高中撇清關係。或者那個美容用品店，狄倫跟他以前用剪指甲的小刀各自剪了一小撮頭髮，然後拿到那家店去跟一盒盒的染髮劑比對，總算知道自己的髮色是叫什麼名字（狄倫：巧克力熔岩，班：蜂蜜棕）。或者那家貝果店有賣可以用迷你木槳吃的杯裝冰淇淋。或者狄倫八歲摔斷手又緊張到不得了的時候他有多害怕。我真的很喜歡他這一面，我很愛透過他的眼睛來看他的社區，每個轉角都充滿了他的回憶。

「然後我們就走進了字母市。」他說。

「我真不敢相信字母市是個真實的存在，這名字聽起來超像《芝麻街》會弄出來的東西。」

我們的手一直時有時無的互相摩擦著。「那部影集原本要以我的街道為名，」他微笑著說，「本來打算叫《123B大街》。」

「你住在B大街上？」

「然後你家是A公寓，我覺得宇宙能量在玩我們。」

「或者是在跟我們擊掌。」我邊說邊跟他擊掌。不過當我們擊掌完畢後，我們的手就沒有離開過對方，就這麼牽著手走了大概半條街的距離。

當我們走到他家那棟，我的心幾乎是在整個胸腔裡亂竄亂跳。

這裡沒有管理員也沒有電梯，但有個大又空蕩的樓梯，接到一個沒有人的公寓。然後當門關上的那一刻，他用雙手捧住我的臉，大拇指慢慢撫過我的顴骨。他沒有馬上親我，就只是看著我，微微地笑著。

「我想給你看個東西。」他說，順手把我的包包從他肩膀上放下。

「什麼樣的東西？」

「很酷的東西。」

「是我有看過的嗎？」

「我不知道，」他的笑容甜到我都快溶化了，「它在我房間裡。」

「喔。」

「所以……我們就……」

「好的，沒問題，可以。」

我跟著他走進房間，可能因為我一直在想上床的事，他的房間看起來跟星期天時完全不一樣，我有種不認識這裡的感覺。我緊張到幾乎要發抖，無法好好面對奇特的全新可能，這件我已經好奇很多年的事情。我要怎麼知道那一刻如何發展——特別的一晚，特別的地點，特別的男孩。我一直以為那件事情會比生命還要精采，但它沒有，這讓我感到安心。不是在星空下的草地，但這樣比較好，因為對象是班。

「來吧。」他坐在他床上，我坐到他身旁。然後他側過身，伸手把床頭櫃上的筆電拿過來。我看著他掀開電腦然後翻找他的程式。我必須說，我並沒有事先想到這部分，但他可能是要開謎片。我好像聽過有些人會這樣做——開著謎片的同時上床。我不覺得這有什麼意義，有點像在電影院裡觀賞電影同時看著手機的 YouTube。說不定跟謎片沒有關係，搞不好是跟《壞巫師之戰》有關，然後他想用他新寫出的床戲來啟發我們。**這個**有引起我的興趣。

「喔，總算弄好了。」班往後靠，最後是我們擠在一起，靠著牆，然後他把筆電的螢幕轉向我。

這……是個電腦遊戲。

「我幫你捏了一個模擬市民，」他很害羞的說，「你看，這是你。」

然後我就看到了自己，在螢幕正中間，亂糟糟的深色頭髮，穿著襯衫還打了個領結。我的角色跟我的相似度高到有點詭異。我是有聽說過這款遊戲，主要是因為潔西很愛，但如此用心的細節出乎我意料之外。不是只有衣服跟色彩，模擬亞瑟跟我的輪廓一模一樣。我眨眼。「為什麼我頭上有個綠色稜形？」

「你從來沒有玩過嗎？」班問我，我搖搖頭，「真的假的？」

「真的。」

「那今晚會是很精彩的一晚。」

我努力擠出笑容，但我的腦袋卻在旋轉。所以今晚就這樣了。我們玩著「模擬市民」，這就是班所謂精彩的一晚。他給我看他的角色，基本上就是穿著哈利波特長袍的班，在正常的狀況裡我應該會因為這個舉動心花朵朵開，但我現在唯一想到的只有包包裡快燒出洞的三十六個保險套。我只是無法在自己很確認即將在現實生活中破處，結果發現是模擬亞瑟要破處的時候感到興奮。但抱著期待前來赴約也是我自己的問題。

但我必須說，他想要這樣度過沒有父母親的三個半小時？電腦遊戲是他唯一想到可以在床上做的事情？

「我們的房子超炫炮的，」他跟我說，「喔，然後我們跟狄倫一起住。」

「我不意外。」

我不能否認，我們的模擬房子真的很它媽炫炮。班不會反對開外掛來賺錢，所以我們有個超大的室內游泳池，還有專門拿來開趴用的落地窗房。玄關中間有一座龍的雕像，狄倫房間有個會亮的舞池，然後整個後院根本就是遊樂園，有雲霄飛車、旋轉木馬，還有一個愛的隧道。

「這是給你跟狄倫的？」

「我們禁止狄倫走進這裡了。」班幽幽地說。

班帶我們上樓到我們的房間，**我們的臥房**！

「我們住同一間？」

「你會在意嗎？之前原本是我跟狄倫的房子，而我有點……自作主張地請你搬來我房間了。」

他看起來有點緊張，反而讓我有足夠勇氣往他的方向又挪近一點。「完全沒問題，」我把頭靠在他肩膀上，「我喜歡當你的室友。」

他把一隻手環上我的腰，然後輕輕地吻我的額頭。

氣氛好像變了。我們沒有把遊戲關掉，但班把筆電挪開，放到他枕頭上。然後——這有點難敘述，但他把我拉到他身上，我們不完全是躺著，但也不完全是坐挺的。他把手滑進我的上衣裡，他的掌心在我背上傳來的溫度讓我很興奮。我用手梳過他的頭髮然後毫不猶豫地吻他。「模擬市民」的音樂跟人物對話開始淡出，完全比不上班胸腔發出的咚咚心跳聲。

他退後，呼吸變重，「要不要把這件脫掉？」他把大拇指壓在我襯衫的一個扣子上。他看起來有點害怕。

「你想要我脫嗎？」

他快速地點頭。

「沒問題。」我往旁邊移開一點，好讓自己不是完全地壓在他身上。我心跳快到根本是在震動了。「我要跟你說，當手抖成這樣的時候真的很難解開扣子，」我說，雖然這不是在開玩笑，但我們兩個都笑了。我們的呼吸都很急促。

班對著我微笑，他的眼光從我的臉，移到我的胸口，然後是我懷中揉成一團的襯衫。「這汗衫很可愛，」他說，用手指劃著縫線。他轉過來看著我的眼睛，我點頭，然後我回過神的下一刻，我們的身上都只剩下四角褲，橫躺著。

「這樣可以嗎？」他輕輕地說，然後我點頭，把臉埋進他頸窩。他用指尖慢慢在我背上跟肩上畫著，然後熱情地吻我。我沒辦法不注意他的肌膚貼在我身上時傳來的溫度。我的手沿著他的腹部摸過去，讓他突然震了一下。

「我是不是不該——」

「沒事，你很好。」他吐氣。我們互相對著對方笑。

「所以，」我總算開口，「我們是打算……」

他瞪大眼睛，「你想嗎？」

「應該，是吧。」

「好。」他抱得更緊了，然後我們就保持這姿勢一陣子——胸貼著胸，臉貼著臉。然後，慢慢地，他的手指飄到我四角褲邊，滑進鬆緊帶裡面。「還可以嗎？」

喔他媽的幹。我邊喘邊笑，「可以。」

這真的要發生了，現在正在發生，真的在發生，而且我整個身體都可以感受到這一刻。他的手又往下滑了一吋。我覺得我永遠都不會軟下來了。他的雙眸一直凝視著我，他看起來很緊張，抱著我的方式彷彿我是一件易碎品。

又滑了一吋，我的心快從嘴裡蹦出來了。因為這怎麼會是真的？怎麼可能會是真的？我還是今天早上從上下舖起床的那個我嗎？

「沒問題嗎？」班輕輕地問。

我點頭，但我總有一種快哭出來的感覺。我只是——我不知道。是怎麼發生的？而且要怎麼進行？不，我認真的，到底該怎麼做才對啊？誰要把哪個部分放在哪裡，順序是什麼，然後要在什麼時機點戴保險套，還有潤滑劑呢？我對潤滑劑真它媽一無所知。然後班在這裡，甜蜜地看著我，用他那雙眼睛還有他的雀斑。我猜他知道所有步驟跟細節，我應該要警告他我會有多糟糕，除非他已經知道這一點了。天啊，他可能發覺是個錯誤了，然後我是那個錯誤，還有上床也是錯誤。而且上床到底是什麼？這整個

超奇怪的。想上床的人都好奇怪。說不定我才是那個——

「你還好嗎？」班問我。

「我緊張到爆炸了。」

「喔。」他瞪大眼睛，「好的。」

「我很抱歉。」

「別這樣！亞瑟。」他溫柔地吻著我，然後張開他的雙手。「沒關係的，好嗎？到這裡來。」

我把頭靠在他的肩膀上，然後他緊緊地抱住我。

「我真的很抱歉，」我輕輕地說。

「不要抱歉，」他又親了我一下，「如果你還沒有準備好，你就是還沒準備好，沒有關係的。」

「但我準備好了！我以為我準備好了。」我埋起我的臉。「我只是——我不知道。」

「這只是代表我們改天再試就可以，沒什麼大不了的。」

「我們沒有很多的改天了。」

他把自己的頭靠在我頭上，「我知道。」

我們沉默了一陣子，輕輕地呼吸。

「你很失望嗎？」我問。

「不可能，光是你在這裡我就很開心了。」

「我也是，」我喉嚨感覺打結了，「天啊，班。」

「嗯？」

「我真的好喜歡你，到令人害怕的程度。」

他往後退一點好看著我的臉，「為什麼會害怕？」
「首先，你讓我不想離開紐約。」
「我也不想要你離開，」他說。
「真的嗎？」
他微笑，「你以為我只是跟你玩玩而已嗎？」
「我不知道，」我嘆了一口氣，「我不知道認真交往應該是怎樣或者要有什麼感受。我只知道我真的很喜歡你，我是認真的。」
「我對你也是認真的。」
「真的嗎？」我又問。
「天啊，亞瑟。」他親我，「Te quiero，Estoy enamorado[18]。你根本不知道。」
雖然我對西班牙文一竅不通，但當我看著他的臉，我就懂了。

18 譯註：Te quiero，Estoy enamorado，西班牙文的「我喜歡你，我已經陷入愛河了」。

第二十六章

班

星期一・七月三十日

整個暑假又高了一個層次。

我可能把不少第一次給了哈德森，但跟亞瑟交往感覺像是重新來過。每次跟亞瑟的親吻都像是發現新大陸，好像光是呼吸都會讓我們更接受對方。我們還沒上過床，我覺得這樣很好。不是因為我不想跟他做，因為我的天啊，我真的很想，我還是很想。說很好是因為我們不是為了讓對方開心而委屈自己。我適合他，他適合我，契合的感覺已經超越了天際——宇宙能量早在我們察覺之前就已經知道這是愛。

我還是不知道亞瑟離開後我們會面臨什麼局面。八月四日就是他的十七歲生日，我沒有那個錢可以幫他買些很厲害的東西，但我爸媽也一直不鼓勵在禮物上花大錢。他們喜歡自己動手做。與其幫老爸買個一年後就要換掉的咖啡機，老媽做了一個寫著「我愛你，迪亞哥」的馬克杯給他，他超珍惜的。如果今天家裡失火了，他肯定會帶著我們還有那個杯子逃跑。而與其幫老媽買一本新的聖經，我倒是幫老爸錄了他朗讀她在聖經裡最喜歡的章節，好讓她每天早上都可以放來聽。

而我的禮物，我打算把亞瑟寫進《壞巫師之戰》。那矮小卻英勇的亞圖羅不知道什麼是冷靜，他為了提高名譽，大老遠從大喬治亞之地來到永恆約克，之後才可以獲得進入耶魯分部的資格。然後他遇見了班賈明，往後的故事發展，就會是班賈明跟亞圖羅成為常常一起喇舌的國王們。

但在亞瑟的大日子來臨前，我們想在狄倫家慶祝哈利波特跟 J.K. 羅琳史詩般的生日。打算看《哈利波特：神秘的魔法石》，吃柏蒂全口味豆，然後把我們的照片發上推特，標記給 J.K. 羅琳，說不定她會給個愛心。

我好開心所有的一切都變得美好。

不過不管我有多開心，暑修的星期一總是特別爛。感謝老天，我只剩下最後煎熬的十分鐘，就能跟亞瑟碰面。他要幫我唸書，之後我們會跟我爸媽還有狄倫一起吃飯。

窗外的閃電與雷聲吸引了教室裡所有人的目光。哈麗葉拍了一張不開心的自拍，這張照片一小時內被按讚的數量會比我一個星期加總的還要多。當所有人都在為這灼熱月份下的第一場雨而興奮歡呼時，哈德森是唯一在盯著自己桌面看的人，沉思著什麼。哈德森突然轉過頭來，好像感應到我在看他，當我把視線轉開後，我還是可以從眼角餘光瞄到他還在瞪著我。

「今天就先這樣吧。」黑斯老師在教室前面說。「明天會有亞原子粒子的小考。你們先自習，等到下課鐘響再離開教室。」

哈麗葉轉過身，反坐在她的椅子上跟哈德森講話。以前她在英文課也是這樣跟我聊天。一開始我們會先聊各自喜歡的音樂，接著話題就圍繞在哈德森身上了。現在我們只能在哈德森背後很尷尬地朝對方揮手。

哈德森從他位置上站起來然後朝我走過來，大概只是為了要離後門近一點，方便等下先搶廁所之類的。但他走到我旁邊時就停了下來。

「我可以坐一下嗎？」

「呃，你隨意。」

突然間我就跟哈德森正面對上了，暑修開始第二天以後的第一次。「你最近過得如何？」他邊摳著指甲邊問。

「呃，還好。」我不太知道他想幹嘛，「是出了什麼事嗎？」

「已經過一陣子了。」哈德森說。

「是沒錯。」

「我想跟你聊聊。」

「聊什麼？」

哈德森深深吸了一口氣，「我不想要談我們兩人之間的事，在這一切以後，我知道那已經畫下句點，然後我……我看到你跟狄倫還有另一個男的一起唱歌的照片——」

「你在跟蹤我？不是說好的**#已放下**——」

啊幹。我自爆了。我做了一樣的事情。

哈德森微笑。「你也來看了我的近況。或許我們可以好好聊個天，而不是純粹透過IG來知道對方的消息。嘗試重新當回朋友，哈麗葉也想一起，她很想念你。」

我雙臂冒出雞皮疙瘩。我很不喜歡哈德森可以影響到我。他是那個吻過我，跟我上床，跟我分享秘密的人，還讓我產生他是認真對待我的錯覺。如果我是那種被前任想念就感到開心的咖，而且不在意自己現在有個超讚的男朋友，我覺得這一切會簡單許多。而我後悔跟哈德森約會唯一的原因是，我們分手後再也無法維持朋友關係。說不定還有言歸於好的機會。

「好吧，」我說，「晚點我要跟亞瑟和狄倫吃晚餐，但我們可以聊一下。」

「酷。不要藕斷絲連或有什麼怪想法喔。」哈德森說。「可能一點怪吧。」

「一點怪是還好。」我說，「但太怪的話我會拔腿就跑。」

「就像我們之前學哈麗葉的粉絲們一起叫她『媽』那樣？」

「沒錯。我只是想說，她也才十七，到底為什麼那些十四歲的小鬼會叫她媽媽？」

哇，這或許不是件壞事，我可以重新擁有我的朋友們，跟他們聊亞瑟的事情，如果亞瑟不覺得彆扭的話，我甚至可以在他離開紐約前把他們介紹給他。亞瑟可能不會喜歡這個想法，但我覺得他或許可以接受。我們還能邀請狄倫跟珊曼莎加入，變成一群人的聚會。

黑斯老師正在往外走，而我跟爸媽保證過會問一下我現在的進度。「我在外頭跟你們碰面。」我說完後站了起來追出去。以一個得依靠拐杖助行的人來說，他走得實在有夠快，我現在完全相信他不參加斯巴達賽跑，只是單純因為他不想傷害對手們脆弱的心靈。

「黑斯老師？」

「嗯？」黑斯老師邊下樓梯邊問我。

「我可以幫你提個包包嗎？或者幫你拿拐杖？」

「我可以的，謝謝。找我有什麼事嗎？」

「你覺得我下週期末考及格的機率有多高啊？我真的不想被留級。」

「我知道暑修班期間的學校不是什麼水上樂園，但你必須在接下來的一週好好唸書。你小考都沒什麼問題，但……」

「我也不是每次都考一百分，」我接著說完。我真心覺得現在可以吐。如果我在能夠查課本跟網路的狀況下都無法好好做功課，那麼在不能使用這些工具時，我肯定會慘兮兮地交出一張白卷，然後直接被死當。

「你可以的，班。我下週會找幾天留晚一點來提供更多輔導。我很建議你每天晚上多花些時間唸書，畢竟期末快到了。你可以找些朋友一起組讀書會，互相考考對方。」黑斯老師說。

我們走到校舍外。當我正打算問老師他哪幾天會待晚一點時，我看到亞瑟站在一個店門口的屋簷下躲雨，開心地對我揮手。我不知道他來這裡做什麼，但我的心跳開始加速。

我必須打發他。

「好的黑斯老師謝謝你掰掰你要小心你的腿階梯是濕的。」

我拚了命往亞瑟那邊跑過去，而他也向我這邊跑過來。

「嘿。」我拉起他的手然後把他帶回屋簷下。我抱著他親了一下，順便把他轉過來所以他會背向校門口，「你怎麼不在上班？」

「我『生病』了，」他雙手比劃著，「翹掉下午的班了。」

「為什麼？」

「因為我想在我男友父母回家以前，能跟他多一點獨處時間。我想說我們可以再試試看，你知道的。」

我眼光一直飄向校門口，黑斯老師在往地鐵的路上經過我們。

「好好唸書。」黑斯老師說，伸出手要跟我來個碰拳。

「我會的。」我說。有沒有人知道臉已經淋濕了還可以流汗嗎？

如果這次順利的話，我保證會把事情做好。拜託了，宇宙能量。

「剛剛那是誰啊？」

我沒看到哈德森，但說不定他是走側門，「誰？」

「剛剛跟你講話的人，用拐杖的。」

「喔！黑斯老師，沒錯，就是我老師。」

「酷喔。」亞瑟微笑，「那我們是不是——」

「班！！」

我要吐了。哈德森跑下階梯，我真的真的真的很希望他可以滑倒，我就有足夠的時間把亞瑟帶走。

亞瑟轉身，他眼睛瞇起來。太遲了，一切都他媽的太遲了。

「哈麗葉說她不能來，」哈德森說，走向我。他轉向亞瑟，「嘿等等，你是那個帕尼尼的人，對不對？班，我幾個禮拜前有在潘娜拉遇到這傢伙——」

「現在發生什麼事了，班？」亞瑟滿臉通紅，生氣？羞恥？兩個都是吧，我不知道。

「不是你想的那樣。」我說。雖然是事實，但我聽起來還是像個典型渣男。

「他在這裡幹嘛？」亞瑟問。

哈德森退了一步，「我去旁邊等你。」

「班，為什麼他在這裡。」

「他也在暑修。」

亞瑟的樣子像是我直接朝他臉上打了一拳，彷彿我痛揍了他的心。他轉身背對我走進雨中，他的郵差包直接拖在地上。我跟在他身邊。

「所以是怎樣，你每天下課就是跟你前男友一起鬼混？他知道我的事嗎？你是不是腳踏兩條船？」
「我們原本要聚一聚來聊你的事！」
「而你們從什麼時候開始會聚一聚？」
「今天才第一次講到話，我發誓！」
亞瑟把他的郵差包甩到牆上，「不！你今天只是第一次被我抓包了。」他抱著肚子蹲下，「我要吐了。」我把手放到他背上，他馬上把我給甩開，「不准碰我！」
「亞瑟，拜託，聽我把話講完。我知道這看起來很糟糕，跟世界末日一樣，但我跟你保證我愛——」
「你是他媽的住在哪個混帳顛倒世界裡，那個前男友比現任男友還要清楚狀況的爛世界？」亞瑟站了起來，一把抓起他的包包。當我們走到下個街口的時候，我們之間的距離又拉遠了。「為什麼他可以知道我的事情，而我卻不能過問他的事？」
「我只是不想傷害你，」我說，「我之前想要告訴你，但越來越難開口，我知道拖越久就會看起來越糟——」
「那你就應該說點什麼！」
「我知道我應該，但我跟他之間的確什麼都沒有發生。我無法改變我們兩個都需要暑修的事實，抱歉我們不像你一樣是個高材生。」
「你不要拿這個來回嗆我！我根本不是在氣你要暑修，我完全不在意這個。我只是很希望被知會哈德森也跟你一樣在那裡。」
「對呀，講得好像你不會因此抓狂一樣，你很明顯地不信任我。也是，你為什麼得相信我，我們才認識不到一個月。」我深吸了一口氣，「你有超多的期望，而我老實說根本不知道我們到底做不做得到，然後我們也還是做到了。」

「班，不要再說了。我不想要聽到這對你來說只是玩玩而已。」

「我對你是真心的，但又有什麼用？你一週後就要閃人了。」

亞瑟緊閉著雙眼，瑟瑟發抖。當他重新睜開眼睛時，他的眼底充滿憤怒及傷害。「所以你打算站在那邊，假裝一切都是我幻想出來的？那幾次的初次約會，認識你的父母以及你的朋友，還有……這一切。」

「我並沒有——」

「你到底有沒有把箱子還給哈德森？」

「什麼？」

「我們認識那一天你打算寄給哈德森的箱子。」

滂沱大雨狠狠地打在我們身上。

我什麼都沒有說。

我不能對他說謊，但說實話只會讓事情更糟。

亞瑟搖搖頭，「而**這個**才是我無法信任你的原因，希望你跟哈德森可以一起有個糟糕的人生。」他直視我的雙眼，「我們結束了。」

我伸出手，「亞瑟。」

「不！我受夠了。我等不及要回家了。」

我不覺得他是在講米爾頓叔公的公寓。

他離我而去，雖然我是個超級大笨蛋，但我也知道現在不能跟上去。

第二十七章
亞瑟

現在當然會下雨，當然會它媽的下雨。我全身上下，從裡到外都濕透了，我連睫毛都在滴水，全部都好痛。所有的一切都壞掉了。

班跟哈德森，這整段時間。幹得好啊，宇宙能量，你徹底證明了自己從來不是跟我們同一陣線，也證明了你根本不存在。從頭到尾根本沒有什麼偉大計畫，也沒有命運，就只是我們而已。是我自己太過努力了，而班努力得不夠。但是——何必為一個幾乎不認識的人努力呢，很明顯他就是這樣看待我，對他而言我只是個在暑假供他娛樂消遣的蠢觀光客。

我口袋裡傳來一股震動。我有把手機裝在夾鍊袋裡防水，但我還是找了個屋簷躲雨。如果是他打來的，我才不要接。

但並不是，我不意外。是潔西，像救世主般的隨興打個視訊過來。我從袋子裡把手機拿出來然後拒絕通話——但我又有點罪惡感，所以補了一個簡訊。「抱歉，人在外面而且現在在下雨。」

她馬上回我訊息。「那你可以找個能講話的地方嗎？這有點重要。」

我的心沉了下去，「有點重要」，我一點都不喜歡這句話，聽起來太緊急，太嚴重。說不定是跟「複雜的事」有關。只是這可能不只是「複雜的事」，也許是個「複雜的壞消息」，很壞很壞的消息，而她已經連續好幾天試著想告訴我了。說不定我真的是個糟糕的朋友。

「等我一下。」

我甚至沒有停下來思考，有個穿背心的男人正打開門要走進隔壁公寓大樓，「嘿！」我大喊，「抱歉，你可以幫我開著門嗎？我的鑰匙……」

我話沒講完，不知道要給什麼理由，但我猜他信我了，因為背心男用腳卡住門，直到我可以閃進門裡。

這個大廳有點空曠——沒有沙發，連板凳都沒有。只有一小群信箱、一個塑膠盆栽，還有一張孤單的木椅。我跌入椅子，全身溼答答的，還有一種很詭異的感覺。潔西馬上就接起我的視訊了。

她跟伊森在一起——他們坐在伊森家地下室的沙發上，我吞一口口水。「嗨，一切都還好嗎？」

「呃，亞瑟，**你**還好嗎？」

「什麼？」我瞄了一眼螢幕上顯示我自己的畫面，然後天啊，我看起來像屎一樣，像一坨熱騰騰新鮮現拉的屎。「我沒事，我只是淋濕了。」

「好，很好。」

她沉默了一下，伊森並沒有看著我。

「所以……」我打破沉默，「怎麼了？」

「好吧，我就直接說了。」她暫停一下，然後每過一秒鐘，我的喉嚨便越來越乾，我從來沒有看過她這樣。

「潔西？」我輕輕地問。

她深呼吸，然後一鼓作氣地把話吐出來。「我有個男朋友。」

我的心跳幾乎要停止了，「什麼？」

「我之前一直很想跟你說。」她緊張地微笑。

我強迫自己回一個微笑，「男朋友耶，哇喔。」

我覺得，這樣很好。這是件好事，尤其在三十秒前，我還以為她要跟我說她快死了。我也的確為她感到高興，很明顯地，就算這個消息來得有點莫名其妙。

「好……那，他叫什麼名字？」

「那個。」她往旁邊瞄了一眼，「伊森。」

「真的假的？」

「不，我的意思是，伊森跟我在一起。」

我愣住，「在一起做什麼？」

「很好笑。」潔西說，但她沒有笑。

「等下，」我胸口開始縮緊，「你是指，你們在一起的**那種**在一起？」

伊森點頭，「是的。」

「跟對方在一起？」

「是的。」

「什麼時候開始的？」

「那個，」潔西擠出一個淡淡的微笑，「舞會的時候。」

「什麼？！」

「沒錯。」她用手捲著她的頭髮，「就是呢，你記得那時候——他們正在放那首克里斯小子的歌，所以我們從舞池離開打算去抗議，然後我們發現安琪．維里在走廊上大哭，因為麥克．羅森費爾德甩了她，然後伊森就說，那個男生是雞巴人——」

「他的確是雞巴人，」伊森說。

「對啦，但她哭得更厲害。亞瑟當時你在抱著她，然後我把伊森拉走，讓他不會把場面搞得更難看。」潔西咬住她的唇，「記得嗎？」

「你們在我安慰安琪的時候搞在一起了？」

「差不多吧。」伊森說。

我搖頭，「不。」

「我只是想說，來龍去脈就是這樣。」伊森說。

「你們現在才告訴我，你們已經交往兩個月了，然後呢？你沒有考慮要跟我講一下嗎？」

「我們嘗試過了！我們試過很多很多次。但時機總是不太對，或者你在講班的事——」

「喔，沒錯。這又扯到我跟班身上了，當然是這樣——」

「不，亞瑟！我的意思不是那樣。你當然可以為班感到興奮，他是你第一個男朋友——」

「他不是我的男朋友，」我嗆回去。

「什麼？！」潔西跟伊森異口同聲的說，同步到有點詭異的程度。

「這聽起來……很重要，」伊森說，「想跟我們談談嗎？」

「你們怎麼沒有已經知道了，不是說我開口閉口都在講他的事嗎。」

「亞瑟，拜託，我們從來沒有這樣說！」

哇喔，所以伊森跟潔西已經是個**我們**了。這真美妙，真是我們友情中一個美好的新章節。我嚥下我喉嚨裡卡住的感覺。「隨便啦，你們就好好的去喇舌，或做愛，或隨便怎樣都好——」

「我們不能好好談談嗎？」潔西說，「我不想要變得很奇怪——」

「妳不想要變得很奇怪？」我氣到笑，「你們偷偷摸摸地約會好幾個月卻對我隻字不提，這點倒不奇怪了？」

潔西嘆氣，「我們真的想告訴你！發生的當下就想說了。而且原本就打算這樣——但你也知道，當時比較像是，**我們在幹嘛，真的會變這樣嗎**，我們當時還在整理思緒，然後亞瑟，你那晚就對我們出櫃了！所以很明顯地，我們也不想搶了你的光彩——」

「喔，我真的很抱歉喔，我用出櫃來毀了屬於你們的那一刻。還真不巧。」

「老兄，是我們不想要毀掉**你的**那一刻。」

我瞪著伊森，「你又是從什麼時候開始在意我的感受了？」

「你這句話是什麼意思？」

「嗯，自從我出櫃跟你說我是同性戀的那一秒，你整個人就變得超詭異。」

他的下巴掉到地上。「你以為我無法接受你是同性戀？」

「所以你是要說自從舞會後你從來沒有在群聊以外跟我單獨講話純粹是個巧合？你到底有沒有意識到這點？」我眼睛開始刺痛，「潔西不在場的時候，你根本無法好好跟我對話。但好啊，你完全不在意我是同性戀。」

伊森看起來像是我揍了他一拳，「我真的完全不在意。」

「對啦，但對我來說——」

「亞瑟，我們早就已經知道你是同性戀了。」

我的心臟卡在我的喉嚨裡「什麼？」

「我是說，我們無法確定，但我們有感受到。你並沒有對……任何東西有隱瞞的意思。」

「所以，等下，你們早就知道我是同性戀，但你們假裝你們不——」

「亞瑟，不是這樣的，」潔西說，「我們只是希望你可以在做好準備後才出櫃。」

「然後等我出櫃的時候要假裝驚喜，劇本就是這樣寫的，對吧？」

「不，不是這樣的——」

「我超愛你們把整個策略都想好了，真的棒透了。」我點頭，「在每一次喇舌之間找空檔好在我背後說長論短一定非常有趣吧？哇喔，還有什麼秘密需要跟我說的？」

「亞瑟！天啊，我就知道你會把場面搞得很尷尬。」

「喔，我把場面搞得很尷尬？你們才是在交往的兩個人！整個暑假！」

「我知道，而且我們試過——」

「聽著，我不是因為你是同性戀所以很尷尬，」伊森突然說，他把手壓在自己的額頭上，「我是因為潔西所以很尷尬，好嗎？這對我來說也都很新，我不知道該怎麼處理，就，我很想告訴你全部的事情，就像你講到班那樣——」

「哇喔，」我發出苛薄的笑聲，「那我想今天是你的幸運日，因為要不要猜猜看我永遠都不想要講誰——」

「不，亞瑟。」伊森看起來很受傷，「我不是那個意思。好，這不是——聽著，我知道我們找的時機很差，但現在你知道了，所以就……這樣。然後我很抱歉，兄弟，我希望你知道我對你沒有任何意見，從來沒有。我們只是想要找個對的方法告訴你，而且想要一起跟你說，然後就拖了很久，接著開始有種我在騙你的感覺，我很討厭這種感覺。」

「可是，你的確騙了我，好幾個月。」

伊森皺眉，「但這跟你不想出櫃差不——」

「喔，你不要扯到那邊去。」我幾乎用噴的，「你不准他媽的把這個跟出櫃相比。根本就是兩碼事，你心知肚明。」

「我們知道！」潔西雙眼充滿了眼淚。「亞瑟，我很抱歉，好嗎？你是對的，你都是對的。」

我們互瞪了一陣子，伊森，潔西，與我。

「我不知道，」最後潔西開口，「我以為你會為我們開心。」

「我是！」

「我知道這是個很糟糕的時機跟你說大消息，因為很明顯地你跟——」

「我不想討論班的事情。」

「沒關係！亞瑟，沒關係的。」

「而我覺得你們應該掛電話。」

「你——」

「我要掛了。」我哽咽地說。

我把包包緊緊地抱在胸口開始大哭，一直到我的臉開始隱隱作痛。

第二十八章

班

星期二・七月三十一日

唯一會為哈利波特生日感到不爽的應該只有佛地魔，但當電視在播放《哈利波特：神秘的魔法石》的時候，我就在這盯著一面牆，超級不爽。我今天早上交白卷的同時，聽說珊曼莎有提早到狄倫家幫忙「布置」。我以為我走進狄倫家時會看到牆上掛著霍格華茲的布簾，或者有代表四個不同學院的彩色碗來裝糖果。至少也該有橫跨整個房間的彩帶之類的。但狄倫家還是跟以前一模一樣。唯一的不同大概是冰箱裡新調好的奶油啤酒，以及倒在大碗裡的柏蒂全口味豆，還有我們的上衣。

調配奶油啤酒可不需要用到六個小時。

他們應該是上過床，小睡一會，然後又來了一發。

「你即將聽到有爭議的言論，」狄倫說，他吸了一口奶油啤酒，讓更多泡泡卡在他的鬍子上。我滿確定他是故意的，想讓珊曼莎去幫他舔掉，但珊曼莎還是個尊重自己的人，不會如此不要臉。「邁可・坎邦是比較好的鄧不利多。」

「錯了，大錯特錯，」珊曼莎說。「李察．哈里斯就是那個完美人選，徹底的鄧不利多，不管是他的行為、長相、演技，所有的一切。」

狄倫表示懷疑，挑起他的眉毛，「法院在此判定你必須要粉《哈利波特》超過一年，才可以對選角有任何意見。」

「我可能比較慢進入這個世界，但我可以比你更迷《哈利波特》。」珊曼莎說。她抱起那碗柏蒂全口味豆，「我提議我們來場三巫鬥智大賽。你答對的話，可以自己選想吃的口味，但若答錯的話，會由別人選你要吃的。」

我心不在焉地配合他們一起玩。如果我可以像稱霸《哈利波特》知識王一樣在化學考試拿下滿分，我肯定不會跟亞瑟搞到現在這個地步，因為我根本不會跟哈德森一起暑修。當你最需要妙麗的時光器的時候要它媽去哪裡找一個？我會倒轉時間然後永遠不會跟哈德森交往，可能連當朋友都不會，畢竟這才是源頭。但我也就不會帶著分手箱跑去郵局然後遇到亞瑟。雖然這也沒有讓我有個幸福美滿的結局就是了。

我邊看電影邊看著狄倫吃了一顆嘔吐口味然後作嘔。榮恩的寵物鼠，斑斑，上了鏡頭，然後我就想到亞瑟在卡拉ＯＫ時唱了〈班〉。那時候也沒多簡單，但整體來說比較單純。一句對不起就可以讓事情繼續往前走。但現在亞瑟已經取消追蹤我的ＩＧ，而且說不定已經找南菈塔跟茱麗葉一起寫一份禁止靠近亞瑟的限制令。

「我真的是頭號大爛人。」我說，狠狠地灌了一口奶油啤酒。我們原本要在奶油啤酒裡加蘭姆酒，想說狄倫他很徹底的愛爾蘭父母完全不會在意，但一切因為他們不希望珊曼莎醉茫茫地回家而被禁止了。「我毀了一切，亞瑟對我的好感、對紐約的愛好，他說不定永遠不想再來了，然後⋯⋯我真的很希望他會回來。」

珊曼莎放下手中的全口味豆然後坐到我面前，「你已經盡力了，他可能只是需要一點時間。」

「我還沒去過他家，」我說，「或上班的地方。」

「這倒是不需要。」

「為什麼？也沒有人邀請他來學校啊。」

「是沒錯，但當時你們還在交往。」珊曼莎提醒我。

我無法相信我跟亞瑟進度會這麼快速——從陌生人到男朋友到前男友。如果亞瑟沒有想要給我驚喜，我們也不會變成前男友，但他就是這樣的人。他是那個會為對方多付出一點的人，那個會在陌生城市張貼海報來尋找一個當地男孩的人，即便他沒有打算長住在這裡。

「反正我也做好無法長久在一起的心理準備。」我說。

「他在紐約只剩下一個禮拜了，對吧？」狄倫問。

「是啦，但……沒有任何東西可以長久的。我跟哈德森沒有走下去，我跟亞瑟沒有走下去，你跟哈麗葉沒有走下去，你們也走不下去。沒有任何東西可以長久。」

「呃。」狄倫指著他跟珊曼莎，「你不需要把我們兩也拖進這團亂裡，班尼森。」

「D，我只是說說而已。我們講得好像宇宙能量已經幫我們準備好一個史詩級舞台，然後所有東西就這樣結束了。如果我們再現實一點，可能不會一直失去人。」

珊曼莎站起來，「我去，呃，多倒一點奶油啤酒。」她走出狄倫房間。

「兄弟，大班班，你在衝殺洨？」

「怎樣？」

「你，在我女朋友面前，跟我講我和她的感情不會順利。好像她沒有站在那裡一樣，但我提醒你，她有。」

「是啦，但這又可以持續多久？」

「希望可以很久很久。」

「但應該是不會。就像上次，你整個人投入這份感情，然後讓哈麗葉失望一樣，你會再次令珊曼莎失望。」

狄倫對《神秘的魔法石》按下暫停，哇喔，我必須說，這傢伙從來不會暫停一場遊戲，但他暫停了一部我們看了十幾遍的電影。「珊曼莎不一樣，她是——」

「是怎樣，特別的？是啦，但我也知道有其他女孩，加布里埃拉、海瑟、娜塔莉亞、裘依，還有哈麗葉。你的模式就是如此。你會開一些玩笑說這就是人生，然後放手了。你根本無法理解我現在的感受。」

珊曼莎走回來拿起她放在桌上的手機，「我想先回去了。」

「別，是我該走了。」我邊說邊站起來。

「很好，說不定你可以找個不清楚狀況的人來享受當受害者的感覺。」狄倫說，「你才是那個傷了亞瑟的心的人，班。而且是你跟哈德森提分手的，你從來都不是被傷害的一方。你可以感到哀傷，但不要裝傻，講得好像你比我好一樣。」

「那就是我啊，暑修的大蠢班。」

「什麼？」

「隨便啦，我不想留在這裡了。」我跟狄倫對上眼，「反正你未來太太在身邊的時候，你大概也不需要你最好的朋友，所以我等兩個禮拜後你們也結束了，再跟你聯絡。」

「我是不知道我最好的朋友去哪了，但我很慶幸這個看起來跟他很像的豬頭打算離開了。」狄倫說，他牽起珊曼莎的手然後背對著我。

我衝出去然後哇喔，我把我生命中的所有人都推開了。不只是推開，是鏟開。不要珊曼莎、不要狄倫、不要亞瑟。

但說不定我不需要獨自一人。

我知道不應該再跟他碰面，這只是常識，但我還不想回家。我走到他家樓下，然後傳簡訊給他說我在這裡，我真的很希望他可以陪我。

「馬上下去。」他立刻回簡訊。

沒錯，哈德森很快地出現在大廳裡。今天早上在學校時他嘗試跟我講話，但我推開他了，因為他才是造成這團混亂的主因。不，我才是。狄倫沒有錯，我們兩都是讓人傷心的人，他只是在裝傻。狄倫跟我不用多久就會和好了，他會跟我說「我就跟你說吧」，我會回他「你的確有說」，他會接著說「現在我們又都單身了，有更多屬於我們的性感時間了」，然後一切都會很好。

但回到現在，我四處瞄了一下確保亞瑟不會突然又從哪裡蹦出來。當我確定沒有看到他的時候，我抱住哈德森然後開始放聲大哭。

第二十九章

亞瑟

星期三・八月一日

你看看這有多可悲：我穿著睡褲，一件從媽媽公司野餐活動拿來不知道乾不乾淨的T恤，抹上滿滿的奇多粉，窩在沙發上看YouTube裡寶可夢跟著Kesha的歌跳舞影片。我已經抵達到糟糕山脈的最頂端，頂尖的爛，極爛峰。看我把糟糕的程度帶到一個全新境界。

好消息是，噴火龍可真它媽的會跳舞。

但哇喔，我已經很多天沒有好好跟人對話了。爸爸在亞特蘭大面試，媽媽這陣子每天都在加班，而我當然就是，請了「病假」。希望可以永遠請病假，現在連我都不覺得我在騙人了。

媽媽大約八點回到家，坐在我身旁沙發手把上，「親愛的，你覺得如何？」

我逼我自己咳了一下，但咳到一半卻變成我被嗆到了。

「所以……不太好？」

「不好。」我回答。

她把手貼到我額頭上，「不過沒有發燒。我們還是小心一點。」她順了順我的頭髮，「你這週末沒問題嗎？我真的很不想讓你自己一個人過生日。」

「沒問題的。」

事情是這樣的：我的生日在星期六，媽媽明天會開車到州的北邊去處理一堆證言還要開會，她要一直到星期一才回來，而爸爸也是星期一才回來，所以我將會獨自一人在米爾頓叔公家過生日。當然，讓這整件事變得更慘的是，我原本可以過史上最酷炫的生日，會是個跟班一起度蜜月的週末。沒有父母，整間公寓都開放給我們用，就只有我跟三十六個保險套以及我那甜美的男朋友，現在可以稱呼他為我那混帳前男友了。

「我會把你的電話給南菈塔跟茱麗葉喔，我讓她們來照顧一下。」

我聳肩。

我們兩都沉默了一下，媽媽清了清喉嚨，「所以，你會想要談談——」

「完全不想。」

我的意思是，我可以講什麼？媽媽，真可惜我不能在妳出門的時候破處，因為班它媽的傷了我的心，然後我現在孤獨又單身？來，這是六盒保險套，我真心誠意永遠不會用到它們。

「那，如果你改變主意的話……」她抿著嘴說，又來了。「我不知道，亞瑟，你爸爸跟我真的很擔心你……」

「夠了，妳真的不需要這樣。」

「哪樣？」

「那整套好爸媽的模樣，『你爸爸跟我』，夠了喔。」

「兒子，我——」

「妳知道一件很酷的事情嗎？大家——你們每一個人——都在我身邊對我撒謊。無時無刻不在騙我，因為，喔，這可是亞瑟，他無法承受我們這些恐怖的秘密。」我的手心朝上在空中揮舞，「你們想要離婚？可以啊，就直接**跟我說**。」

媽媽的下巴掉了下來。「離婚？」

「你**說**啊。」

「亞瑟，你在說什麼？你爸跟我沒有問題。」

「妳才不是沒有問題。」

她用一種奇怪的眼神看著我，「你為這件事情煩惱多久了？」

「從一開始就有！你們整個暑假都沒休戰過。」

「兒子，不是這樣。我們現在只是剛好在過渡時期，你爸失業中然後——」

「喔，相信我，我很清楚現在是什麼情況。你們應該好好學習怎麼小聲吵架。」

彷彿有人把所有的空氣都從房間裡抽走，我盯著我的雙手看，我發誓我都聽得到自己的心跳聲了。

「好吧，要不我們現在打電話給你爸爸好了。」

「現在？」我哀號，用雙手抹臉。

她把手機壓在她耳邊，悄悄地對著電話說了幾句，但我連豎起耳朵偷聽都懶，我已經沒有精神在意這件事情了，我也沒有精力去努力。這才是我該停止做的事：不要在意任何事情也不需要為任何事情去努力，就像我父母停止努力與彼此相處一樣。

就像班沒有努力想要跟我在一起一樣。

班也只傳過一個訊息給我。真心不騙，就一個訊息。然後很明顯了，這就是他願意為我付出的程度。但他也沒有什麼理由該付出，為什麼他需要為一個暑假結束就回喬治亞的男孩付出，尤其是哈德森每天坐在一個唾手可得位置的狀況下？我當然知道這不是他能控制的，但他騙了我，每一天，他講過的每一個字，他連那該死的箱子都沒有寄出去。

媽媽走回客廳然後把手機拿給我，「爸爸在線上，我開擴音了。」

「嗨，」我無力地說。

「所以是誰跟你說我們要離婚的？」

他聽上去覺得這很有趣，而讓我感到煩躁。

「呃，光從你們跟對方講話超過五分鐘就會開始吵架這點，任何笨蛋都看得出來——」

「哇喔。」媽媽坐回沙發上，伸手環抱著我。「不要忍著。」

爸爸大笑，「孩子，我們並沒有要離婚。」

「你可以跟我說！我只需要你們對我說實話就好。」

「我們的確是在跟你說實話！」媽媽搖頭，「亞瑟，我們一直都會拌嘴的，這就是我們。我們並不完美，感情很混亂的，你跟班也沒有過得多平穩——」

「這跟班無關！」

「亞瑟，我只是想說，有時事情會變得有壓力，你會犯錯，說錯話，惹毛對方——」

「但你們已經結婚了，你們應該老早就釐清這些問題的。」

媽媽努力想憋住她的笑聲——而當我抬頭看著她的時候，她滿臉幸福地對著電話上爸爸的名字微笑。這有點令人混亂——就像發現尚萬強跟賈維爾[19]偷偷牽手。但說不定我爸媽真的是那種『星期六傍晚窩在沙發上』的夫妻，也是那種『為了白痴小事情吵架』的夫妻，說不定兩種都是。

「所以你們就只是很正常的混亂，」我總算出聲，「不是準備要離婚的那種混亂？」

「正常熱情的混亂，標準的問題。」爸爸說。

媽媽從側邊抱著我，「說不定你應該給你熱情的混亂第二次機會來解釋他的狀況？」

「切，那不一樣。」

「喔，亞瑟。你說了算。」

說不定宇宙能量並沒有討厭蘇斯隊，但它還是很討厭我。

19 譯註：Jean Valjean & Javert，《悲慘世界》裡對立的角色。

第三十章
班

跟哈德森和哈麗葉一起鬼混很輕鬆。有點像是春天來臨，把冬靴收起來，然後重新穿上去年的球鞋一樣；我長大了一點點，但還是穿得下。我們互相幫對方填空，補上我跟哈德森分手後發生的所有事件，雖然我們對於分手這件事絕口不提。就連昨晚當我去找哈德森的時候，他也只是站在那邊聽我抱怨亞瑟跟狄倫。他重新變回我當初的那位朋友了。

「我在為黑斯老師的ＩＧ而活，」當我們走出冰淇淋店的時候哈麗葉說，一手抓著手機而另一手拿著奶昔。

「我都不知道他有。」

「當你有張像黑斯老師一樣的臉孔，你會很神奇地有一個ＩＧ帳號。」

我們坐在路邊，哈麗葉坐在中間，我跟哈德森都湊到中間看哈麗葉滑著黑斯老師的ＩＧ。我以為有滿滿的上空自拍，然而的確有幾張這樣的照片，但整體來說都是很勵志的內容，例如對家裡屯積的雜物斷捨離並且開始過精簡的生活，以及均衡的早餐，還有一個他在德國挑戰成功的巨無霸漢堡。

「看，他超現充的，」哈麗葉說，「光看他的貼文就知道，他去過好多國家。反觀我的ＩＧ只是滿滿的廣告，有機嬰兒食品、無糖口香糖、羊奶洗髮精。因為我需要存錢才可以對世界解放自己。」

「然後你就會回到滿滿自拍的生活？」哈德森問，「連環自拍真的很重要；如果我滑了兩分鐘ＩＧ都沒有看到你的臉的話，我應該會忘記你長什麼樣子。」

「當你開始看到我單飛去泛舟登山和躺在帥男生的懷裡時，你就不會取笑我的自拍了。」

「你不會有找個旅伴的想法嗎？」我問。如果我有錢環遊世界，我會想跟狄倫一起。我目前所有故事裡都有他的戲份，我也想要他參與我所有新故事，至少當現在這段事過去以後。如果會過去的話。

「你在報名當自願者嗎？」

「哈，想得美。」我輕笑。哈麗葉的父母收入都不錯，而且他們很寵她。我無法用我的ＩＧ來賺外快。

「我是說之後啦，」哈麗葉說，「等你把你的小說賣出去，到時候要用釘耙來掃進你從網飛跟遊樂園賺到的錢。」

「可以再給我壓力沒關係。」《壞巫師之戰》感覺整個廢掉了。亞瑟曾經是我最大的粉絲，我猜不會再有人像亞瑟那樣喜歡我的小說。他還曾經是我的男朋友。如果我想要公開我的故事，例如貼上Wattpad[20]之類的，我就會開放陌生人來給我評論，他們也不會在意這是我的嘔心瀝血之作。

「我只是說說罷了。我們真的很想念你，班。」哈麗葉說，哈德森瞪了她一眼，「怎樣，我們可不

20 譯註：Wattpad，一個讓任何人都可以上傳自己作品的文學平台，出版社也會透過該平台找出有暢銷可能的作品。

可以停止忽略房間正中央那隻甲甲大象，然後好好地走出去。」她握住我們兩人的手，「我們都是好朋友，對吧？」

並沒有都是，但我還是回答了「沒錯。」

「對啊。」哈德森說，我希望他是說真的。

「那就讓我們重新開始我們的友情，」哈麗葉說。我有點好奇她有沒有想念過狄倫。「你打算怎麼處理亞瑟的狀況？你要先連絡他嗎？你要放手嗎？讓我們知道你打算怎麼做，我們才好支持你。」

「我希望亞瑟可以給我解釋的機會……我知道好像沒有意義，因為他之後也會離開，但我不希望他在這樣的狀況下離開。然後狄倫……」我看了哈麗葉一眼，她示意我繼續說下去，「我太超過了，但我也的確講出事實。我只是覺得如果有男朋友，還有我所有的朋友，大家不需要總是選邊站，所有事情都會變得比較簡單。」

我講到這裡就停下來了，因為我們之前也遇過一模一樣的狀況，當狄倫跟哈麗葉分手的時候。跟哈麗葉當朋友對狄倫來說很怪，而我跟哈德森當朋友對亞瑟來說也很怪。但說不定這不是人生的運作方式，說不定人生是要讓人走進你的生活中一陣子，你從他們身上得到一些東西，再把這些東西用在下一段友情或感情上。如果你很幸運，有些人會在你以為他們已經離開後又回來，例如哈德森跟哈麗葉。

說不定這才是我一直需要的重新來過。

第三十一章

亞瑟

星期五・八月三日

明天就剩你跟我了，歐巴馬。

孤獨一人待在米爾頓叔公的公寓裡，被馬匹環繞著，也許只有優食吳柏毅先生暫時陪伴我一下。我可能真的會把歐巴馬的臉印出來，用膠帶貼在一根冰棒棍上，因為就算我單身而且沒有朋友或父母會陪在我身邊，至少我能跟我的總統過一整天。你大概覺得我在開玩笑，但你可以猜猜誰「身體痊癒了」，就只為了進公司使用那台彩色印表機。

「亞瑟，你讓我感到好壓抑。」南菈塔說。

「我……什麼都沒說耶。」

「我知道，這才是令人害怕的點。」

我聳聳肩然後低頭繼續整理布雷—伊利歐普羅斯的檔案，這無聊到讓人麻痺。說不定我只是想自虐，或者我其實找到了秘技，讓人專心的秘技。你只需要一個可愛的男孩撕裂你的胸腔挖出你的心，再讓你最好的朋友們狠狠地踐踏它。如果它還有跳動的跡象，那你就再補上最後幾腳讓它死透。講出最殘忍的事情，大聲嘶吼直到聲音沙啞，毀掉一切你所愛的事物直到一成不變的工作反而成為救贖，想不到吧。只要把整個人都埋在布雷—伊利歐普羅斯的檔案裡，你就沒有空去思考你的前男友，你的非靈魂伴侶，那個在第二幕就溜下台的傢伙。

「所以明天怎麼約？」茱麗葉轉頭問南菈塔。

我抬起頭，「明天是什麼日子？」

「大衛室友們辦的送別會。」南菈塔說。

「你是指桃色恐龍的那些人？『熱情侏儸紀』？」

「對，而我它媽的等不及了。我可不會為他們的離開落下任何一滴眼淚。」南菈塔往後躺在椅背上，「茱兒，我們會一起過去，對吧？」

「去哪？」我問。

「去上西區，大衛在哥倫比亞大學唸書。」

「喔，那跟我很近，」她們兩人都沒回應我，「所以要來開趴對吧？」

茱麗葉點頭，「那裡很小就是了，對吧？」

「對啊，就只是在他們的公寓裡。」南菈塔說。

「聽起來很好玩，」我慢慢地說，然後閉緊我的嘴巴，我才沒有打算要求她們讓我在生日那天隨便去個地方開趴。天啊，就連我也沒有那麼邊緣。

等下，我**就是**這麼邊緣。

「說不定我可以晃過去看看？」我看似很隨意地問了一句。

茱麗葉跟南菈塔互看了一眼。

「或……不去也沒關係。」

「那個，亞瑟，這不是針對你，」茱麗葉說，「只是他們打算要喝酒。」

「我又不在意。」

「但我在意。」

「你會在意他們要喝酒？」

「我會在意帶著我老闆未成年的兒子走進一個喝得酩酊大醉的派對。」

「哈，」我咧嘴笑，「我知道你在說什麼，我也不打算喝酒啊。但我爸媽有個酒櫃，所以我可以調個什麼！例如一杯玉米糖馬丁尼之類——」

「不行，那個，南菈塔跟我會被炒魷魚。」

「沒錯，你想都別想。」南菈塔說。

「就連我生日也不行？」

我說出去了，我開了大絕。

南菈塔放軟語氣，「今天是你生日？」

「明天。」

「喔，亞瑟，」茱麗葉咬著她的嘴唇「但我們真的不能帶你一起去，你可以理解，對吧？」

「是啦，我……算了。」

「但我說真的，你也不會想要跟那些恐龍怪人一起鬼混，你應該跟班去做點好玩的事。」

哇喔，現在我差不多要在會議桌上放聲大哭了。我就定在那裡盯著雙手，一片空白。這實在有夠棒的。

「喔，我完全沒料到會是這個反應，」茱麗葉小心翼翼地說，「你想要聊聊嗎？」

「不要。」

茱麗葉跟南菈塔又交換了一次眼神。

但我不在乎，就讓她們抱有罪惡感吧。我一點都不在乎。爸爸在亞特蘭大，媽媽在往卡南代瓜市的半路上，伊森跟潔西大概躲在星巴克的後巷喇舌，我在這該死的城市裡僅有兩個朋友，她們卻要去我家附近的派對開趴，而且還不帶我去。

我的十七歲生日，說不定在宇宙中某個星球上，是個值得期待的日子，但我卻只能想到哈德森跟班每天在課堂上互傳愛的小紙條，班的ＩＧ裡五十六張哈德森不同角度臉龐的照片，那個從來沒有被寄出去的箱子上貼有哈德森名字的郵遞標籤。

我想著我心中那空蕩蕩的缺口，跟班的拳頭大小完全符合的缺口。

第三十二章

班

星期六・八月四日

我跟哈德森一起在這家很低調的咖啡廳裡，因為星期二是期末考，而我真的需要好好唸個書來補強比較弱的項目。有幾次我以為看到狄倫走了進來，但並不是他，這樣也好。不過我不知道哈麗葉一小時前跑去幫一個朋友慶生，把我跟哈德森單獨丟在這裡是不是好事。跟狄倫吵架的那天晚上我們的確處得不錯，但這是第一次只剩下我們兩人。

我們肩並肩地坐在高凳子上，互相給對方出考題。但我唯一在意的答案都跟亞瑟有關：他今天要怎麼慶祝生日？是誰要讓他有國王般的待遇？南菈塔跟茱麗葉嗎？如果傳生日快樂簡訊給他會不會毀了他的一天？他恨我嗎？

「地球呼叫班，」哈德森對著我揮手。

「抱歉。」

「亞瑟？」

「嗯，有點難專心。」哈德森跟哈麗葉並不知道今天是亞瑟生日。我加入讀書會只是因為不想獨自窩在家玩「模擬市民」。昨晚模擬班要送花給模擬亞瑟，結果被拒絕了，因為我那它媽的衰爆人生，不管是現實還是模擬。很明顯的，只要沒有人跟你講話，你就不會受傷，所以我把模擬班關在一個沒有窗戶也沒有門的房間裡。它總有一天會缺氧窒息而死，但至少沒有人可以傷了它的心。「今天是亞瑟的生日。」

「你有幫他準備禮物嗎？」哈德森問，「你可是生日禮物專家。」哈德森過生日的時候，我跟狄倫聯合畫了一張哈德森穿著神力女超人盔甲的肖像畫，因為她是他最喜歡的超級英雄。我有點好奇他有沒有把那個丟掉。

「我把亞瑟寫進了《壞巫師之戰》。」我說，昨晚我寫完功課後就把那個章節完成了。我原本打算在午夜時把那一章寄給亞瑟，但我無法再寄出一封他不會讀的訊息。「我其實有把書給他看。」

「哇喔，這是很大的一步耶，你應該超級喜歡他的。」哈德森有問過幾次可不可以看TWWW，但從來沒有像亞瑟那樣熱情。不想跟一個我當時交往的人分享一件事應該是很明顯的紅燈，代表我對於我們之間未來的看法。「我想哈德森尼恩已經被砍了？」

「被鎖在地牢裡。」我說。

「酷喔，」哈德森說，「你應該直接傳訊息給亞瑟，讓自己好過一點。」

「我知道我應該這麼做，但我總覺得我被設定好是要負責出錯的。我第一次遇到亞瑟的時候我卻離開了，我等太久才願意放開自己去取得他的信任，我總是遲到，我從來沒有把那個箱子丟掉，而他現在已經不想再跟我扯上關係了。」

「什麼箱子？」

也沒有隱瞞的意義了。

「暑修的第一天，我帶了一箱所有你給我的東西。但你沒來上課，所以我原本打算寄給你，然後我就在郵局遇到了亞瑟。但我沒有寄出去因為……」

「因為什麼？」

「我當時還抱著希望？」

我不應該講這個的，但我無法阻止自己；這些都是我腦海中一直迴盪著卻說不出口的話，無法對哈德森說，也無法對自己說。

「那個箱子現在在哪？」

「在我媽的衣櫃裡。」

「你打算怎麼處理它？」

我手機響了，是狄倫。我按掉他的來電。我有看到他稍早的ＩＧ貼文，我才不打算接起來讓他「隨口提到」他現在跟珊曼莎一切都很順利。

我不知道怎麼跟哈德森說我打算把一箱原本是我一切的東西丟掉，但那該死的箱子，我不能一直把他當成是心碎博物館裡的展示品。

「我不知道。」

「聽到你這樣說讓我有點開心，班。」

「為什麼？」

我手機又響了。是個不認識的號碼，所以我也可以忽略這通電話。

「跟你沒有寄出去的理由一樣。」

「抱著希望？」

哈德森微微向前傾，彷彿他覺得我們正要接吻。

我的手機在震動。這次是從那個未知號碼傳來的簡訊「班，這是珊曼莎。回電給我，狄倫在醫院。」

「喔幹。」我馬上打給珊曼莎。在等她接通時，我跟哈德森說狄倫在醫院裡。哈德森問我發生了什麼事，但我卻只想得到各種可能性。被咖啡燙到，或車禍，或他在一個不能要白目的地方表現得太過於狄倫所以被路人痛揍一頓，甚至是可怕到連我都不敢去想的事。

「班。」珊曼莎接起電話。

「發生什麼事了？他還好嗎？」

「他的心臟，」珊曼莎說，她自己聽起來也有點喘不過氣，「我們剛剛把他送進急診室。」

「妳在哪裡？哪家醫院？」

「紐約長老會醫院。他爸媽在過來的路上，你要來嗎？」

「當然。」她開口問了這句話讓我覺得自己是世界上最爛的摯友。「我馬上趕過去。」我說，已經開始走向地鐵站。我掛掉電話，哈德森追了出來。「狄倫的心臟在耍蠢，我必須去找他。」

我快哭出來了，因為幹，宇宙能量可能已經要我做好悲痛道別的心理準備。

「在哪裡？」

「長老會醫院。」

「那只會花個二十分鐘，或者如果坐到快車的話只需要十分鐘左右。」

「不，我必須……」不是自己去，因為我不想要單獨一人，但我也不需要哈德森陪伴。「沒關係，你可以不用去。」

「他之前也是我的朋友。」哈德森說。

「但他是我兄弟。」然後就這樣了，哈德森點頭，「我之後再跟你說他的狀況。」我邊離開邊說。

狄倫不會發生任何事的，他會好好的，這可是狄倫，沒有任何東西可以阻止他。但他躺在病床上的畫面還是讓人心痛無比。我需要他知道我一直都在，就算——不。

狄倫不會有事的。

他不會有事的。

明明再一站就可以到醫院，電車卻卡著不動，因為幹它媽的宇宙能量，現在很難保持冷靜。他最近也才檢查過，他醫生說像這樣的狀況不太可能發生。沒錯，他不會有事的，這可是狄倫，沒有任何東西可以阻止他……

我必須跟誰說說話。因為快到下一站了，我的手機現在有訊號，所以我打了一封簡訊給亞瑟：

「狄倫現在在醫院裡。我不清楚細節但他心臟出問題了。我已經很久沒有這麼害怕，這可是狄倫，你知道的。前幾天我對他做了很混帳的事情因為我是個爛人。我從來沒有認真看待他心臟的狀況，但說不定我應該要認真看待，然後我真的**怕死了**。我現在卡在地鐵裡因為都市交通管理處之神還是百年如一日的爛到爆。我知道你不想要聽我講任何一個字，但你是我現在唯一想講話的對象。我很抱歉，亞瑟。生日快樂，我希望我的訊息並不會毀了你的一天。」

我傳出簡訊。

然後開始等，等著看他會不會回信，等著地鐵開始移動。

說不定我應該走過去，就出去然後冒險走在軌道上，我也可以用手機的手電筒看路跟嚇走老鼠。我的手機震動了。

亞瑟。

「天啊！好的。還有誰跟他在一起？他不是獨自一人對吧？」

那是最令人害怕的想法，狄倫在這團亂裡只有自己一個人。除了醫生跟護士以外沒有人在他身邊。謝天謝地還有個重要的人陪著他。

「珊曼莎跟他在一起。他爸媽正在過去的路上，他們搭計程車很快就可以到長老會醫院了。」

「我可以做些什麼嗎？」亞瑟問。

「可以陪我嗎？」

「我就在這裡。」他說。

我們就這樣過了幾分鐘，沒有傳任何訊息。但我相信不管亞瑟現在人在哪裡，他都在他手機旁，陪著我，不會離開。

「你跟狄倫怎麼了？我是說吵架的部分。」

「我跟他講說感情是無法長久的。」

「你真的這樣認為嗎？」

「當然不是，那只是心碎的氣話。感情只會因為兩人之間有個笨蛋才無法長久。我真的搞砸了，亞瑟。我只希望可以全部重新來過，從一開始就告訴你我跟哈德森一起暑修。但我保證星期一跟你講的都是真的，我們原本就只打算聊聊而已。」

亞瑟沒有回我訊息，我知道他還在，但我想知道他在想什麼。

「我必須跟你坦誠，這兩天我都跟哈德森和哈麗葉一起混。他們之前也是我的朋友，而且在我毀了你跟狄倫的感情以後，他們是我唯一可以找的人。我開口閉口都是你。然後今天就只剩下我跟哈德森，我還在怪自己，然後哈德森想親我，我避開了，因為我只想跟你在一起。」

電車開始動，我又送了一封訊息出去。

「我不會為了有前男友而感到抱歉，但我很抱歉讓他成為你無法信任我的理由。我希望你相信我。」

電車進站，然後在車門打開前，我的手機又震動了。我很擔心——如果是亞瑟叫我去死，或者珊曼莎告知我最糟糕的消息。

但它是這團混亂中的一則好消息。

「我相信你，班。」亞瑟回了訊息。

我衝進等候室然後珊曼莎坐在那邊，頭靠著牆。

「珊曼莎！」

「班。」她從椅子上跳起來，雖然我不值得她這樣做，但她還是給了我一個擁抱。

我看看四周，「一切還好嗎？他爸媽呢？」

「正在買咖啡。」

「殺洨？狄倫都快ㄙ——」

「他沒事！他沒事。只是虛驚一場，他緊張過度，太嚴重的緊張過度。我們也是五分鐘前才被通知的。我原本要告訴你，但……」珊曼莎深吸了一口氣，「我需要稍微喘一下，我永遠無法忘記他開始心悸以後驚慌失措的樣子……」

她眼眶開始湧出眼淚的時候我給她一個擁抱。我知道她在講的那個表情。三年前當狄倫心臟不穩定需要住院，我卻不能跟他一起在醫院過夜讓我超不爽，所以我翹了第二天的課去陪他。

「我很抱歉你需要面對這個，但我很感謝你當時跟他在一起。」我退一步，「謝謝你通知我。」

「我完全沒有猶豫。我知道狄倫過去的紀錄，而且我也知道你只是為我好。」

「他配不上你。」我微笑。

「他當然配不上，但他甩不掉我的，至少這兩週內都不會。」她開玩笑。

「我對我的發言感到抱歉。我真的很支持你們在一起，我只是覺得我們的友情被威脅了。」

我們一起坐下，然後她對我搖頭。「不可能，他對你超癡迷的。我們聊你的時間就跟我回家和爸媽講狄倫的時間一樣多。那個，他並不知道這一點，我還在小心行事，雖然有時很難保持冷靜。」

跟亞瑟相處的時候，我基本上無法保持冷靜。但亞瑟跟我並不像狄倫和珊曼莎有那麼多時間可以慢慢來。我有點好奇如果亞瑟住在這裡，我們之間又會怎麼發展。

「我百分之百確定你們會一起走下去，」我說，「如果這對你來說有意義的話。」

「有的，很大的意義。」

狄倫的父母帶著咖啡走進來，在他們先進去看狄倫之前我們互相問候了一下。珊曼莎跟我在外面聊天，我跟她講剛剛差點跟哈德森接吻的事。讓她比狄倫先知道這件事情感覺有點怪，但我甩開這個想法。沒理由我最好的朋友的女友不能一起當我最好的朋友，反正我們都會互相繞著對方轉。

當他父母回到等候室來填些文件時，我跟珊曼莎同時站起來要去看他。

「你先吧。」我說。

「我們一起吧。」

於是我們一起進去了。我們走進急診室，經過另一個被簾子隔起來的病人後走到狄倫床邊，然後哇喔，這個畫面。

「我的愛人們！」狄倫的聲音很沙啞，有點性感。他看起來有些蒼白但整體來說對自己很滿意。「死神嘗試帶我走，但我給那狗娘養的一個中指。我可以幫你劇透一下死後世界長怎樣。」

珊曼莎邊搖頭邊走到床邊抱了他一下。「你只是緊張過度而已。」

狄倫轉向我，「不要相信珊曼莎的一派胡言，她只是想毀掉我的一世英名。」

「我已經放棄讓你閉嘴了。」珊曼莎說。

「我才剛戰勝死亡，我不可能被消音的。」

我在他回抱珊曼莎的時候研究著他的表情，他閉上眼睛並褪去了那閃電般的狄倫性格。沒有了傲慢，只為了仍活著而鬆一口氣，還可以再次擁抱他的女朋友。

這真的很甜蜜。

我等不及之後來取笑他了。

我好高興我還有取笑他的機會。

我抱了抱我的摯友，「感謝你沒有死掉，」我說。

我認真的，因為，雖然是虛驚一場，但我知道這對狄倫來說很真實。他只要心悸的時候就會害怕，我完全不怪他衝來急診室，我也很高興他有來，我寧可虛驚幾百萬場也不要得到另一種結果。

「我必須要回來，我們最後的對話根本是垃圾，會讓我們變成很三流的角色，我可不能讓自己的格調掉這麼低。」

「是是是，你最有格調。」

「說到這個，我差點要抱著謊言死去了，」狄倫說，他握起珊曼莎的手，「我想跟妳說，『夢想與咖啡豆』已經跟我融為一體，『庫咖啡』的咖啡真的不合我胃口。妳很在意他們會把收入捐給慈善機構，但我必須坦誠告訴妳我會去別的地方買咖啡。」

珊曼莎瞇起眼睛，「你在講什麼？我不在意這個，你做自己就好。」

「真的嗎？」

「當然是真的。」珊曼莎說。

「這從來不是個大問題，D。」我說。

「你真的為了這個緊張到有壓力？」珊曼莎問。

「是的，真心壓力山大。」

她搖搖頭然後親了一下他的額頭，「你這個荒謬大王。」她緊緊握住他的手。

我的手機震了，我微微笑了一下，因為是亞瑟的訊息。

狄倫注意到我的動作，「剛剛那是什麼？那個小小的微笑？那它媽的是殺洨？現在發生什麼事情了？」

「你又開始歇斯底里囉，」我說，「你該加強藥的劑量了。」

「要給予你不死的摯友足夠的尊重，然後告訴我發生什麼事了。我從地獄返回可不是為了要被關在門外的。」

「亞瑟在問你的狀況。」

「你們和好了？」

「我們沒有回復男朋友的關係，但我們有用簡訊交流。」

「去它的簡訊，直接去找他啊。我會讓你用我的生命來發誓你會誠實對待他，但我們今天證明我已經無敵了，我會永遠在這世界橫行霸道。」

珊曼莎從他身邊退開，「等一下隨時都可能會有一道閃電打下來，讓你閉嘴。」

「閃電只是我的早餐。」

「好啦，」我說，「你現在活得好好的，代表我應該可以去跟亞瑟碰面。我知道你也才剛死而復生，但今天是他的生日。」

「這無法跟我的復活相提並論，但我准了。」

我拍拍手。「謝主隆恩。珊曼莎，你可以跟他講那些哈德森的事情，如果妳想的話。確保他不要為了證明什麼鬼東西而又死一次。」

珊曼莎站回他身邊然後又握起他的手，「未來的先生會活著看到明天的太陽。去找你的男孩吧。」

「你剛剛叫我什麼？」狄倫臉上掛著超大的笑容問著，就像個在過聖誕節的小朋友。

「這是我該閃人的訊號，在你跳出你的病人袍裸奔之前。」

我親吻擁抱了一下狄倫和珊曼莎，然後退出病房。

當我走到走廊的時候，我回了封簡訊給亞瑟。「一切都很好，狄倫還保持狄倫的樣子。」我深呼吸，「我真的很想見你，我可以跟你約在哪裡碰面嗎？」

我的手機震動。

「可以，我十秒鐘後在等候室跟你碰面，別遲到。」

什麼。

我抬頭。

他人就在那。

第3部

只有我們

第三十三章
亞瑟

我這整段時間都以為班是淡定王，但我想當一個人最好的朋友可能快死的時候，沒有人可以保持冷靜。你有看過那些養狗人士的家，在開門的一瞬間，他家的狗會像火箭般全身顫抖地向你衝過來的樣子嗎？班看到我的時候就是如此。我在開口打招呼之前，他就已經張開雙手撲了上來，而現在他就站在這裡，像條眼鏡蛇纏著我無法動彈。

「你來了。」他沙啞地說。

「當然啊。」

他往後退了一步，但還是緊緊握住我的手臂——突然我們的視線交會，我們就這樣互相凝望了一陣子。

「所以他還好嗎？」我心蹦蹦地跳。

「誰？」

「狄倫啊！」

「我的天啊。」班皺了皺鼻子，「我好蠢。對，他沒事了。他只是很嚴重的恐慌發作而已，有時候會這樣——」

「嗯，我記得你之前有提過，」我吐口氣，「謝天謝地。」

「對啊。他爸媽正在處理那些文件，而珊曼莎在裡面。他很快就可以出院了。」

我點頭。「那你應該回去裡面陪他。」

「是他把我踢出來的。」

「真的嗎？」

「好吧，」他微微地笑，「是我把自己踢出來的，但我非這麼做不可。今天有個很重要的生日。」

「巴拉克．歐巴馬的？」

「我當然在講他。」他鬆開我的手臂，「要走走嗎？」

「好啊。」

現在我們又重新並肩散步了。這感覺其實滿不錯的。

「你覺得歐巴馬今天會怎麼慶祝他的生日？」班問我。

「喔，他肯定會有個派對，蜜雪兒都安排好了，他兩個女兒也會在，很明顯拜登也會出席，還有杜魯道[21]也會去。可能林—曼努爾．米蘭達也會來？好，還有本．普拉特，說不定湯姆．霍蘭德也會，當

21 譯註：杜魯道，現任加拿大總理。

然戴維德．迪格斯和強納森．葛洛夫一定在場。馬克．庫班也有可能會去？」
「所以歐巴馬其實正在享受你夢想中的生日派對？」
「我會說這是全民的理想生日派對。」
班大笑，「我真的好想你。」
「我也是，」我頓了一下，「我們要去哪？」
「喔，我不知道。我應該先問你的，如果你不想的話，我完全理解也不要浪費你的——」
「別走。」
他微笑。「好的。」
「要不要去我家呢？現在沒有人在家。」
「喔！」
我滿臉通紅，「我不是那個意思——我是說我們可以好好聊聊，如果你要的話。」
「我很想，我覺得我欠你一個解釋。」
我頓了一下，「也是。」
「我的意思是，呃，抱歉，我們不需要在你生日的時候聊這個話題。」
「不，我們應該聊聊，我想跟你聊聊。」
我們過了一個路口，每個人都在按喇叭放聲咒罵，但我總覺得班的沉默比所有聲響都要震耳欲聾。
「好，」他總算開口，「我想先來解釋哈德森的狀況，可以嗎？」
我握起他的手，「沒問題。」
「其實也不是跟哈德森有關，」他邊說邊跟我十指交扣，「就只是我的問題，我很糟糕的問題。」

「怎麼個糟糕法？」

「處理感情的方式很糟糕？就很懷疑自己是否應該與人交往？我整個很……」他皺著眉頭盯著前方，「當有人喜歡上我，我總覺得是我騙了他們一樣，就好像我無法信任這份情感，總有一天會被我毀掉，例如跟哈德森的關係。」

「但哈德森才是毀了這份感情的人，他才是劈腿的那個。」

「說不定是因為我不值得他付出感情。」

「別扯了，」我舉起我們交纏在一起的雙手，「很抱歉，但到底有誰覺得你不值得啊？」

他乾笑，「為什麼不這麼覺得？」

「因為你是你啊！天啊，班，你幽默又聰明還有——」

「但我不是！我不聰明，好嗎？我的意思是——我不知道你會不會懂我說的，但學校裡很多東西對我來說都很難，我腦袋就是裝不進這些。」

「我懂，」我深有同感地點頭，「我真的懂，當初——」

「我知道，我知道。但亞瑟，你在學校成績很好，我知道你有過動症，我也不是說這一切對你很容易，但你看看——你打算申請耶魯耶。拜託，亞瑟，你聰明到有點令人害怕。」

我不禁莞爾，「我令人害怕？」

「成績方面，只有成績方面，」他翻了翻白眼，笑了一下，「但我說真的，在你出現的時候我已經跟哈德森分乾淨兩個禮拜了，而我當時還在覺得**不行，它媽的不可以，太快了**，但宇宙能量一直在那邊**我堅持**，而我努力想抗拒這個感覺，因為你之後也是要離開，似乎很沒有意義，然後我們怎麼可能會——但我不知道，亞瑟，你就是如此的……」

「我如此……怎樣？」我推了他一下，「你說啊？」

「可愛、迷人、讓我無法抗拒。」他突然停下來，把我拉往杜安理德走，「等我一下好嗎，我去買個東西。」

「那我——」

「沒關係，我馬上回來。」

然後他就這樣不見了。我掏出手機，靠在正門口等他出來。我有兩通未接來電，一通是奶奶，另一通是媽媽，但潔西跟伊森沒有傳簡訊來祝我生日快樂。不意外啦，畢竟他們應該有個很緊湊的喇舌行程，更不要提他們現在應該超討厭我，而且是我活該。掛他們電話是個很混帳的行為，但我心中有一點點希望能透過生日重新來過，倒帶跟重來。

一分鐘後，班從杜安理德走出來，手上拿了一袋不肯給我看的東西。「好，我們剛剛講到哪裡？」他問著，臉上掛著抹不掉的笑容。

「你剛剛正要開始說我有多無法讓你抗拒。」

他又牽起我的手，「你真的是。」

我們一言不發地走著，一直到街口。

「嘿，」他總算開口，看著我的雙眼，「謝謝你來陪著我跟狄倫。」

「拜託，有哪種混帳會在這種狀況下拋棄你？」

「一個因為我沒有交代清楚哈德森的狀況所以合理對我生氣的混帳？」

「我的確是混帳，我應該在你跟我說什麼都不是的時候就相信你。」

「你才不是混帳，」他說。

「我有時候是——」

「不，你不是。你特別——你真的**很善良**，你知道嗎？我們原本連講話的打算都沒有，而你當下就拋開一切來醫院陪我。」

「畢竟，我真的很喜歡你，」我脫口而出，「而且我也很喜歡我們一起，就算我們在一起只會是一團熱情的混亂。」

他從側邊抱住我，「我也很喜歡我們，而且我覺得我很幸運擁有你，就算只是朋友也一樣。」

我突然定住，腦袋裡響起唱片刮盤聲。「只是朋友？」

「那個，我以為……我不想做任何假設？」

「很抱歉，我們可不是柏拉圖式的好兄弟，班．亞雷合。」

「好的。」

「當我們回到我家時，我們並不會做一些柏拉圖好兄弟的行為。」

「謝謝知會，」他咬著他的唇，「那我們……又是男朋友了嗎？」

「你想要嗎？」

「想。」

「那就是，」我開心地點頭，「這真的是一個超棒的生日。」

「是指你還是歐巴馬？」

「都是！」

「好，我還想再說一件事，」班說，「我只想讓你知道我會盡可能的透明化，我不想對你有任何隱瞞，也不打算用花言巧語來包裝事實。」

「我喜歡這樣，完全透明，我也是。」

「我不覺得你可以隱瞞任何事，就算你努力也無法。」

「你才不懂我，」我拍了他一下，但他就只是大笑然後把手環在我腰上。

「事情是這樣的，」他說，「我並不打算假裝哈德森的狀況不複雜，因為真的很複雜。但我想讓你知道，我對你的感覺？一點都不複雜。」

「你對我是什麼感覺？」

「我的意思是——」

「再用西語講一次給我聽，好嗎？」

他大笑，「沒問題。」

「但是——」

然後他就在這條哥倫布大街上吻了我，而我忘了自己想說什麼，我忘了如何說話。

下一個小時很模糊，一個最好的模糊。班堅持我們一定要繞到老麵烘焙坊，他連問也不問就直接點了史上最大、最熱騰騰的雙倍巧克力豆餅乾，「你的最愛。」

「你怎麼知道？」

「我就是知道。」他堅持要請我吃——而我沒有抗議的時候他超得意。回家路上他都牽著我的手，當電梯門關上時，我們就親吻；當門打開，我們在親吻；我手伸到口袋裡找鑰匙的時候我在親他；在家門口的時候我在親他；走進玄關裡時我也在親他。我們把購物袋隨手扔到餐桌上，然後在米爾頓叔公的群馬畫下面親吻彼此。你可能覺得我已經對親吻這個舉動感到厭煩，但我一生之中從來沒有如此專注過。

我超愛現在的狀況，每一個小細節。他有點喘不過來的呼吸，那微微腫脹的雙唇，還有很清楚我是造成兩個情形的主犯這件事。我愛著我們之間所有空隙都消失不見，好像我們恨不得跟對方黏在一起。我愛著我雙手順進他髮絲的感覺，我愛著他頸項的柔軟。然後我最愛的是，當我們嘴唇碰在一起，唇瓣微微張開，我心跳加速到每分鐘可以跑一英里，接著開始共同呼吸同一口氣。我整個人生一直以為講話就是我的嘴巴能做到最棒的事，但說不定講話沒有我想像中那麼美好。嘴巴還是全身上下最棒的器官就是了，毫無疑慮。

「你覺得現在正在發生什麼事，」──我溫柔地親他──「在歐巴馬的生日會上？」

他回吻，「應該就是這個吧。」

可以在貼在另一個人的嘴唇上同時發笑這點真的很奇妙。「巴拉克跟蜜雪兒？」

「巴拉克跟杜魯道。」他又親了我一次。

「喬站在一旁焦慮地看著。」

「超焦慮的。」

班的手蓋在我後口袋上，裡頭的手機剛好開始震動。

「有人在找你。」他說。

「不要理它。」

「不，不行，上次我沒有接電話，結果狄倫就──」

「天啊，好啦。」我掏出手機瞄了一眼螢幕，「是我爸爸。」

班又迅速地親了我一下，「接起來吧。」

「嗨，爸爸。」我又喘又充滿罪惡感，聽起來完全就是一個偷偷在沒有人的家裡跟他男朋友喇舌的男孩。

「生日過得如何？」他說。

「很棒。」

班的雙眸一瞬不移地定在我身上。

「我很想你，兒子，我今晚會以你的名義吃蛋糕的。」

「酷喔。」

「我還請他們把你的名字寫在蛋糕上頭，現在我就在想，為什麼我之前沒有這樣做？不需要等有人生日才能吃啊，從現在開始，我每個禮拜都要去蛋糕店，請店員幫我隨便寫上一個名字，然後就喀吖。」

「這主意真棒，爸爸。」

「所以你現在在幹嘛？」

「沒特別幹嘛，」我慢慢搖頭，「爸爸，其實現在這個時機有點——」

「等一下，我馬上要掛電話了！但我跟你媽幫你準備的禮物剛剛好抵達到家裡，現在就在樓下大廳那邊等你。」

班就這樣面帶微笑地看著我。

「好啦，我等下去——」

「你現在馬上去拿喔，兒子。是會壞掉的東西，拿到以後再跟我說你的感想，好不？」

我們說再見後就掛了電話，然後班又把手環抱在我身上。

我手機又震動，「拿到的時候跟我說！！（眨眼表情符號）」

「太讚了，他現在連簡訊都傳了。」我翻白眼，「所以聽說我必須現在立刻去從大廳領一個包裹上來。」

「好的。」

「跟我一起吧。」

「沒問題。」

「有百分之九十的可能是他從哈利與大衛買了什麼給我。」我在電梯裡跟班說。

「他們是誰？」

「你知道的，做 Moose Munch 麋鹿巧克力爆米花脆還有那些梨子的人？每月一水果的？」班一臉空白地看著我，「就是——哎喲，不重要，我們去把箱子拿上來，拍張照，傳給我爸媽看，然後我要把手機關機一整晚。」

「這是個非常棒的主意。」

當電梯門打開的時候傳來一個超級耳熟的聲音，「亞瑟！」

我的下巴掉到地上，「潔西？」

「還有伊森。」伊森說。

「這是什麼狀況。」我往後瞄了班一眼，但他在盯著自己的腳看。我轉回去面向潔西跟伊森，他們兩活生生地站在那幾排信箱旁邊。伊森穿著一條運動短褲跟米爾頓高中的上衣，潔西穿著一套小洋裝，而且兩個人都背著一個旅行包。「你們怎麼會在這裡？」

潔西害羞地微笑，「你媽媽用她的哩程數幫我們換了兩張機票，就待今晚而已。」

「等等，」我雙手蓋在我嘴前，「你們就是我的驚喜嗎？」

「嗨，我是班。」班突然說。

潔西猶豫了一下，「很高興認識你。」

「我男朋友，」我很快補充，「我們又重新在一起了。」

「喔──」

「然後他們也在一起，」我跟班說，「伊森跟潔西，他們是一對了。哈，簡直是天外飛來一筆，但我很替他們高興。」

「亞瑟，你不用──」

「是真的！我很為你們高興，超級，全心全意的。嘿，你知道這應該要怎麼說嗎？超心超意的。」班的嘴角偷偷上揚。

「所以說，哇喔，你們在這裡，來幫我慶祝生日。」

「超心超意的。」伊森說。

「而且你們不討厭我。」

「我們為什麼要討厭你？」潔西問。

「因為我掛你們電話？而且我很討人厭？但你們還是來了。」我看著潔西，然後看向伊森，開心地笑著，「你們都在紐約。」

潔西一起微笑，「你爸媽不希望你獨自過生日，不過……」她看向班，那個臉馬上紅得跟煮熟蝦子一樣的人。

在那個時刻，我才意識到，班，在我家裡，沒有大人在，是我的生日，只有我們兩人跟六盒全新的保險套，然後還有……伊森跟潔西。我的意思是，這是什麼該死的進階版父母干擾。

但以打砲禁令來說，這其實很不錯。我一直面帶微笑地盯著大家的臉，伊森、潔西，還有班，都到齊了，我人生中最喜歡的三個人都擠在這小小的電梯裡，而且沒有人討厭我，沒有東西是壞的。說不定宇宙能量真的有在助我一臂之力呢。

「你們是搭地鐵從機場過來的嗎？」班問。

「我們叫了車，」潔西說，「你是在這裡長大的，對吧？」

「沒錯，在字母市。」

「那聽起來很像《芝麻街》裡的地名。」

「他也是這麼說的。」班邊說邊用手肘碰了我一下，但他突然臉紅起來，「啊，不是那個意思，不是在講『他也是這麼說的』，我只是想說，亞瑟的確說過一樣的話，那個《芝麻街》的，來形容字母市。」

「我懂。」潔西大笑。

電梯門打開，我們到走廊上。

「所以你們交往多久了？」班問。

伊森跟潔西互看一眼，「嗯，大概兩個月了？可能再久一點點？」

這有點好笑，他們完全沒有觸碰到對方，甚至還跟對方保持一些距離。這讓我感到尷尬，好像他們踩著蛋殼在走路一樣，彷彿是我讓他們無法很親密，但也說不定他們確實不是那種喜歡碰來碰去的情侶。

「這就是我家，」我開心地說，打開 3A 的門。

我手機震了一下：班，不著痕跡地從我家大門傳簡訊給我。「他們在一起了？？？？」

「沒錯。﹝顛倒的笑臉﹞」我回。

「你還好嗎？」班傳來。

「這裡真不錯耶，」潔西打量了一下客廳的擺飾。

「超心超意的。﹝五個顛倒笑臉﹞」我回班。

「﹝笑到噴淚表情符號﹞如果你們要聊聊的話跟我說一聲就好，我可以回家沒關係。」班說。

「不！」我直接叫出來。

潔西跟伊森轉頭過來等我繼續講，而班努力憋住他的笑容。

我滿臉通紅低頭看著手機。「別走，我需要你！！！！！！你覺得你爸媽會讓你過夜嗎？﹝手指交叉表情符號﹞﹝雙手合十表情符號﹞。」

「沒問題，我會告訴他們我待在狄倫病床旁邊。」班說。

「哇喔，跟D說他是史上最佳助攻，A+。」我回。

我們眼神交會，班微笑，我也微笑。

「哇喔，那是凱薩琳大帝嗎？」伊森看著牆上的畫問。

第三十四章

班

星期日・八月五日

我真的很想獨占亞瑟的時間，但跟他最好的朋友們雙約會還是比沒得約會好多了。我們全都坐在他叔公家的客廳裡，一起分享著老麵烘焙坊的餅乾；我把我的那份給他吃，雖然我很餓。我只能猜測他心中大概有多混亂，就好像一分鐘前，亞瑟、潔西跟伊森也只是三個好朋友，結果其中兩個好朋友開始交往，然後剩下的那個只好自己跟自己玩。至少當狄倫跟哈麗葉開始交往的時候，我還有哈德森可以一起鬼混，亞瑟則必須回家然後去當個電燈泡。

「所以你們和好了。」潔西說。

亞瑟點頭。

「我最好的朋友住院，然後亞瑟就來陪我了，」我說，「當這一切發生的時候，我唯一想要見到的對象只有他。」

亞瑟跟潔西一起微笑。

「甜死人了，那你朋友還好嗎？」

「他死了。」我聳聳肩，「這就是人生。」潔西突然僵住，伊森把手蓋到他嘴上。亞瑟放聲大笑，「狄倫沒事啦，只是太有活力而已，這算是他的人物設定。」

「我喜歡這傢伙，」伊森指著我說，「現在我為了打擾你們打砲而感到抱歉了。」

「什麼～～～～～」亞瑟說，「你才沒有呢，好啦，可能有一點點，但我超開心你們都來了。」

「你可以同時開心我們有來，也能因為被打斷而想掐死我們。」

「我的確是。」

潔西向前傾，「我們可以去做些什麼，這整座城市有很多事能做。」

「別傻了。」我說。

「對啊……」亞瑟白了我一眼，「別傻了。」

我又問了一些關於他們的問題，讓亞瑟有足夠的時間可以好好沉澱整件事。他們分享了之前各種不同過暑假的方式，例如烤棉花糖，在潔西家的後院露營，亞瑟用很戲劇化的語氣唸出踋哥與妙麗的同人文，還有觀看伊森在購物中心裡跟別人大戰寶可夢。當他們還只是三個好朋友的時候，事情就單純許多。

我的電話響了，是狄倫。

「我要接一下。」我說，然後走到亞瑟房間接電話，「你是不是又快死了？」我問，心裡有點忐忑。

「才不是，我自由了，而且正在好好享受我的重生。」狄倫說，「我剛剛才離開那地獄坑，鬼才會為了在尿壺裡小便而重生呢。」

「他們也沒有讓你去尿尿壺啊，醫院裡有廁所的。」

「一切都是幻覺。你跟亞瑟現在在哪裡？」

「在他家，他最好的朋友們——從喬治亞——飛過來給他一個驚喜，而他們好像也是一對情侶。」

「等下，我跟珊曼莎能不能也一起來？這樣就可以開群交趴了！」

「或著就是一般的生日派對？」

「那會是個好的開始。」

我有個主意。「我會跟亞瑟商量你和珊曼莎可能在這裡過夜的事，但你得幫我個忙，幫我去買蛋糕，上面要寫……」

一個小時後，狄倫跟珊曼莎加入了派對。狄倫用他「對死亡比中指的年輕人」的故事搶走了聚光燈，然後告訴伊森跟亞瑟要怎麼做才能一起「逃脫死亡的陷阱」。伊森想知道為什麼狄倫的爸媽已經同意狄倫出門到處亂跑，而亞瑟邊吃著披薩邊點頭聽故事。珊曼莎已經聽過狄倫重生的事，所以她在跟潔西談夢想以及她想要做的手機軟體。

我把狄倫拖到廚房去，確保蛋糕都準備好了。

「感激不盡，兄弟。」我把蛋糕重新包起來然後放到冰箱裡，「所以，你現在真正的感受如何？撇開表面的那層狄倫皮。」

「我沒事，恐慌過度真是要命，但我很高興我有入院，寧可太謹慎也不要錯過急救機會。」

「當時發生什麼事了？還是你像上次一樣有點心悸，所以就開始緊張了？」

「的確發生了點事，」狄倫說，「我們原本只是在中央公園看著兩個自行車騎士喇舌，我在開他們玩笑，推測他們在床上可能會說些什麼。幫輪胎打氣，鍊子是否需要來點潤滑，提醒對方再出發的時候不要忘記戴安全帽。因為她笑得超開心，所以我想要一直講下去，結果我就說出了我愛你。」

「狄倫，兄弟，你說好要慢慢來的。」

「自行車騎士的確是這麼說。」狄倫說，我瞪著他，「我知道，就，不小心說出來。而且我原本想把話圓回來的，但我讓事情變得更糟，我就開始緊張這次會真的失去她，然後腦充血，心跳加速，珊曼莎也跟著緊張，而這只讓一切變得更混亂，我真的相信我要死了。」

緊張的狄倫是我最不喜歡的狄倫。

「不過，你們看起來很明顯地沒問題，珊曼莎未來的老公。」

「我也很意外，」狄倫說，「你離開以後她就跟我講了那個L字了。我一開始還以韓索羅的方式回應她，然後我開始面對現實，這對我來說非常、非常困難。」

「我完全不懷疑你，」我給他一個擁抱，「我真的很替你高興，我等不及要參加你那扯到爆的咖啡廳式婚禮，當你的伴郎。」

「我只希望確實有個扯到爆的咖啡廳式婚禮。我知道自己跳太快了，而我也知道我是永恆的生命，但我無法預測未來，所以只能一直往前走，當作會帶我走向好結局。」

「她可能就是命中注定的那一個。」我說。

「然後亞瑟可能就是那一位。」狄倫說。

「如果，對吧？」

狄倫拍拍我的肩膀，「但避免亞瑟跟珊曼莎並不是那一位，我們應該邀請哈德森跟哈麗葉過來，這會讓這場群交變得更加有趣。」

門鈴響了。

它媽的殺洨。

「不可能。」我說。

狄倫打了一個響指，「我現在可是魔法之人，大班班，很有可能是我召喚他們來的。」

我去大門口跟亞瑟站在一起，雖然我知道那不可能會發生，但我很慶幸是兩個年輕女性站在門口，而不是哈德森跟哈麗葉。

「妳們來了！」亞瑟大叫，他擁抱著她們，其中一個在抱回去時很調皮地翻了白眼，就像個大姊姊一樣。「班，這是南菈塔跟茱麗葉。」

「傳說中的班。」茱麗葉說。

「你就是那個造成舒梅克檔案無法好好被整理完的原因啊。」南菈塔邊這麼說著，邊跟我握手。

「我有帶氣泡西打。」茱麗葉說。

「太棒了！我們來喝個爛醉！」亞瑟說。

「這裡面沒有酒精，我們沒有要跟你喝酒。你昨天沒聽懂我們說的嗎？」南菈塔搖搖頭。「我們只會在這裡待幾分鐘，我們無法讓你獨自一人過生日。」她往客廳瞄了一眼，「不過很明顯的你不是一個人。你媽知道你有客人，對吧？」

「她知道……現在有其他人。」

「我們肯定會被炒魷魚，」南菈塔說，「我們從沒來過！」

亞瑟舉起他的手機做出自拍動作，「笑一個！」

南菈塔和茱麗葉並沒有笑一個。

亞瑟跟我去廚房拿了八個杯子來分這瓶西打。每個人能分到的不多，但有足夠的量可以碰杯並慢慢喝。狄倫嘗試著用空瓶來玩轉瓶子，但沒有任何人願意配合他。

茱麗葉輕拍了一下亞瑟的肩膀並給他一個擁抱，「亞瑟，我們必須離開了，要不然會遲到的。」

「但我們很高興你生日往好的方面發展了。」南菈塔說。

「等下，你們還不能走，還要吃蛋糕。」我說。

「有蛋糕？！」亞瑟問。

「留下來唱生日快樂歌？」我問她們。

南菈塔跟茱麗葉點頭。

狄倫跟珊曼莎在廚房幫我。我捧著蛋糕，當我們重新走回客廳的時候，大家一起開始唱〈生日快樂〉。巧克力蛋糕上頭用香草糖霜寫著「不要拋棄你的希望」。亞瑟看了一圈大家，並且在蠟燭還沒被吹熄前我們一起拍了張合照。我真的很開心我能幫亞瑟把這次的生日變好。我的意思是，一開始好像就是我毀了它，但我重新讓這艘船啟航了，而我希望之後不管我們怎樣發展，他都會記得我做的事。

亞瑟總算把蠟燭吹熄。

「你許了什麼願？」我問他。

「不能說，但我並沒有拋棄我的願望。」

「在你離開前贏到《漢密爾頓》的門票？」

「在我離開前贏到《漢密爾頓》的門票。」

★★★

「我不敢相信她們真的來了。」亞瑟跟南菈塔和茱麗葉道別晚安後回到客廳對我說。他坐回我旁邊的地上，一盤盤吃到一半的蛋糕放在我們腳邊。「我就知道她們喜歡我。」然後他指了指我們全部，「我還是不敢相信你們大家都在這，每個人的臉都是今天最棒的驚喜。」

「你肯定會贏得最佳生日劇情轉變獎，」我說，沒人比亞瑟更值得享受所有喜歡的人共聚一堂。他總是會為別人多做一點，所以大家也該回報他了。他讓我去改正事情，伊森跟潔西從喬治亞飛來，南菈塔跟茱麗葉的出現讓他知道他不只是『老闆的兒子』。

「現在是三重約會了，」狄倫說，「我有個主意。」

「不，你沒有。」我說。

「但我真的有。」

「如果跟性有關的話，拜託不要。」

狄倫壞笑，「說不定我們應該來個六人——」

「狄倫！」

「——婚禮，」狄倫說完，「六人婚禮，因為我們有三對情侶。你腦子不要這麼髒好嗎，大班班。」

他翻了白眼往珊曼莎看，而珊曼莎只回了他一個大白眼。「嘿，未來的太太，是妳先講出未來的先生那句話的，妳要知道自己惹了什麼禍，我會永遠愛著妳，然後我會永遠討厭妳家的咖啡。」

珊曼莎笑著搖搖頭，「我們晚點再來討論這個『永遠』，現在可是亞瑟的生日。」

「同意。」我說。

「我只想說，」狄倫說，「這超屌的啊，同時有三對情侶聚在一起，感覺像是婚戒現身[22]一樣。」

「他爸媽年輕的時候在一起，然後現在還在一起。」我解釋給伊森和潔西聽，讓他們可以理解為什麼狄倫講到愛的時候是這樣。我轉回來面向狄倫，「並不代表每個人都想要討論未來。」我握住亞瑟的手，「有些人只想好好活在我們的當下。」我們的重新來過。

「你們會有一輩子的當下，」狄倫說，「這可是你們耶！亞瑟跟班！你們突破了各種困難。這可是好萊塢等級的愛情。我完全不會懷疑你們兩個對彼此的心，去他的距離。」他指向潔西跟伊森，「你們看起來感情不錯，但不要像班跟哈德森一樣把朋友圈搞爛了。」

「我蠻確定你跟哈麗葉才是先毀了我們朋友圈的那個。」我說。

狄倫揮了揮手，「不用在意那些枝微末節。」

「我們的確討論過這一點，」潔西說，「但我們能怎麼辦，為了這個而放棄嘗試嗎？我們又不是有天醒來突然發現自己對對方有意思。」

「絕對不是這樣。」伊森說。

「但我們遇到了一個機會，所以把握住了，說不定之後會後悔，但我覺得不會。我們認識彼此一輩子了，不可能就這樣甩掉這段友情。」

我希望這會讓亞瑟輕鬆一點，當他回家的時候，不用隨時擔心他的小隊會不會被解散。

「你們後悔跟你們的朋友交往嗎？」伊森問。

22 譯註：這是在取魔戒首部曲《魔戒現身》的雙關。

「我完全後悔。」狄倫秒回，眼睛眨都不眨。

「你會後悔？」我問。

「我讓一段看不到未來的關係毀了一段美好的友情。如果當初我跟哈麗葉熟識的程度就像他們兩人一樣，說不定我們的結局會不一樣。」

「是啦，但我認識哈德森的時間更短，然後……」這對話的走向讓我有點緊張。

「你會後悔哈德森的事嗎？」亞瑟問。

「我很想念我的朋友，」我說，「不是說我需要哈德森跟哈麗葉都在這裡，但我不希望這變成一個荒唐的想法。他們原本是我們最好的朋友，一切卻變得四分五裂。就像我跟哈麗葉一起混的話，我無法讓狄倫或哈德森不感到尷尬。哈德森跟狄倫無法耍寶，我無法跟哈德森獨處卻不尷尬。我們無法為了鬼混而鬼混。」

「但你會後悔跟哈德森交往嗎？」亞瑟問，「你可以誠實跟我說，沒關係的。」

「我不後悔跟哈德森交往，」我說。幾個禮拜前我不是這樣想的，不過當時我也會把實話埋成一個秘密，但亞瑟值得我對他誠實。「有點像伊森跟潔西，還有狄倫跟哈麗葉，我們必須試試看。如果整個超酷呢？結果的確沒有，但還是有可能吧？我們沒有試的話永遠不會知道。而且因為我跟哈德森交往過，我才是今天的我；因為我跟哈德森交往過，我才成為那個你喜歡的人；因為我跟他交往過然後分手，你才會遇到我。」

「為哈德森乾杯，」狄倫說，舉起他的杯子，沒有人動作。「太超過了？」

我指著狄倫的整個人，「徹徹底底太超過了。」我轉回亞瑟，「我必須回應那個跟哈德森在一起的如果，就像我們回應了屬於我們的如果。」

「這邊也沒有後悔？」亞瑟問。

「沒有需要後悔的事情。」我回答。

「只是時機未到吧。」亞瑟說。

「永遠都不會有。」我說，伸出手環抱住他的肩膀。

如果我連哈德森都不後悔了，我更不可能對亞瑟後悔。我只是完全不知道我們故事的下一章會怎麼進行，或者要如何面對我們的結局。

有點晚了，所以我們開始安排怎麼分床。亞瑟他爸爸原本打算讓潔西睡亞瑟的床，亞瑟去睡他叔公的床，然後伊森睡在客廳的沙發上。很明顯這個計畫要做點變動了。伊森跟潔西已經換好了睡衣，坐在客廳的沙發床上。狄倫拖著珊曼莎進入他那寡廉鮮恥的世界，佔領著米爾頓的房間。而我則是跟亞瑟待在他的房間，總算可以獨處了。

如果狄倫有打算離開的話。

「這房間好可愛，」就剩我們三人在亞瑟房間裡，他說。「你是睡上鋪還是下鋪？」

「我一直都在下面。」亞瑟說，幫床墊換上新的床單。

「喔喔喔喔。」狄倫似乎懂了什麼。

亞瑟僵住。「等一下，我不是那個意思。我也不是**不是**那個意思，大概吧。但我不是在講那檔事，我只是在講睡覺的事情，睡在上下鋪的，不是其他任何事。」

「太厲害了，」狄倫說，「這可是寫不出來的。說到這，我要去為我未來的小孩努力了。」

「狄倫，不准在那張床上做愛。」我說。

「我們是打算角色扮演，我會是個吸血鬼，而她是吸血鬼獵人——」

珊曼莎站在門口，「狄倫，我們只是要睡覺，走人了。」她轉身然後走進米爾頓的房間。

「偷偷跟你說，『睡覺』是暗號。」狄倫說，走出房間時順手把門帶上。

亞瑟跟我把燈關掉以後躺在床上，面對面。

「所以，這是個好的生日？」我問他。

「一開始有點沉悶。」

「對不起。」

「然後有了很大的改善。」

「不客氣。」

「然後又變得有點沉悶。」

「我為狄倫向你道歉。」

「然後我們就在這裡了。」

「我們不要悶悶不樂了，」我說，「我們總算可以獨處了，我想給你個東西。」

亞瑟的臉亮起來，「真的嗎？」

我掏出手機點開我的電子信箱，我把所有《壞巫師之戰》的章節都存在這裡。自從好幾年前家裡的筆電報銷，我失去了我所有《法師小隊》的內容以後，我就學乖了。「我把你寫進《壞巫師之戰》了。」

亞瑟突然彈坐起來，害他的頭撞到了上舖的床架。

我邊笑邊幫他按摩，「你還好嗎？」

「沒事，我是指，我被寫進了《漢密爾頓》之後我最喜歡的故事裡。我有長高一點嗎？」

「沒有，但你是個國王，亞圖羅國王。你不用現在看沒關係。」

「你什麼時候寫的？」

「我星期一開始的，然後昨天寫完。」

「你原本有打算要寄給我嗎？如果我們沒有恢復聯絡的話？」

「我有在鼓勵自己，但我應該會，吧。就連哈德森都說我應該寄給你。」

亞瑟點頭。

「我不應該又提到他的，」我說，「抱歉。」

「你跟狄倫應該去找哈德森和哈麗葉聊聊，和解一下。」

「真的嗎？你不會覺得很尷尬？」

「若我成為你們搶救友誼的絆腳石才是最尷尬的事。我知道你想念你的朋友們。如果你們的友誼還不到無藥可救的地步呢？你應該去試試看。」

「我會考慮一下的。」我說，開始覺得狄倫、哈麗葉跟哈德森要共聚一堂，並不是件不可能的事了。

「但你只能往朋友的方向努力，」亞瑟說，「不准去考慮任何你跟哈德森又重新交往會怎樣的問題。這只會讓一個律師事務所的暑期實習生親手去捏碎一顆心，就算他很清楚法律條文但他已經不會在意了。」

「我很清楚地收到這份死亡警告了，沒問題。」亞瑟冷靜看待這件事情讓我感到幸運。「我原本打算這週找一天讓哈麗葉去我家把那個箱子帶給哈德森，從我房間裡拿出去。但我覺得我可以自己拿給他了。」

「你不需要這麼做。」亞瑟說。

「我想這麼做。」

「不，我是認真的。我不需要你丟掉過去的禮物或者刪掉IG上五十六張照片。這不一樣，我知道你愛我，我會毀掉任何想讓我抹去你痕跡的人。」

「你今天很兇猛喔，」我說，「但說真的，我得為了自己去完成這件事。」

我不需要留下東西來提醒我哈德森不再是我交往過的人。尤其是當我想記住他朋友的身分時。

我把焦點拉回亞瑟的生日，也是今晚最重要的事。我們把自己擺成最舒服的姿勢，然後他開始閱讀屬於他的章節。我為亞圖羅國王花心思去確保符合人設的笑話讓亞瑟捧腹大笑。我不敢相信今天原本沒有機會見到他，甚至永遠都見不到他了。

「我愛你，亞瑟。」我說。

亞瑟轉向我，「愛老虎油……兔，班。」

第三十五章
亞瑟

當我睜開眼睛，狄倫的臉整個近在眼前。「紳士們，請停止你們棒棒勾棒棒的行為，這是個緊急狀況。」

「最好是……老二可以這樣用啦。」

狄倫眨了眨眼，「我當然知道老二能怎麼用。」

班把我抱緊了一點，臉埋進我的肩膀咕噥了幾聲。

「還有把你們的裸體給我遮好。想想那些純潔的孩子們啊。」

「我們根本……離裸體還有十萬八千里那麼遠。」班坐了起來，拉了拉他的T恤。「我們基本上穿得比你還多。」

「這是在挑戰我嗎？」狄倫挑眉道。

「讓你穿更多嗎？沒問題。」

「到底是什麼緊急狀況？」我問到。

「我們想去買甜甜圈，」狄倫說道。「而且我們需要推薦。」

班眨眼說，「你把我們挖起來就是為了叫我們推薦甜甜圈。」

「對。」

「好喔，所以 Dunkin' Donuts 是倒了還是……」

「你是認真在推薦 Dunkin' Donuts？你認真當我的面這樣說嗎？」

「Dunkin' Donuts 怎麼了嗎？」

狄倫抖了一下，「他可是甜甜圈界的星巴克耶。」

「星巴克也有賣甜甜圈啊，」班說。「星巴克才是甜甜圈中的星巴克。」

「拜託停下來。」

「甜甜圈就是甜甜圈。」

「班尼斯大災難，沒有這麼困難。」

珊曼莎從門口冒出頭來，「走了，我們要去 Beard Papa 外帶早餐。班，你要一起來嗎？」

「把你的褲子穿上，班么洞，」狄倫說，「你已經被錄取甜甜圈一零一。」

當我走到客廳時，潔西的腿正擱在伊森的腿上。我才意識到我們三人第一次在這暑假獨處。

我坐到沙發上，雙臂環住膝蓋。「這感覺好奇怪。」

潔西緊張地笑著，「什麼東西很奇怪？」

「我不知道，光是你們在這裡，在紐約。還有你們在交往！」

「然後你有個男朋友，」潔西說，「一個很可愛的男朋友。」

「嘿，也是。」

「所以一切都沒事了？你們又和好了？」

「我們沒事了，完完全全沒事了。至少接下來的兩天是這樣沒錯。」我努力地想微笑，但嘴角有點重。

潔西抱著期待的眼神看我，「你們打算——」

「沒有。我不知道，我們還沒聊到這個環節。」

「你應該要聊一下。」潔西說。

我胸口縮緊，「是啦。」

現在伊森的手落在潔西的……小腿？接近膝蓋？我很努力不讓自己的視線被這個狀況鎖定，但是哇喔，有點像是爸爸第一次把他的大鬍子全剃掉的時候，他還是爸爸，但他不是，然後我那十二歲的腦袋無法把兩者連在一起。現在我又重新體驗一次，無法把兩者連在一起。或者**這就是**我接受事實的方式。

「亞瑟，我真的，很抱歉我沒有早點跟你講……我們的事。我知道這對你來說很尷尬，當然會很尷尬。」

「沒有，你沒有讓我很尷尬，」我馬上搖搖頭，「我是自己覺得尷尬。有點像是——我不知道。我覺得我很像《阿依達》裡的埃及公主安娜莉絲[23]，就，我應該要知道這會發生。」

「老兄，」伊森吐氣，「我真的很抱歉，我們的確這樣做了，我們讓你感到你被安娜莉絲化了。」

23 譯註：安娜莉絲是著名歌劇《阿依達》裡的配角，故事講述衣索比亞公主阿依達被俘虜到埃及成為奴隸，埃及軍官拉達梅斯被迫在他的愛人阿依達及對法老王的忠心之間作抉擇。事情因為埃及公主安娜莉絲也愛上了拉達梅斯而變得複雜，但拉達梅斯由始至終都沒愛過安娜莉絲。

「拜託請講人話。」潔西說。

「但我超過份的，我很抱歉，你們在一起很幸福，而我為你們開心！」

「不——」

「然後我很唾棄自己的反應，我很討厭我讓你們感到尷尬。」

「這個，」伊森說，「我很討厭我讓你覺得我對你是同性戀這點有意見。」

「是啦，但那也是我自己想太多。」

「我應該要講清楚的，」伊森搖搖頭，「我應該還是要每天跟你互傳訊息的，我真的很抱歉，亞瑟。」

「沒關係。」

「我知道，我只是希望自己可以做得更好。」

所有人都沉默了一陣子。

「那，說不定我們應該重新來過一次。」我說。

「重新來過？」

「潔西……伊森，我有件事情想跟妳們說。」我頓了一下，「我是同性戀。」

他們一臉困惑地看著我。

「我們知道啊？」

「不是啦，這就是重新來過啊。現在換你們講了。」

「好喔，」潔西點點頭，「你想要我們講什麼？」

「你想講什麼都可以啊，例如『讚喔』或『很好喔』或『喔，酷喔，這很厲害』或——」

「喔，酷喔，這很厲害。」潔西說。

「讚喔，」伊森說。

「好，很好。現在換你們了。」

潔西皺起眉頭，「你是指——」

「嘿，夥伴們，還好嗎？你們有什麼大新聞嗎？」我大聲地問。

「這個嘛……」潔西說。

伊森低頭對著自己的手機微笑。

「我在跟伊森交往。」

「什麼？這太棒了！」我雙手交握，「我真替你們高興，**這有夠他媽的羅曼蒂克！！！**」

潔西大笑，「可能可以調低個兩度。」

「好啦，但我真的很替你們高興。妳知道的，對吧？」

「我知道，但這也的確有點小尷尬。變得不一樣了。」潔西聳肩，「我懂。」

「不過，你們就是我最好的朋友，這並沒有變。」

「沒錯，」潔西淚光閃閃地微笑，讓她的腿從伊森身上滑下來，「抱一個。」

下一秒她就直接擠到同一張椅子上，坐在我身邊。「不好意思，注意一下私人空間喔。」我憋著笑把她推開。

「想得美。」她伸出雙手直接撲上來，蹭著我。

我的手機震了一下，是個簡訊，而潔西毫無羞恥地搭在我身上跟我一起看。

「我愛你，兄弟。」

伊森傳的，而且不是在群聊裡，是我們一對一的私人對話。

當我抬起頭來想看他的時候，他已經往沙發這裡走過來，「我也要加入。」他說，把自己穩穩種進我們的懷裡。

我倒在沙發上，班的身旁。「他們都走了，那些糟糕透頂的人全部都走了。」

「總算。」他把我拉近一點。班很好笑，在朋友面前做出親密動作會讓他覺得很彆扭，但他們離開以後，他無法允許我們兩人之間有一絲一毫的空隙。「但我很喜歡潔西跟伊森。」

「潔西伊森，連在一起講。我還是……哇喔。」

「應該很難習慣這一點。」

「就有點怪怪的，但我真的很替他們高興，」我對著他微笑，「或者我就只是很開心。」

他把他的臉埋進我的肩膀，「我知道你的意思。」

「這超棒的，就好像我們是兩個爸爸一樣。」

他大笑，「兩個爸爸？」

「就像是紐約裡的一對老情侶，悠閒地什麼都不做。」

「我喜歡跟你悠閒地什麼都不做。」

「我也是。」

我真的喜歡，我真它媽的喜歡。我一直以為愛情是在講那些精彩到需要停下來鼓掌的狀況，沒有對話，也沒有中間的過程。但如果安靜的片段就是過程，那可能大家都小看了這些過程。

「我們應該每天都這樣過。」我說。

「整整兩天嗎？」班帶著半悲傷的笑容問著。

我的心沉了下去。「喔。」
「我很抱歉當了破壞氣氛大王。」
「別，」我親了他的頭，「你只是很誠實地對待我，就像你之前說的。」
他點頭。
「但我好討厭這樣。」
「我也是。」他輕輕地說。
「嘿，過來這邊。」我調整姿勢躺了下來，然後把他拉來跟我一起躺著——胸貼著胸，四肢纏繞在一起。他把頭埋進我頸項然後吸了一口，我的心跳立刻加速三倍。他明顯在不開心，到達一個讓我有點意外的程度。
我向後退開，仔細盯著他的臉看了一會兒——那濃濃的睫毛掃過他通紅的臉頰，他鼻頭上像星座般的雀斑，我幾乎可以觸摸得到現在那濃厚的沉靜感，我把我的雙唇印在他的額頭上。
深呼吸。
「所以，」我總算開口問，「兩天後會發生什麼事？」
班頓了一下，「我不知道。」
「我會搬回喬治亞。」
他捕捉到我的視線，「我從來沒有談過遠距離戀愛。」
「我沒有交過任何的男朋友，直到我遇見你。」我說，「我連要怎麼運作都不知道。」
「什麼東西？」
「分開的時間，」我的手輕撫過他下巴的線條，「在電影裡，幾個畫面就過去了。你知道的，他們很想念對方，可能會講幾通電話，其中一人會剪個頭髮或留鬍子什麼的，讓你看得到時間的流逝，但我不知道這有沒有符合現實。我想像的大概就是我們會跟對方視訊，傳簡訊，超級想念彼此。然後頂多是在講電話時自己來一發之類的，有人這樣做嗎？」

班有點吃驚，「呃，我不知道。」

「但如果事情不如預期呢？例如，我是孤獨可悲又醉醺醺的那個，而你會去狂歡跟親吻各種男孩，然後我想打電話給你，但你會在一個性愛派對裡忙著跟一堆星二代猛男群交，他們會帶著死魚眼，現場說不定還有古柯鹼——」

「天啊，亞瑟。你知道我百分之九十九的時間都在寫巫師的小說還有玩『模擬市民』對吧？」

「我知道。」

「你根本沒下限，是吧。」

「沒錯。」

他親了我的臉頰，「好了，我要去做一件事情了。」

「喔喔，你要做什麼？是秘密嗎？我需要先閉眼睛嗎？」

「你不用閉眼睛，就只是要在這邊等。聽完三首《致埃文．漢森》的歌以後，我就準備好了。」

我坐起來，開心地笑著。「沒問題！」

但我還沒聽完〈只有我們〉的一半，我媽媽的視訊電話就撥過來了。

我按下接通，「嗨，媽媽。」

「嗨，親愛的！」她坐在一間史上最典型的旅館房間裡，石英白的床單，泡棉材質的床頭板，一幅框起來的沙灘照片。「你的驚喜過得如何？」

「很不錯。」

「伊森跟潔西交往起來是什麼樣子？我有點無法想像。」

「喔，他們超糟的。」我正要開始講細節，但我房間的門吱地一聲開了。

然後我就失去了所有言語的能力。

因為——哇喔，**哇喔**。我男朋友就站在那裡，只穿一條四角褲，用那種眼神直直盯著我看，彷彿——

「親愛的，你還好嗎？」媽媽問。

班驚訝地把手蓋在他嘴上，急急忙忙躲回我房間裡，用力帶上房門。

「我要先掛了，媽媽，抱歉。」我在她問出為什麼之前就按下結束通話。

當我走進我房間時，我的床架貼滿了愛心，還有一排蠟燭排成的路徑，從門口引導我到床邊。班就蹲坐在下鋪的正中央，旁邊擺著他的筆電。「我沒有把蠟燭點起來，抱歉，我不想放火燒了你家公寓。然後杜安里德沒有賣玫瑰花瓣，所以我只好用貼紙代替。」

「班。」

「我知道看起來很荒唐——」

「這很完美。」

「你喜歡嗎？」他的嘴角上揚。

「我愛死了這房間裡的每一樣東西，」我跟他說，「所有的東西。」

第三十六章

班

今天早上我在亞瑟身邊醒來，我不敢相信原本可能存在不會發生這件事的平行世界。我昨晚把臉壓在他肩膀上，吸著他T恤的氣味睡著時，也有著同樣的想法。然後今天下午我們側躺在一起，光著上半身，十指交扣的手放在我們的臉之間。

「我們真的不一定要做，」我說，「我們不知道之後會怎麼發展，而且……這可是很重要的一刻，收不回去的，我完全理解如果你想要等別人然後——」

「你是我唯一想要做的對象，班。你想要嗎？」

「超級。」

「我也是，我只是……我不知道要如何……」

「我知道。」

「我知道**你**知道，我只希望你不會對我不耐煩。」

「當然不會。」就算亞瑟像上次那樣嚇到自己，我也沒關係，我只希望永遠都不會讓他感到不舒服。

我親吻他的指節，「我愛你。」

「我也愛你。」

我們開始這一切，慢慢地來。我想要讓這成為亞瑟夢寐以求的那段難忘經驗。對我來說也是不同的第一次，亞瑟是個完全不同的男孩，我們在完全不同的床上。這間公寓並不是我們的家，但我們是彼此的歸屬，而這推倒了所有的高牆，讓我可以完全專注在他身上。我真的很想為他把這段體驗拉得越久越好，畢竟沒有人想走進電影院就開始聽片尾曲。當一切都結束時，我希望他回憶起這段經歷會覺得自己賺到了。

壓力越來越大，我可不能毀了他的經驗。

我把這想法甩開，這太扯了。亞瑟跟我從來沒有做出完美的事情，可能對我們來說很完美沒錯啦，但不是標準的完美。我知道他現在腦海裡應該是各種滿滿的思緒，尤其剛剛被一點技術上的困難拖住腳步，但我們用耐心和鼓勵的微笑度過這一切。

我吻他，我說他很美，告訴他我愛他，然後我們就這樣突破終點線。

我們一起大笑，喘氣，接著幫對方撕掉身上的貼紙。

不需要重新來過。

星期一・八月六日

我生日那天——四月七日——是我跟狄倫、哈麗葉和哈德森這群人最後一次在群組聊天室裡發言。

當時我傳了個訊息問大家要不要在哈德森帶我去聽演唱會前一起吃午餐，哈麗葉分別傳訊息給我跟哈德森，因為她無法忍受跟狄倫的發言在同一個視窗裡出現，所以我們三人一起吃了早餐。狄倫也不想惹任何麻煩，所以我去他家找他，他做了白花椰菜塔可給我吃，然後我們一起打電動，就我們兩個。之後我跟哈德森兩人去做我們的事，我也不能抱怨當天有多爛，因為當時他父母在前一個禮拜才剛離婚，他整個人還很低落。我真的很希望我那天可以像亞瑟這次一樣，把每個朋友都聚集在一起，但那也過去了，現在不同了。

昨晚我從亞瑟家回來以後，我重新進入啟用了這個群聊。我只寫了希望今天放學後可以跟大家碰面把話講開。我把訊息傳出去——還用了靴貓的動圖，那又大又圓閃爍的雙眼。狄倫回了一張海綿寶寶雙手比讚的動圖，說他會出席。一小時後哈麗葉回了一張公主新娘的「如你所願」動圖，再幾分鐘後哈德森回了一張葛屁一臉期待地跳上跳下彈跳的動圖。

今天早上教室裡的氣氛不一樣了，不再讓人感到彆扭尷尬。好像哈德森跟哈麗葉已經重新成為我的朋友，而且不是那種我在跟亞瑟、狄倫和珊曼莎吵架後只能去找他們的原因。

每個人願意嘗試的態度讓我覺得人生超有希望，直到黑斯老師把我只考了七十幾分的小考考卷發還給我。我原本有自信可以拿到九十幾分，或至少八十幾。要決定我人生的那個大考就在明天——也是亞瑟要離開的那天。我……這已經超出我的掌控，我崩潰到快哭出來了，所以我傳訊息給亞瑟。我們得取消今天帶亞瑟去當超級觀光客的城市巡禮計畫，然後他要陪我一起唸書。我唸得進任何東西都會讓我很訝異——我們有太多理由無法不去觸碰對方，再加上還有個很重要的話題要講，一個我們一直在迴避的話題。

但一次只能聊一個重要話題。

當下課鐘響的時候，我在去「夢想與咖啡豆」的路上把話題限制在成績上。哈麗葉跟哈德森成績比我好，就如我所預期的。如果我們這群都和好了，但哈麗葉、哈德森還有狄倫卻拋下我去唸高中最後一年的話，就會變得很奇怪。沒有我的畢業典禮，丟下我去唸大學，我會永遠比他們慢一年。

我明天的考試非得拿到好成績不可。

我們抵達「夢想與咖啡豆」，狄倫坐在角落的位子，桌上擺著四杯飲料，腳邊還有一個箱子。

「你並沒有打算一個人灌完整整四杯飲料，對吧？」我在他身旁坐下的同時這麼問著。

哈麗葉坐在我對面，而哈德森在狄倫對面。

「和平祭品，」狄倫說。他給我一杯粉紅檸檬汁，給哈德森一杯冰摩卡，然後哈麗葉獲得一杯焦糖卡布奇諾。「原本店員在妳的咖啡上畫了一個可愛到能讓妳放上ＩＧ的貓貓，但它糊掉了。」

「心意比較重要，謝啦。」哈麗葉喝了一口，「你還好嗎？」

「還不錯，暑假過得有點無聊，但我有個交往對象——」

「聽起來真美好，但我是在講你住院的事情，」哈麗葉打斷他，「不是在問你暑假過得如何。你物理上看起來沒什麼問題，發生什麼事了？恐慌發作？」

「沒錯，我沒事了。」

「很好，」哈德森說，「我昨天想傳個簡訊問候你，但總覺得我不應該。」

「什麼意思？」狄倫問。

「你問他。」哈德森指著我說。

「因為我不想讓你跟著我一起去醫院？這不合理。」

「我也是愛著他的，」哈德森說，「他不只是你的朋友。」

狄倫把雙手貼到臉上，「你們是不是要為我爭吵了？」

我瞪了狄倫一眼，「我知道你對他有友情愛，但我們分手以後你連嘗試跟他和好都沒有。」

「你們分手前你就已經沒有把我當朋友了。」狄倫說。

哈德森開始臉紅。

「所以你們現在是要聯手對付他。」哈麗葉說。

我打出暫停的手勢，「不是要聯手，我知道你們會互相挺對方，我們也會，但這會讓我們無法和好。」我深吸一口氣，「聽好，在情況好轉前肯定會很怪，我知道很尷尬，但我很高興至少我們都在這裡。」

「我們究竟在這裡做什麼？」哈德森問，「一切的意義是什麼？團體抱抱嗎？ＩＧ重新互相追蹤嗎？」

「那會是個開始，沒錯，」我說，「我希望我們可以嘗試按下那個重置的按鈕，重新來過一次。你們兩個人對我們兩都很重要，很明顯你也不是來這裡胡鬧的，你也想把事情導回正軌上。」

哈麗葉盯著她的卡布奇諾，「你從來沒有因為恐慌過度入院，狄倫。我被嚇死了，但我總覺得我沒有被准許去探望你，只因為我的自尊不允許我相信任何跟你的關係，就連友情都不行，自從你毫無由來地拋下我以後。」

「我真的很抱歉，」狄倫說，「我只是不想要浪費妳的時間。」

「我懂。回頭再看這一切，我想我的確感謝你的乾脆，但還是讓我很混亂。不過不管我有多生氣，當我以為你快死了的時候，我真的很希望自己可以像以前那樣陪著你。」哈麗葉看著他的眼睛，然後看向我，「如果我星期六晚上沒有因此失眠，我覺得我今天不會願意聊這個。」

「哇喔，妳因為我而失眠？」狄倫問，「妳超注重睡眠的。」

「都是你害我失去了珍貴的美容覺，」哈麗葉說。

「這對我來說很有意義。」狄倫把手放在胸口，「我總算不是被邊緣化的那個。班跟我在冷戰的時候你們三人又和好一起玩，還可以在暑修班裡碰面，真讓我希望我化學課也被當了。」

「D，不要再往傷口上灑鹽了好嗎？」

「哇喔，」他靠向我低聲地說，「我們是同一隊的耶。」

「不要分隊了。現在唯一的隊伍是這個重新組成的四人小隊。」我敲了敲桌面，「今天並不怎麼順利。我小考差點不及格，而且我滿肯定我明天會被當掉。我只希望你們可以給點鼓勵。」

「抱歉，大班班，你知道我只是在開玩笑。」

「也是要看時間地點。當我都唸完而且及格以後，我應該就可以接受暑修相關的玩笑，若我有及格的話，但是目前看來機率很低。我滿肯定我要轉學去重修一年了，沒有你，沒有妳，也沒有你。」我差點要把亞瑟也加進行列，但他之後的不存在比這還要更嚴重，更加困擾著我。「我才會成為那個被邊緣化的，被丟在後面而被遺忘。」

狄倫握住我的手，「大班班，如果你必須要留級並轉學的話，我會跟著你一起轉到新學校，你知道我沒有在開玩笑。」

我握緊他的手。不管我跟哈德森以及哈麗葉之後會變得怎樣，我可以肯定狄倫永遠都會在我的生命中。在亞瑟要離開的前一天聽到這個讓我心情舒適不少。「如果你只是要開我被留級的玩笑，你不准來我的新學校。」

「成交，」他轉向哈德森，「我之前跟班還有哈麗葉吵翻了，你有什麼要抱怨的嗎，還是我們可以進行我們的團體抱抱了？」

「我對你沒意見，」哈德森說，「我是想跟班聊聊就是。」

「我也是。」我說。

「那開始吧。」狄倫說，等我們開口。

「我們應該給他們一點空間，」哈麗葉說。

「為什麼？我們都在他們面前講開了。」

哈麗葉站起來，「再請我喝一杯熱卡布奇諾，跟我說說你的新女友吧。」

狄倫跟上去，永遠都很樂意聊珊曼莎的事。我不敢相信我的眼睛，看著狄倫跟哈麗葉走在一起聊天，就好像他們過去四個月對彼此的不理不睬沒有發生過。

我坐到我旁邊的位置上，好讓我跟哈德森面對面。「所以，這是個好的開始，對吧？」

「以四人的角度來說，沒錯。」哈德森說。「我很抱歉我企圖親你，我不應該那樣撲上你的，我越線了。」

「對啊，你以為我想要跟你復合。」

「不只是那樣，我也太超過了。我不覺得我想要跟你回到情侶關係，我當下很混亂因為……我爸媽不是唯一讓我相信愛存在的人。你是我的初戀，而我想要再次體驗那種獨特感。但我覺得與其當男朋友，我們是比較好的朋友，停在這個階段就可以了。你對你自己超嚴苛的，所以我幾乎不想跟你講清楚，因為我不希望你覺得自己很沒用。但我必須把這些講出來，讓你可以相信我想要重新當你的朋友。你對我來說很重要，而我們一開始就不應該毀了這段友情。」

「我很慶幸我們有交往過，哈德森。D跟我昨晚就在聊這個，我不後悔跟你交往，我也不會想要丟掉過去任何一部分，不管哪方面都不想。」我把桌子底下的箱子搬上來。「這箱子裡的所有東西，都會讓我想起那個還不認為愛是鬼扯蛋的你。很明顯地，你想要怎麼處理它隨便你，但如果你想丟掉的話，說不定翻一翻會對你有點幫助？你是我認識心地最好的人之一。若不是跟你戀愛的感覺如此美好，跟你分手也不會那麼心痛。」

哈德森把箱子拉到他面前，「對我來說很有意義，謝謝你，班。」他敲了敲箱子，深呼吸，「所以你打算怎麼處理亞瑟的狀況？」

「我不知道，我理解這一點都不合理，因為他明天就要離開了，但……我覺得我們之間不只是這樣。我該去跟他碰面了。」

「你的確該去見他了。」

我看著哈德森的眼睛，我可以感受到他不只在幫我的愛情打氣，同時也在替我可能將要面臨的心碎感到難受。

我把狄倫跟哈麗葉喊回來，我們跟他們說一切都沒問題了。沒有白目的玩笑，他們沒有問我們細節，就像我們也沒有問他們是不是真的在聊珊曼莎，還是只是在聊他們自己。我們是朋友這個事實並不代表我們也可以互相窺視對方的隱私。

我舉起我的雙手然後我們抱在一起，老實說，這個擁抱有點刻意，但不是件壞事。我們在為了和好而努力，這很美。說不定哪天一切又能變得輕鬆自在。我們可以慢慢來，從在ＩＧ上互相追蹤開始，然後讓群聊保持活躍。我們可以事先規劃活動而不是直接跑去對方家裡。我們可以回到以前那樣，或者接近以前那樣。我在這暑假有過無數個重新來過，所以讓我對於我們四人關係的好轉抱持著希望。

第三十七章

亞瑟

我不想回家。

我在班又悶又熱而且太小的房間裡，趴在他這張太小的床上，床上灑滿了單字卡，而我認真地在讀一本化學課本。化學根本是個爛到分子裡的學科，而我還不是故意在雞子裡挑骨頭呢。

真希望我可以停止時間。

班跑來趴在我旁邊，用手架著他的臉。「我不敢相信你在這裡的最後一晚，被我們拿來陪我準備這個幹它媽的期末考。」

「我愛陪你準備這個幹它媽的期末考。」

「我比較想跳過準備這段，直接跳到——」

我拿手蓋住他的嘴，「不准說幹，你想都別想。」

他被我摀著大笑，「為什麼不行？」

「因為，」我把手滑到他左臉上，「那是史上最不羅曼蒂克的性用詞。」
「那『性交』呢？」
「一樣，它沒什麼情調。」
「『姦情』，『交配』，『性愛國會』。」
「那聽起來像一部政治主題的謎片。」
班開始大笑。
「由密契·麥康諾跟保羅·萊恩主演。」
「真謝謝你幫我精心構想出這個畫面喔，亞瑟。」
「然後續集是：『國會幹部大會』。」
「我討厭你。」他親我，而我就這樣看著他的臉。我滿確定會很樂意把往後人生獻來親吻班臉上的每一個雀斑，我也確定他知道我在想什麼。
我用雙手捧住他的臉，「嘿。」
「嘿。」
「問你喔，氯化鈉哪一個是負電荷的元素？」
「氯。」
「沒錯！」
他有點不自在地微笑。
「下一題，在水裡加鹽以後會如何改變水的冰點跟沸點？」
「冰點會降低，沸點會上升。」

「你怎麼這麼厲害啊？」

「我總是得讓我那主修耶魯的男朋友刮目相看。」

我大笑並親了一下他的臉頰，「耶魯並不是一個主修。」

「你將會領先全球。」

「啊，說到這個。」我心跳加快，「今天我跟南菈塔和茱麗葉聊到一個很有趣的話題。」

「喔？」

「我們聊到紐約大學，超讚的學校，還有超讚的戲劇系。」

「你打算主修戲劇系？」

「沒有，但我想要在演員成名前就認識他們。喔，然後南菈塔的男友要跟我介紹一下哥倫比亞大學。」

「我……嗯，好的。」

「我只是想說，」──我心虛地笑了一下──「今晚可以不用是我在紐約的最後一個晚上。」

班沒有對我微笑，他一個字都沒有說。

「喔，哇喔，你現在的表情。我讓你驚慌了，我很抱歉，那我就──」

「亞瑟，不，你沒有讓我驚慌，但聽我說，」他揉了揉他的額頭，「你不能以我為中心來計畫你的未來。」

然後就這樣，我想講的話都蒸發了。我的心跳到開始發痛。

班皺起眉頭，「亞瑟？」

「什麼？」我清了清喉嚨，「好的，抱歉。下一題。」

「你還好嗎？」

我不理他，「氯化銀可以溶於水嗎？」

「呃，不行。」

「那硝酸銀呢？」

「可以。」

「不錯喔，亞雷合。」我說，然後班就把臉埋進他的枕頭裡——但我發現他嘴角掛著一抹得意的笑容。這個大男孩。

每次看著他都會讓我的心糾結在一起。他把頭髮捲到耳朵後面的樣子，還有那撮頭髮偶爾會掃過頸項的樣子。

「我有個問題。」我輕聲地問。

「你有一整疊單字卡的問題。」

「這不是化學相關的。」

「喔，」他翻過身來躺著看我，「問吧。」

我直接脫口而出。「我知道你不喜歡計畫未來的事，但我們都要高中最後一年了——」

「除非我留級了，亞瑟。」

「你會及格的。」我把他的手拉到我胸口，跟他十指交扣。

「但如果我沒有呢？」

「你會的，你會考出滿滿的一百分。」

他笑了一下，「我又不是因為可以考一百分才需要暑修的。」

「班，拜託，我們可以的。」我跟他靠近一點。「我要教你我的口訣——」

「那又沒用。」

「來試試看啊。背出元素週期表的前九個元素，開始。」

「呃，氫……」

「氫（H）、氦（He）、鋰（Li）、鈹（Be）、硼（B）、碳（C）、氮（N）、氧（O）、氟（F），」我說，「黑皮哈德森熱愛勃起但不能克服那個軟綿綿的煩惱（Happy Hudson Loves Boners But Can Never Overcome Flaccidity）。我特別幫你想的。」

他大笑，「哇喔！」

「不管這是不是真的，你都不要告訴我。」

「亞瑟，你也太它媽的可愛了。」他輕輕地吻了我一下，「不要走。」

「我也不想，」然後我放開他的手，伸手拿了一張單字卡跟筆，因為幹，我必須問他。

我寫好了，深呼吸。然後我把那張單字卡舉起來。

「『那美國（US）怎麼辦？』」班讀出來。

「不是啦，我們，你跟我，那**我們**怎麼辦？大寫只是為了加重語氣。」他在壞笑。我笑回去順便打了他一下，「不要笑，你很清楚我在問什麼。」

「我覺得……我不知道。」他眼神對上我的眼睛，「我可以對你說實話嗎？」

「你本來就應該對我實話實說。」

「好，」他頓了一下。他眼神先是跟我對上，然後又把眼睛瞇閉了起來。「我覺得我們應該放手。」

「放手？」

接下來就是一陣沉默，那種會讓你內臟重新排列組合的沉默。

我把雙手壓在胸口，「你是指……分手？」

「我不知道，」他嘆氣，「我想我在害怕。」

他握住我的手把我拉近，直到我們兩人都躺了下來。然後我們就躺在那裡，枕著枕頭，兩張臉之間只有一個呼吸的距離。

「你在害怕什麼？」我總算開口問。

「我不知道，」他握緊我的手，「像是妨礙你去認識新的男生，或者我會失去你，連朋友都做不成。我超怕這個。」

「但你不會。」

「你又不知道。」他想微笑，但笑不出來——當他再次開口的時候，他的語氣很輕。「我好怕我會讓你心碎。」

我不說話，因為我若開口應該會哭出來。

「我不想這樣，」他有點破音，「不過我可能會。愛情好難，或許只是我個人的問題，我不知道。但我跟哈德森沒有順利地走下去，而我跟他甚至沒有距離問題。」

我開始感受到充滿我眼眶的淚水，「我真希望我可以留下來。」

「我也是，」他邊用掌心抹掉臉頰上的眼淚邊笑著，「我會它媽的想念你到爆炸。」

「我已經在想念你了。」

下一滴眼淚直接流過他的臉頰，「至少我們還有一天的時間。」

「大結局，或者說中場休息，因為我們還會保持聯絡，對吧？」

「你在開玩笑嗎？」他說，「我打算當你一輩子的朋友。」

我好好地吸了他一口：亂糟糟的頭髮，褐色的眼睛，帶著閃亮亮淚痕的臉頰。「我愛你，」我說，「我真的很感謝宇宙能量湊合了我們兩人。」

「亞瑟，宇宙能量只是推了我們一把，」他說，「是我們湊合了自己。」

星期二・八月七日

我在紐約最後一個早晨是被班的視訊來電叫醒的。

「嘿，我要綁架你。」

「等等——什麼？」我打哈欠，「你在哪裡？」他很明顯人在外面，但他的臉離鏡頭很近，近到我看不到他背後的景色。

「你會知道的，給你的第一個指令：你抵達地鐵站的時候跟我說一聲，然後我會用簡訊傳下一個指令給你，好嗎？」

電話一掛斷我就從床上滾了下來。我沒有特別打扮自己，不管是隱形眼鏡還是人模人樣的衣服。我戴起眼鏡，套上T恤跟運動短褲就解決了。媽媽在客廳裡踱步，正在跟搬家公司的人通電話——班完全無法理解為何我們沒有要搬大型家具卻要找搬家工人來幫忙。但我很慶幸我們做了這個決定，因為你要不要猜猜誰現在不需要把行李搬進電梯裡？誰不需要把行李搬進卡車裡？誰在早上六點四十五分就已經抵達地鐵站了？

「我到了！！」我傳簡訊給班。

「很好，現在去搭二號車，在四十二街轉車，然後搭七號車前往大中央總站。」他回。

「你是要帶我去公司嗎？（斜眼看表情符號）」

他傳了一張阿拉丁的動圖給我。「你相信我嗎？」

翻白眼符號。愛心眼符號。

不出所料，二號車上塞滿了通勤上班族，而七號車的狀況更糟。我正在去跟我愛得神魂顛倒的男孩道別的路上，明天早上我就會在一個不是我初吻的城市醒來，躺在不是我破處的床上。

我醒來時就會變成單身了。

但對我身邊的每一個人來說，這就只是個一如往常的工作日。耳機，套裝，還有滑手機。這真是不可思議。

我到大中央總站時傳訊息給班。「我到了，現在呢？」

他發了一張地圖給我，還在上面很笨拙地畫出我的路線。我連路名都不用看了。「你為什麼要把我帶去公司，班．亞雷合？？？」我傳訊問他。

他傳了一個沉思符號給我。

「這最好跟舒梅克的案子沒有關係。（斜眼符號、斜眼符號、斜眼符號）」

但我莫名地無法阻止自己的嘴角上揚。我是史上最爛的紐約客，我緩慢地飄過十字路口，對著陌生人微笑，完全專注在自己已經打了三次結的胃上。說不定當我走到公司的時候，班會全裸著躺在會議室裡等我。或者說不定同一棟大樓裡有個出版經紀公司，班會在裡面準備要簽下出書跟拍電影的合約，然後電影會在亞特蘭大拍，因為所有的電影都會在那邊取景，他們會需要班前去給些技術指導，所以——

「醫生！」莫里喊著。他一手喝著咖啡，另一手舉向我——但他並不是要跟我碰拳，「我被要求把這個拿給你。」他說。

他給我一個寫著我名字的信封，但當我正要撕開它的時候，他又把信封搶回去，「你要先找齊四個信封，看到沒？」莫里把信封翻過來，毫無疑問地，班用他那歪七扭八的字寫了一段訊息。

四之一。找到全部以後照順序打開。
不准偷看，亞瑟！

「好吧……」我瞄了一眼信封，然後抬頭看向莫里，「那其他的信在那裡？」

「你要自己去找。」莫里聳肩說，然後他就把手中的咖啡杯轉過來。是「夢想與咖啡豆」的杯子。

我下巴掉在地上，「這是提示嗎？」

「我不知道，是嗎？」

「夢想與咖啡豆」離這有兩條街的距離。我到那裡的整條路上腳都應該沒有沾到地面吧。我連我要找什麼都不知道，大概是個信封？說不定有很多很多的信封，像哈利波特裡面那樣一窩蜂地飛著？

但當我推開門走進去的時候，並沒有飛來飛去的文具，沒有魔法，只有一群無名的紐約客排隊要補充他們的咖啡因。

一群無名的紐約客還有……茱麗葉跟南菈塔。

「你們在這裡幹嘛？」

「監督你，就跟平常一樣。」南菈塔用下巴指了指公告欄，「去找他，小鬼。」
「我的下一個提示！」
我馬上就看到那個信封。它就跟我之前的尋人海報釘在同一個位置。四之二，上面寫著：亞圖羅，你可以的！！！！
我把它疊在第一個信封下，一起抱在我的胸口。然後傳訊息給班。「尋寶遊戲是吧？？」
他馬上回我一個聳肩符號。
「我接下來要去哪裡？」
「嗯，要是有人可以問就好了……（沉思者符號）」
「喔喔喔喔喔喔。」我回他——當我從手機抬起頭來時，兩個女生帶著同樣愉悅的微笑看著我。我心跳漏了一拍，然後飄回她們那一桌。
「這是你的提示，」茱麗葉舉起她的手機，「我其實看不太懂。」
這是一張圖片，一張老鼠的圖片。
「我懂了！」我衝向店門口——但又突然緊急煞車，「等一下。」
「要等什麼？」茱麗葉問。
「哇喔，我的天啊，我要走了。這就是……告別了。」
「才不是，」南菈塔說，「你舒梅克的檔案整理得亂七八糟的，接下來的一個月你必須要每天回答我的問題。」
我擁抱她，「好的。」
「但我們會想念你這張臉的。」茱麗葉說。

「一點點。」南菈塔說。

「很多點。」茱麗葉說。

我又抱了她們兩個一次然後就狂奔出去——一直跑到路口然後我招下第一台計程車。我才不管是不是只有幾條街的距離而已：我今天一點時間都不能浪費。我從後座的窗子看出去，整個人興奮到快從自己的身體彈出來。當司機總算停在KTV店門口時，我把鈔票直接往他的方向一揮，然後就衝出車門了。

狄倫就坐在人行道旁，拿著手機、一副耳機，還有一大瓶裝著咖啡的保溫杯。他看到我的時候很明顯地跳了一下。「幹，蘇斯劇，你提早到了。算了，把這個戴上。」他把耳機直接戴到我頭上，然後打了一個世界無敵大的哈欠。「它媽的班吉拉，這真的太早了——啊，等等，現在是靜音狀態，等一下。」他點了點手機螢幕，「現在……有聲音了？」

「所以……雷鬼？」我開口問——但聽了一會後，我就聽出來了。這不是隨便一首雷鬼，而是理奇．馬利的歌，「這該不會——」

「一首在唱蟻熊的歌？」狄倫說，「答對了。」

阿圖．瑞德[24]，我那個戴著眼鏡的副人格，黃色V領之王，打出千萬個梗圖的拳頭。

狄倫若有所思的說，「我應該不是唯一在好奇，如果老鼠跟蟻熊交配以後會長成什麼樣子的人，對吧？」

---

24 譯註：阿圖．瑞德，譯自英文—亞瑟．蒂莫西．里德（Arthur Timothy Read）是馬克．布朗（Marc Brown）創作的系列叢書和PBS兒童電視連續劇《亞瑟》的主角。在節目中，他是拉本三年級班的一名八歲的擬人化蟻熊。

「嗯，你可能是喔。」

「亞瑟！」我抬起頭看到珊曼莎剛從轉角走過來。她小跑步往前，直接衝向我給我個擁抱。「你提早到了！你接下來的提示們還沒到，但他們快來了，大概，再一秒鐘。」

「們，是複數？」

「肯定是複數。」

「耳機用完了嗎，蘇斯劇？」狄倫在我回答之前就把耳機從我頭上摘下來。「嘿，先別看……」然後我就看到他們了。他們正穿越馬路，往我們的方向走過來，他們的腳步完美地同步，但這次就沒有穿女用連身褲了，他們穿著德國傳統的吊帶皮短褲。

「這不可能。」我喃喃自語。

「我……」

「所以這位是威廉，然後這位是阿里斯泰爾，」珊曼莎介紹著，「他們要護送你到最後一站。」

我無法不盯著他們看，那對翹鬍子，那男版丸子頭，近看時可以發現他們更高的相似度。他們一人拿著有班的筆跡的信封。

「他是怎麼……找到你們的。」我問。

威廉抖動著鬍子微笑，「克雷格列表。」

「我說不出話來了。」

我的老天鵝啊，班去擦身而過裡貼文了，為了我。嚴格來說，是為了這對雙胞胎。但我才是他去貼文的主因，就是我。

「我們每天都會看克雷格列表，」阿里斯泰爾說，「自從我們搬來以後，我們已經是三十六則擦身而過的主角了。」

「這……是好事嗎？」狄倫問。

「這是件非常好的事，」威廉說，「打開信封吧。」

「要照順序，」珊曼莎提醒我。

班的筆跡，四句話。

亞瑟，我知道你才是那位有華麗舉動而且高調的人，但老實說，沒有人比你更值得收到華麗的舉動。我沒有你那麼有創意，但我願意為你特別用心，也特別讓你多走幾步身心健康。我愛你。

我的眼眶開始被眼淚填滿——我又心痛又開心，整個很奇怪。當我回過神來時，雙胞胎兩人已經把我帶到上城區了。這一切好迷幻，如果不是因為我的心跳正在瘋狂暴走，我的魂大概已經飛到天外去了。雙胞胎一直很健談地問我一些關於音樂、電影還有班的問題，但我連一個字都幾乎吐不出來。當你整顆心都只在四個信封裡跳動的時候，要維持一個正常運作的亞瑟會很困難。

我試著喘口氣，要正常一點，好好跟人講話，「所以你們是住在，呃，布魯克林嗎？」

「沒，上西區。應該說，我們**本來**住在上西區，但最近才剛搬回我們在長島上的老家。」

「我們在畫網路漫畫。」威廉說。

「是關於恐龍的。」阿里斯泰爾補充。

我頓了一下，「為什麼我一點都不意外。」

威廉指著街的另一頭，「你看，我們快到了。」

我順著他指的方向望過去，然後毫無疑問地，我知道了。

我開始全力衝刺，把他們拋在後頭，從娃娃車之間穿梭而過，撥開擋路的情侶，同時把信封緊緊握在我胸口。我現在看起來應該超誇張的，或者至少誇張地堅決。我根本不知道我可以跑這麼快。我只是個一百六十七公分戴著眼鏡的南方男孩，而我現在可是紐約裡速度最它媽快的傢伙。

我在前一個街口就看到它的遮雨棚了——它白色的石頭外牆在陽光下閃耀著。美國郵局。

然後班就站在那，倚靠著入口，用膝蓋頂著手上抱的紙箱。

第三十八章

班

我們回到原點了。

亞瑟走進郵局裡，然後我必須說，光是他的表情就讓我覺得值了。也一直如此，不管他是從單字卡上唸著化學小知識，還是在吃熱狗，或是因為他爸媽大聊他的童年讓他感到羞恥，甚至現在，戴著眼鏡一臉愛睏的樣子。我的心在亂跳，這倒是跟我們第一次見面的時候不一樣。我應該像那些暢銷小說寫的要一見鍾情，但我當時還沒準備好，沒關係，我們還是一起走到了很好的地方。這故事最爛的版本就是我們永遠沒有再次找到對方，或者連看過對方都沒有。

我把箱子放下來讓他抱我。

「我做得如何？」我問他。重現我們的回憶就像是在幫暑假寫下一個史詩級的結局。

「史上最棒的閉幕方式，」亞瑟說，「我真的很不想結束這一切。」

「我也不想，我超級不想。」

「我想要一個時光機，回去把每件事情都做到完美。我總覺得當初要是問到你的名字，一切都會不一樣了，我可能會直接追蹤你的ＩＧ，然後我們就會從那裡開始。」

「宇宙能量知道這樣太簡單，所以它在我們身上玩了一點小把戲。」我親了他的額頭，「但因為我們經歷過那些困難，所以這一切都變得更有意義了，對吧？」

我不知道我們應該算是個愛情故事，還是一個關於愛情的故事。但我知道不管是什麼，我們都是個很棒的故事，因為從一開始就在克服困難。

「我還是想要那台時光機，」亞瑟說，「這樣才可以去未來看看，我想要看我們之後會走到哪裡。」

「這我無法反對。」我說。

他低頭看著那個箱子。「這最好不要是我想的東西，你不准用一個我專屬的分手箱子來畫下句點。」

「它不是，」我把箱子抱起來，「這是摯友箱子。」

「真的嗎？」他的笑容透過視訊還是同樣美好，但也不會一樣了。

「真的，但你不要跟狄倫說，他認為一個人不能有好幾個最好的朋友，而且他還有可能去找個職業級的讓你人間蒸發。」

「了解。裡面有什麼？」

「就是一些讓你可以永遠記住這個暑假的小東西。」

亞瑟搖搖頭，「我不需要這箱東西就可以記住了。」

「好吧，那我就把寫著班賈明與亞圖羅國王在中央公園的超性感場景留下來——」

「——我要這個箱子。」

「——還有那包老麵烘焙房的餅乾，原本應該是百分之百屬於你一個人的餅乾。」

「我說我要這個箱子！」

我會很想念他跟他那一點都不淡定的態度。「裡面還有寫著我名字的觀光客磁鐵，我自己也留了一個寫著你名字的。」我趁他無言的時候深吸一口氣，「然後我把狄倫幫我們跟你生日蛋糕拍的那張合照框了起來，我房間也有放一個。」

亞瑟的眼眶開始濕潤起來，「謝謝你，還有一切，今天早上，這個暑假。我知道我很麻煩，而你一直表現得超冷靜的。」

我笑了一下，「我們最糟糕了，我的意思是，我們最讚，但我們是最糟糕的。你總是覺得你太超過，而我總是覺得我做得不夠。」

「我願意為你說幾百次，你做得比剛剛好還要多。」

「我開始相信你了。」

我們走到寄件窗口，把箱子拿給郵局公務員之前，我親了一下郵遞標籤上亞瑟的名字。公務員用一臉你在幹嘛的表情看著我，因為他不懂我跟亞瑟過去幾個禮拜都經歷了什麼，才可以又在此時此刻回到這裡。

當我們把箱子寄出去以後，我們也離開了。

這次我離開郵局的時候，我牽著亞瑟的手。我們停在郵局的金屬割字下方。

「再來一張最後的合照。」亞瑟說，掏出他的手機。

我閉上雙眼，在他按下快門的時候親了他的臉頰。當我看到照片時，亞瑟笑得好像他贏得了一張《漢密爾頓》門票。

我抬起頭來看他，那個笑容就消失了，「我不敢相信我真的要離開了。」

「我也是。」

沒有哪天比今天要跟亞瑟道別更糟糕。我們走向學校，去搞定那場會決定我人生的考試，好像人生還不夠難一樣，但我此刻的心情還算平穩。悲傷、緊張，但抱著希望，我猜我會是教室裡唯一會大笑的人，因為亞瑟那個荒唐卻超有效的口訣會帶領我打贏這一仗。

「我還沒準備好。」我站在校門口說。

他正在哭，「我也沒有。」

「亞瑟，你知道如果我們可以克服全世界的話，我會嘗試繼續跟你在一起，對吧？」

「我知道，我們不會讓任何東西擋在我們面前，但是這個……」

「是進階版的。我也不能永遠失去你，你不能只是我認識一個暑假的人，我必須要在每個暑假都認識你。」

「你會的。」亞瑟跟我保證。

我們的額頭碰在一起，然後他幫我把眼淚擦掉。

「我該進去了。」我說，我牽著他的方式好像我掛在頂樓邊緣，而他是那塊救命的邊檐。

「我該去趕飛機了。」亞瑟淚流滿面地說。

「好的，亞圖羅國王。」

「好的，班賈明。」

他靠過來，我們最後一吻。我用力地吻他，因為這就是最後了，我們只能用這來度過之後不能牽手或親吻或在彼此身邊醒來的時光。我想要退開，但我又被他吸回去。這無法滿足我們，不管怎樣都無法滿足，所以我慢慢從十開始倒數，然後數到零的時候我們就結束了。

「我要開始離你而去了。」亞瑟說，「當我移動以後就不能轉頭，但你不能站在這邊看我走掉，避免我不小心回頭。你就直接跑進學校裡，好嗎？」他往後退一步。

我點頭。

「我愛你，班。」

「愛老虎油兔，亞瑟。」

我們彼此放開對方的手，然後就結束了。亞瑟用不知打哪來的力量轉身，而他踏出的每一步都讓我越來越空虛。他跑到街尾停了下來，久到我都覺得他會一百八十度大轉身然後再跑回來吻我一次。但他繼續前進了，這樣最好。我衝上階梯跑進學校裡，然後的我手機就震動了，亞瑟把我在郵局前面親他的照片傳給我，可以點燃整個暑假回憶的照片，我也不再空虛，我彷彿吸進了滿滿的希望。

宇宙能量不會只讓我們在一起一個暑假，對吧？

尾聲

如果那是你，如果那是我？

亞瑟

十五個月後

米德爾敦・康乃狄克州

伊森不肯接電話。

我覺得我很誇張，我窩在離麥基房間兩個走廊的牆邊。我應該要去參加一個派對，過著大學生亞瑟的生活，但大學生亞瑟跟大學派對不太合得來。大一開學已經過了兩個月，所以我可以這樣正式宣告。我的意思是，我一直都有在嘗試，主要是想獲得那樣的生活體驗，同時我也不認為林─曼努爾．米蘭達大學時都一直窩在宿舍看 YouTube 影片，然後錯過他的機會。但是派對讓我緊張，然後我會亂講話，大家就以為我喝茫了，但我沒有，因為我們必須面對現實：沒有人有做好認識喝茫亞瑟的心理準備，就連我都沒有。

不過，我告訴麥基我會到場，所以我現在人在這裡。至少我曾經去過，直到我看到伊森 IG 的限時動態，所以我戴上我摯友的帽子，前往崗位報到。

我嘗試了傳簡訊：「你還好嗎兄弟？」

沒有回應。五分鐘後，還是什麼都沒有，連個點點都沒有，使我感到不舒服。昨天當潔西跟我說這個消息的時候，聽起來像是兩人達成共識的樣子，而且從那之後我也跟她聊過兩次天，她聽起來也沒什麼問題——悲傷，但沒問題。伊森卻不肯接我的電話，他連簡訊都沒怎麼回。

我把頭靠在空心磚牆上，閉上眼睛。我覺得伊森應該是沒問題啦，說不定他已經找到了一個新的女孩所以沒空回我訊息，一個很酷，能唱能彈琴又長的像安娜．坎卓克的女孩。說不定**就是**安娜．坎卓克。不過不用說也知道伊森會脫口而出，跟電影版相比，他更喜歡原百老匯演員唱的《最後那五年》，而你懂的，如果當著安娜．坎卓克的面說就超沒禮貌的對吧？所以她肯定會甩了他，這代表他被加倍分手，代表著我們又回到原點了，而且是更糟糕的原點。

我想我應該再打一次。

這次我被轉到語音信箱。我盯著手機愣了一分鐘，某個房間裡隱隱約約傳出電台司令的歌聲。我好討厭這種無助感，不是那種羅曼蒂克的無助感，也不像是伊莉莎白．斯凱勒的無助感，比較像是在看《鐵達尼號》結局的無助感，你想要把手伸到螢幕裡然後把船救起來，那種想補救無藥可救事物的感覺。

麥基傳來一封訊息：「嘿，你去哪了？」

我應該回他訊息，或者，我應該忍一忍，直接回派對裡就好，畢竟也不是那種令人害怕的派對，只是一群唱阿卡貝拉的人坐在麥基的床上喝酒，大學就是這樣子——至少維思大學是這樣。就像是各式各樣的宅宅們團結起來，把所有潮潮們踢出去，但扣留了他們的大麻跟酒，但不代表這裡只會抽大麻跟喝酒。很多人都會找地方聊天或打遊戲或弄點藝術創作，有時候他們還會全裸，我滿愛這一點的，不是特別愛全裸這一點，是很愛他們這種天塌下來與我何干的態度。另外，維思大學裡的男生也太可口了吧，整個完勝康乃狄克州裡直到我願意前都不打算提到名字的另一所大學。我其實一點都不哀怨耶魯把我放到候補名單，你就知道這邊的男生有多可口了。證據一：麥基，他那漂白的頭髮跟鐵絲鏡框，還有水準之上的接吻功力。我會把他放在我親過的六個男生裡的第三名。第二名是我去布朗大學找潔西玩時遇到的男生，第一名是班。

班，這才是我該視訊通話的對象。他知道分手的感覺，更重要的是，他認識伊森。還有最重要的，我穿著一件襯衫跟針織毛衣還戴著眼鏡，而且我覺得今晚我比較像自己。順帶一提，幾週前班喝醉後傳訊息給我，說他覺得我戴著眼鏡超正，所以這也有關係啦。

班馬上就接起來了，「我剛剛才正在想你！」

「你在想我？」

他點頭。

「但你要釣我胃口，不打算跟我講細節對吧？」

「沒錯。」他開始得意地壞笑，然後哇喔，我們需要更常跟對方視訊，因為他的笑容是我史上最喜歡的笑容。跟他最新的自拍照比，他應該是剪過頭髮了，頭頂偏長一點，但很低調。他看起來很完美，是個柏拉圖式的觀察，我就在這邊自己柏拉圖式地想著滿滿的班。雖然說他坐在他床上，我才沒有想到當初**我們**在那張床上做了什麼。我可以純粹欣賞那張床，工藝很好又徹底符合用途的一張床。班往後靠在他的枕頭上打了個哈欠，「所以，怎麼了嗎？」

就直說了吧。「潔西甩了伊森。」

班坐了起來。「天啊。」

「你懂對吧？超尷尬的。」

「一定的啊，哇喔，那他們還好嗎？」

我向前伸展了雙腿，為接下來的長談找個舒服的姿勢。「我覺得潔西沒什麼問題，但是伊森的話，你有看到他的 IG 嗎？」

「最近沒有。」

「班，那超糟的。他上傳了一個限時動態，邊哭邊唱了《吉屋出租》的〈*I'll Cover You*〉，整個就是……該怎麼說呢。你有辦法因為尷尬癌而抽筋嗎？」

班縮了一下，「天啊。」

「不管你想像出什麼畫面，再糟個三百倍。你去看就知道了。」

「可憐的伊森。」

「我知道。」我用手蓋住我的臉，「跟我說這會越來越不尷尬。」

「你是說分手嗎？」

「對啊，我的意思是，我只有經歷過我們自己的分手，而我們的分手超讚的。」

班大笑，「史上最棒的分手。」

「是不是，我們超強的啦。」我嘆氣，「說不定伊森跟潔西之後也會重新和好。」

「他們可能會，我覺得他們會。」

「我該去維吉尼亞大學找他嗎？我不想看起來好像在選邊站，潔西也是我的朋友。」

「這的確要小心處理，」班皺了皺鼻頭，這動作可愛得讓我心花怒放，我看不膩他的小雀斑，永遠都不會。「但會越來越好，你要慢慢等。你看看我跟哈德森現在。」

我瞇起我的眼睛，「我嘗試不去想那塊。」

「我超愛你還在忌妒哈德森，到現在都是。」

「永遠都會。」

他笑著搖搖頭，「我只是要說，雖然不是完全回到從前，但我們聊得來，可以跟對方傳簡訊。我們不太常用講的，但——」

一扇門被甩開，突然間我就被一群戴著圍巾手套跟毛帽的女生包圍了。她們滿臉通紅地大聲喧嘩，很開心，應該是喝茫了，其中一個經過我的時候還跟我碰了拳。

「你在哪裡？」班問我。

「我在屁股（Butts）裡，巴特菲爾德（Butterfields）宿舍。」

「你們都叫它屁股？大家住在屁股裡？」

「沒錯，大家名正言順地在屁股裡開趴，那也是我在這裡的原因，我從一個屁股派對裡逃了出來。」

「哇喔，」班大笑，「誰的屁股？」

我可以感受到我開始臉紅，「就只是這個男生。」

「喔，對，你阿卡貝拉團裡的那個男生？」

「麥基。」

「酷喔。」他頓了一下，「所以……你們是——」

「沒有，」我馬上回答，「我不認為啦，他是個很貼心的傢伙，但他跟我爸爸同名。」

「他也無能為力啊。」

「還有，你評評理，他覺得《漢密爾頓》不錯，但沒有到驚為天人的地步，而且他也不喜歡電子遊樂場！這超怪的，對吧？」

「亞瑟，你自己也不喜歡電子遊樂場。」

「我知道，但他看起來像是會喜歡的人，但他不喜歡，然後我不喜歡這一點。」我聳肩，「那你呢？你有沒有……」

「還是它媽的萬年單身狗。」班愉悅地說，「但狄倫跟珊曼莎這週末回來了，晚點要過來玩。」

「我的天啊，我好想念他們！你還記得在米爾頓家的那一晚嗎？」

「當然。」

「講起來好像有點怪，那晚的三對情侶，只有狄倫跟珊曼莎還屹立不搖。」

「的確滿怪的，哇喔。」

大概有整整一分鐘，我們只是無語地望著彼此，我敢發誓周圍的氣氛越來越濃厚了。自從那年暑假跟班道別以後，我還沒有跟他處在同一個州過，但我的心還有腦袋還有肺永遠都不會記得這一點。

老實說，我不知道要怎麼做。我花了好多時間在搜尋「如何消滅我對他的情感」、「我要怎麼很柏拉圖式地喜歡他」。

當班總算開口的時候，他的聲音低沉又輕柔，「我們也還屹立不搖。」

「什麼？」我一臉困惑地看著他，我可是坐在宿舍走廊上的牆邊，他坐在他的床上。

「我的意思是，我們都還在這裡，我們還是我們，你還在我的生命裡。」

「很有道理。」

而且也沒有錯，我愛他的笑容，我愛他的聲音，我愛他的臉。我愛他就住在我的手機裡，一直到此時此刻。我愛當他的朋友，他**最好**的朋友。

我最好的朋友，班。

說不定這就是宇宙能量想要的，說不定這就是我們。

班

一個月後

紐約・紐約州

這是最後了，這真的是最後了，完結篇。

我不敢相信我做到了。

《壞巫師之戰》的最終章已上傳到 Wattpad。

我盤腿坐在床上，那個我去年十二月完成了第一份草稿的角落。在新年到來的前幾天，我達成了我的目標，當時我聽著拉娜·德芮的歌，而現在我聽著 Chromatics 翻唱的〈*I'm on fire*〉度過了今晚。目前缺少的大概就是那種隱私感，除了亞瑟，已經沒有人在等待連載更新了。今非昔比，我從一月開始持續上傳我潤飾過的章節。一開始點閱數只有幾百個人，而二月已經進入上千了，我敢肯定最終章一定會令人咋舌地突破五萬點閱數。我想是去年聖誕節，狄倫委託珊曼莎畫的小說封面大大地為人氣度推了一把，因為粉絲們都愛死它了，甚至有讀者找到了我們的ＩＧ，留言跟我們這樣說。

新章節上傳完成才剛過幾分鐘，我就想一直刷新頁面看點閱數與讀者心得了。我只想確認之前那三十九章的成就不是一場夢，我想去Tumblr上搜尋我作品相關的標籤，看看有沒有粉絲已經畫了一些厲害的同人圖，像是班賈明獨力消滅生命吞噬者，救出了亞圖羅國王、狄倫公爵，還有哈莉葉塔君主的那一幕，或是班賈明跟皇室女巫師，珊姆歐瑪爾，一起逼退附在哈德森尼恩身上的惡靈，讓他可以重新尋找幸福的那段。

但是比起用這些方式來搔到癢處，我還是拿起手機視訊給當初鼓勵我分享作品的那個人。我覺得這完美呼應了當時我完成第一份草稿時，打給亞瑟的狀況。

亞瑟立刻就接起來，戴著眼鏡的他笑得很燦爛。「我收到了Wattpad的通知，說〈班尼斯大災難〉更新了新章節！我**正**打算要打給你。」

「你每次都這樣說。」我搖著頭說。

「你也是啊！」

「這倒是。」感覺每次我們最需要聊聊時都會打給彼此，像上週我在Dave & Buster's打視訊給他看我們第一次約會玩的夾娃娃機時，卻發現亞瑟在他的宿舍裡緊張，而且準備要退出阿卡貝拉團，因為他跟麥基絕交了。他真的很需要找個和前男友一起唸完暑修的人聊聊，而且他保證他會在團裡唱得更大聲。

亞瑟放假了，所以回到在他喬治亞老家的房間裡。有時候我會忘記我從來沒有去過他家，因為一切都很熟悉，尤其是他的房間，我們花了很多時間在跟對方視訊。「我超以你為傲的，」亞瑟說，「你做到了。」

亞瑟跟我說，我做到讓整段寫書的經驗變得更真實，這比看到我把最後一章上傳到網站，或把故事的狀態從「連載中」改成「完成」還要來得有真實感。

「沒有你的話我也做不到，」我說。

「你才是寫書的那個。」亞瑟說。

「我覺得如果沒有你鼓勵我，我應該寫不下去。」

亞瑟躺在那張他優先閱讀前幾章節的床上。「我，亞圖羅國王，可是你的頭號粉絲，班賈明。」

很多層面都是——因為他，我才真的相信自己。

我已經感謝他不知道幾千次，他在紐約的最後一晚陪我一起唸書，因為那些口訣幫助我考試及格，讓我可以跟狄倫、哈德森和哈麗葉一起唸完高中最後一年。自從體驗過被當掉的危機後，我開始更認真唸書了。我挑戰自己除了要早到以外——至少要準時到——我還不能缺任何一堂課，我才不會像之前一樣有落後的感覺。我有遲到幾次跟缺了兩堂課，因為我還是我，但整體來說很不錯。狄倫、哈麗葉、哈德森跟我，在沒有互相掐死對方的狀況下順利畢業了，我們四人穿著畢業禮服的合照，就掛在那張亞瑟生日當天我跟亞瑟的合照旁邊。

在城裡唸大學很困難，但我還過得去。每當我想像著大學生活，我一直以為我會跟狄倫住在同一間宿舍，如果帶男人回來的話，我會掛一條赫夫帕夫的領帶在門把上，而狄倫還是會照常闖進來。但我卻是住在我爸媽家裡，狄倫跟珊曼莎一起去伊利諾伊州唸大學了。謝天謝地哈德森跟哈麗葉都還住在紐約，就算我們的友情可能永遠不會回到當初，說不定我們的友情在互相交往前就已經抵達巔峰了，但至少現在比之前亂七八糟的狀況要好很多。

「我不知道我接下來會怎樣。」我說，我手指無法冷靜。

「我永遠會求你寫續集的，」亞瑟說，「繼續把故事說下去。」

「但如果這故事應該在爛掉之前就結束呢？」

「你不再給這故事一次機會的話，你要怎麼知道呢？」

我微笑，「你是指重新來過。」

我滿確定我們已經不是在聊我的書了。至少亞瑟比以前更沉穩，不像去年他拚命明示暗示說他應該來紐約玩，一起在時代廣場跨年看水晶球掉下來，而如果我們剛好接吻了他也不會抗議，這沒有發生，但亞瑟依然是我最後吻過的人。有一次我以為自己喜歡上了創意寫作課的一個男生，但那沒有持續多久，我覺得我只是需要更多屬於自己的時間，在不依靠他人的狀態下，來真的相信自己的價值。這不代表我沒發現我會用手去描有他名字的磁鐵，那個我買給他有我名字的同款磁鐵，或盯著那張我們邂逅的郵局前親他的照片，又或者總是在想著未來，問自己：**如果？**

「永不說永不，」亞瑟說，「對吧？」好多期許都堆在這個字上。

「沒錯，」我說，「永遠不知道宇宙能量幫我們做出了怎樣的計畫。」

連我都不知道**我們**幫自己做了怎樣的計畫。

如果我們之後重新來過呢？如果我們之後又重聚在同一個城市裡，然後從我們離開對方的那個時候重新開始呢？如果我們真的走到我們曾經希冀的未來，幸福美滿的結局就這麼**蹦！**的一聲送到我們眼前？但如果我們就只有現在這樣呢？如果我們無法再親吻對方呢？如果我們都能參與到對方人生重大的時刻，但**我們**卻再也不是那些重大時刻的中心點？如果宇宙能量其實一直計畫著我們會認識對方，卻以摯友的身分活在對方生命裡？如果我們重寫了所有我們對幸福美滿結局的想法呢？

或者……

如果我們還不知道對方最好的一面呢？

感謝

透過大家的各種幫助及合作，讓我們可以順利完成這一本書，所以我們很感謝宇宙能量替我們帶來了：

我們的編輯 Donna Bray 跟 Andres Eliopulos，他們兩人幫助我們走過無數個重新來過，直到我們找到了自己夢想中的愛情故事。（必須的？）

我們在 HarperCollins 出版社的超讚團隊，包含卻不限於以下列出的幾位：Caroline Sun、Megan Beatie、Alessandra Balzer、Rosemary Brosnan、Kate Morgan Jackson、Suzanne Murphy、Michael D'Angelo、Jane Lee、Tyler Brietfeller、Bethany Reis、Veronica Ambrose、Patty Rosati、Cindy Hamilton、Ebony LaDelle、Audrey Diestelkamp、Bess Brasswell、Tiara Kittrell 和 Bria Ragin。你們都是揮舞著魔杖，讓這個偉大魔法發生的大魔法師。

Erin Fitzsimmons、Alison Donalty 跟 Jeff Östberg 幫我們設計了前所未有、最夢幻的封面（美國版），見到它的第一眼我們就愛死它了。

Wendi Gu、Stephanie Koven 以及我們認真工作的 Janklow & Nesbit 團隊。

Mary Pender、Jason Richman 跟我們超厲害的 ＵＴＡ 團隊。

把亞瑟與班的愛情故事帶到世界上每一個角落的各國出版社。

讓我們保持理智的朋友們，包含了 Aisha Saeed、Angie Thomas、Arvin Ahmadi、Corey Whaley、Dahlia Adler、Jasmine Warga、Kevin Savoie、Nic Stone、Nicola Yoon 和 Sabaa Tahir。助人老手 Dhonielle Clayton + Sona Charaipotra 和 Amie Kaufman + Jay Kristoff，一直持續鼓勵著我們，提供我們智慧。Matthew Eppard，讓這艘船保持順利航行。David Arnold，讓班與狄倫的男曼史變成史上最好寫的題材。

最早幫我們試讀並改善內容的讀者們：Jacob Batchelor、Shauna Sinyard、Sandhya Menon、Celeste Pewter 跟 Dakota Shain Byrd。

連書的最終型態都不清楚就選擇跟隨我們的忠實讀者們；幫忙把本書帶給需要的讀者的圖書館員以及書商。

我們包括但不限於以下列出的家庭成員：James Arthur Goldstein，在沒有爸爸的狀態下挺過了兩本小說。總是會幫忙寫暑期作業的 Persi Rosa。米爾頓叔公，不解釋，他就是很棒。讓亞瑟住在他們家的 Thomas-Berman 一家人。懂化學的 Anna Overholts。

還有我們的經紀人 Brooks Sherman，沒有他這一切都不會發生。

U·STORY
013

如果我們是天生一對
What If It's Us

國家圖書館出版品預行編目 (CIP) 資料
如果我們是天生一對 What If It's Us /
貝琪·艾柏塔利 (Becky Albertalli)、亞當·席佛拉 (Adam Silvera) 著 . 成曼曼 譯 . -- 初版 . --
臺北市 : 聯合文學 , 2020. 7
376 面 ;14.8X21 公分 . -- (UStory ;13)
ISBN 978-986-323-350-3 (平裝)

874.57　　109009858

出版日期／ 2020 年 7 月 初版
定　　價／ 460 元

ISBN 978-986-323-350-3 (平裝)
本書如有缺頁、破損、裝幀錯誤，請寄回調換

作　　者／貝琪 · 艾柏塔利 (Becky Albertalli)
　　　　　亞當 · 席佛拉 (Adam Silvera)
譯　　者／成曼曼
發 行 人／張寶琴

總 編 輯／周昭翡
主　　編／蕭仁豪
資深編輯／尹蓓芳
編　　輯／林劭璜
資深美編／戴榮芝
業務部總經理／李文吉
行銷企劃／蔡昀庭
發行專員／簡聖峰
財 務 部／趙玉瑩
　　　　　韋秀英
人事行政組／李懷瑩
版權管理／蕭仁豪

法律顧問／理律法律事務所 陳長文律師、蔣大中律師
出 版 者／聯合文學出版社股份有限公司
地　　址／ 110 臺北市基隆路一段 178 號 10 樓
電　　話／ (02) 2766-6759 轉 5107
傳　　真／ (02) 2756-7914
郵撥帳號／ 17623526 聯合文學出版社股份有限公司
登 記 證／行政院新聞局局版臺業字第 6109 號
網　　址／ http://unitas.udngroup.com.tw
　　　　　E-mail:unitas@udngroup.com.tw
印 刷 廠／沐春行銷創意有限公司
總 經 銷／聯合發行股份有限公司
地　　址／ 234 新北市新店區寶橋路 235 巷 6 弄 6 號 2 樓
電　　話／ (02) 29178022